10|18
12, avenue d'Italie — Paris XIIIe

Du même auteur
dans la collection 10/18

Au jeu de la mort, n° 2482
La mort en habit noir, n° 2483
Le rideau tombe, n° 2507
L'assassin entre en scène, n° 2533
La clinique du crime, n° 2562
Et vous êtes priés d'assister au meurtre de..., n° 2592
Mort en extase, n° 2620
Un vrai crime d'artiste, n° 2636
Un piège pour Miss C., n° 2669
La mort en embuscade, n° 2717
Meurtre en coulisses, n° 2741
Croisière mortelle, n° 2761
Comme à Rome, n° 2791
Le cercueil de Noël, n° 2837
Descente fatale, n° 2884

L'ASSASSIN AUX FLEURS

PAR

NGAIO MARSH

Traduit de l'anglais
par Roxane AZIMI

10 18

« *Grands Détectives* »
dirigé par Jean-Claude Zylberstein

Si vous désirez être régulièrement tenu au courant
de nos publications, écrivez-nous :

Éditions 10/18
c/o 01 Consultants (titre n° 2685)
35, rue du Sergent Bauchat
75012 Paris

Titre original :
Singing in the Shrouds

ISBN 2-264-02220-5

LES PROTAGONISTES

Agent Martin Moir
Un chauffeur de taxi
Un matelot
Mme Ruby Dillington-Blick
Son amie
M. Fred Cuddy, commerçant
Mme Ethel Cuddy, son épouse
Miss Katherine Abbott, spécialiste de la musique religieuse ancienne
M. Philip Merryman, enseignant à la retraite
Père Charles Jourdain, prêtre anglo-catholique
Un autre prêtre
Miss Jemima Carmichael
Dr Timothy Makepiece, médecin de bord, *Cape Farewell*
M. Aubyn Dale, vedette de la télévision commerciale
Son amie la plus chère
Leur meilleur ami
Leur meilleure amie
M. Donald McAngus, philatéliste
Dennis, steward
M. Sparks, officier radio
Capitaine Bannerman, commandant du *Cape Farewell*
Superintendant Roderick Alleyn, Bureau d'Investigation Criminelle, New Scotland Yard

1

Prologue avec cadavre

Un brouillard épais noyait le port de Londres et les docks qui s'étendaient plus loin vers l'est. Les lumières oscillaient comme des lunes dans leurs propres halos. Les contours simplifiés des bâtisses les plus banales avaient pris une dimension picturale. A l'embarcadère de la compagnie Cape Line se dressaient majestueusement les navires à l'ancre : *Cape Saint Vincent*, Glasgow ; *Cape Horn*, Londres ; *Cape Farewell*, Glasgow. Les grues destinées au chargement de ces navires se perdaient dans le brouillard. Elles tournaient et s'inclinaient gravement, comme des mandarins.

Au-delà des zones illuminées, les docks disparaissaient dans l'obscurité. L'équipe qui avait chargé le *Cape Farewell* passa de la lumière vers le néant. Les bruits étaient rares et étouffés ; et un toussotement tout près déconcertait plus que le grincement des treuils.

L'agent de police Moir, en service jusqu'à minuit, allait et venait parmi les ombres, respirant l'odeur fraîche et légère du bois humide et écoutant les vagues clapoter contre le quai. Autour de lui, il y avait des bateaux et des forêts de grues à perte de vue. Les bateaux, songea-t-il, romantique, étaient en quelque sorte de petits mondes clos. Aujourd'hui, amarrés tranquillement au quai ; et demain, partis sillonner l'univers aqueux, solitaires comme les planètes qui parcourent le firmament. Il aurait aimé voyager. Mais il se consola avec des idées de mariage, de promotion, et, quand sa ronde lui parut particulièrement déprimante, il pensa aux décorations de la police et à une soudaine gloire. En arrivant au voisinage du *Cape Farewell*, où régnait une certaine animation, il ralentit le pas. Des autos s'arrêtaient là ; il remarqua surtout une voiture de sport rutilante avec une superbe rousse au volant, et trois passagers. Intrigué, il reconnut dans l'un d'eux la grande vedette de la télévision, Aubyn Dale. Manifestement, les autres, un homme et une femme, appartenaient eux aussi à l'univers mystérieux des projecteurs aveuglants, des caméras baladeuses et du courrier des fans. Cela se voyait à la façon dont ils se criaient : « Mon chou ! » en se dirigeant vers la passerelle.

Consciencieusement, l'agent Moir reprit sa route. Tantôt il était avalé par l'obscurité, tantôt il émergeait à la lumière. Ayant atteint la frontière de son domaine, il se mit à la longer. Un bus s'arrêta à l'entrée du port : il regarda les passagers descendre et trotter, tête baissée et valise à la main, vers le *Cape Farewell*. Il y avait deux ecclésiastiques, un couple marié, une dame à la poitrine opulente avec une amie, un gentleman à l'expression bienveillante, une ravissante demoiselle avec un air malheureux et un jeune gentleman qui traînait la jambe et semblait avoir très envie de lui demander de le laisser porter sa valise. Ils entrèrent dans le brouillard et s'évanouirent, tels des fantômes, en direction de l'embarcadère.

Dans les deux heures et demie qui suivirent, l'agent Moir inspecta son domaine. Gardant à l'œil les ivrognes occasionnels, il rendit visite aux voitures garées, fit le tour des bateaux et des bars, et prêta instinctivement l'oreille à tous les bruits incongrus. A 23 h 30, il retourna sur les quais, là où mouillaient les petits bateaux interlopes, silencieux et mal éclairés, à peine visibles dans le brouillard qui les enveloppait sournoisement.

« Comme c'est calme, pensa-t-il. Très calme, ce quai. »

Par une étrange coïncidence (ainsi qu'il devait le souligner par la suite à maintes reprises), un cri rauque semblable à un miaulement résonna en cet instant même, le faisant tressaillir.

« Curieux, se dit-il, on n'entend pas souvent les mouettes, la nuit. A mon avis, elles doivent dormir comme le reste de la chrétienté. »

Le cri se répéta, mais brièvement cette fois, comme si l'on avait brusquement levé l'aiguille d'un disque.

Moir ne put définir avec précision de quelle direction cela provenait, mais il eut l'impression que c'était quelque part du côté de l'embarcadère de Cape Line. Il était parvenu à l'extrême limite de sa ronde : il ne lui restait plus qu'à rebrousser chemin. Les échos de l'activité sur le *Cape Farewell* se firent distincts à nouveau. Le bateau était toujours en plein chargement.

En arrivant sur l'embarcadère, Moir y trouva un taxi en stationnement. Perdu dans le brouillard, celui-ci offrait l'image même de la désolation. Se rapprochant, Moir fut surpris d'apercevoir le chauffeur, immobile derrière le volant. Sa posture était si figée que Moir se demanda s'il s'était endormi. Cependant le chauffeur tourna la tête et jeta un coup d'œil à l'extérieur.

— Bonsoir, chef, dit Moir. Il fait bon se perdre par une nuit pareille, hein ?

— Vous l'avez dit, opina le chauffeur d'une voix enrouée. Hé ! continua-t-il, se penchant par la vitre et contemplant fixement le policier. Auriez-vous vu quelqu'un ?

— Comment ça, vu quelqu'un ?

— Une gonzesse. Avec un bouquet de fleurs.

— Non, répondit Moir. C'est votre cliente, ou quoi ?

— Et comment que c'est ma cliente ! Une minute, qu'elle dit, et hop, la voilà qui saute de la voiture. Une minute ! Une bonne demi-heure plutôt, té !

— Où est-elle allée ? Sur le bateau ? s'enquit Moir, désignant de la tête la silhouette du *Cape Farewell.*

— Ben oui. Elle travaille chez un fleuriste. Devait livrer des fleurs à une poule, qui va les balancer pardessus bord, à tous les coups. Regardez-moi ça, 23 h 30. Elle et ses fleurs !

— P'têt' qu'elle n'a pas trouvé de récipient, hasarda Moir, employant par habitude un jargon administratif.

— P'têt' qu'elle n'a pas trouvé le rafiot lui-même ni ce fichu océan ! P'têt' qu'elle s'est noyée, rétorqua fougueusement le chauffeur de taxi.

— Ce n'est sûrement pas aussi grave que ça.

— Où qu'elle est, ma cliente ? J'en ai déjà pour douze shillings et six pence, et j'en vois toujours pas le bout. J'ai bien envie de couper le compteur et de lever l'ancre, té.

— Moi, j'attendrais encore un peu, si j'étais vous, fit Moir. Elle va revenir. Je vais vous dire une chose : il y a Aubyn Dale à bord de ce bateau.

— Le type de la télé qui fait la pub pour les maillots de bain Jolyon et l'émission « Vos petits problèmes de tous les jours » ?

— C'est ça. A mon avis, elle a dû le repérer et elle n'arrive plus à décoller. Elles sont toutes folles d'Aubyn Dale.

— Pauvres nouilles, marmonna le chauffeur de taxi. La télé !

— Pourquoi n'allez-vous pas demander qu'on lui transmette un message ?

— J'ai pas que ça à faire !

— Allez, venez. Je vous accompagne.

Le chauffeur marmonna quelque chose d'inintelligible, mais il finit par s'extirper du taxi, et ils se dirigèrent vers le navire. Le passage était long et sombre, mais les lumières de l'embarcadère clignotaient vaguement à l'autre bout. Ils débouchèrent presque devant le bateau. Sa proue fendait le brouillard, et on pouvait lire dessus :

CAPE FAREWELL
GLASGOW

Les écoutilles arrière et du milieu étaient déjà fermées ; on achevait de charger à l'avant. Un matelot se tenait au-dessus de la passerelle éclairée, penché par-dessus le bastingage. L'agent Moir leva les yeux sur lui.

— Dites donc, vieux, vous n'auriez pas vu une jeune personne monter des fleurs à bord ? demanda-t-il.

— Il y a deux heures environ ?

— Il y a une demi-heure, plutôt.

— Je n'ai rien vu de tel depuis que je suis sur le pont, et je suis sorti après qu'on a piqué huit coups.

— Eh, dit le chauffeur. L'a dû filer.

— Sûrement pas. Je n'ai pas quitté mon poste. Personne n'a apporté de fleurs à bord après les huit coups.

— Eh bien, merci quand même, répondit l'agent Moir. P'têt' qu'elle les a remises à quelqu'un sur le quai.

— Y a pas eu de fleurs. C'est comme je vous le dis. Pas depuis huit coups piqués.

— On a compris, on a compris, grogna le chauffeur, de mauvaise grâce. *Coups piqués !*

— Vos passagers sont-ils tous à bord ? demanda Moir.

— Le dernier a embarqué il y a cinq minutes. Tout le monde est là au complet, M. Aubyn Dale inclus. Remarquez, on ne le reconnaît plus, celui-là, depuis qu'il s'est fait raser la barbe. Pour changer, ça le change ! Ah là là !

Le matelot esquissa un geste qui pouvait désigner son menton, ou alors son cou.

— Je trouve qu'il devrait se la refaire pousser, fit-il.

— Vous n'avez vu personne d'autre dans les parages ? Quelqu'un que vous n'auriez pas su situer ?

— Tiens, tiens ! Y aurait-il un problème ?

— Aucun pour autant que je sache. Tout va bien.

— Ça a été calme, dit le matelot. A cause du brouillard surtout.

Il cracha soigneusement par-dessus bord.

— J'ai entendu un pauvre plouc chanter. Rien que la voix : une drôle de voix, en fait. Ça aurait pu être une voix de femme, mais je ne le crois pas. Je n'ai pas reconnu l'air.

Moir attendit un instant, puis déclara :

— Merci encore, matelot. Il faut qu'on y aille.

Ayant entraîné le chauffeur à une distance convenable, il demanda, en toussotant car le brouillard le prenait à la gorge :

— Comment était-elle, pépé ? Physiquement ?

Le chauffeur lui fit une description confuse et aigrie de sa cliente, dont il ressortait seulement qu'il s'agissait d'une fille plutôt voyante avec une chevelure blonde savamment arrangée. Moir insista un peu, et le chauffeur se souvint de talons aiguilles. En descendant du taxi, la jeune fille s'était pris le pied dans une fente entre deux planches, et elle s'était arrêtée pour rajuster sa chaussure.

Moir l'écouta attentivement.

— Très bien, dit-il. Je pense que je vais aller jeter un petit coup d'œil aux alentours. Et vous, pépé, retournez à votre véhicule et attendez. *Attendez-moi*, d'accord ?

Cette demande provoqua un nouvel accès de récriminations, mais Moir se montra inflexible, et le chauffeur retourna finalement vers son taxi. Moir le suivit du regard, puis il se dirigea vers le premier treuil, où l'équipe de chargement l'accueillit avec la curiosité méfiante que, dans certains milieux, on manifeste à l'égard de la police. Il leur demanda s'ils avaient vu la jeune fille, répétant la description du chauffeur. Mais aucun d'eux ne l'avait vue.

Comme il allait partir, l'un des ouvriers l'interpella :

— C'est quoi le problème, au juste, chef ?

— Il n'y a pas de problème, à proprement parler, répliqua Moir légèrement.

— Pourquoi n'attrapez-vous pas l'Assassin aux Fleurs, m'sieur le superintendant ? s'enquit une autre voix moqueuse.

— Nous n'avons pas perdu tout espoir, camarade, répondit Moir avec bonhomie.

Et il s'éloigna : un homme solitaire accomplissant sa tâche.

Il se mit alors à la recherche de la jeune fleuriste. Il y avait beaucoup d'endroits sombres sur les quais. Il avançait lentement, braquant sa torche sur les recoins sous les plates-formes, derrière les caisses d'emballage, entre les bâtiments et les tas de déchets et le long de la surface noire de l'eau, où il fit des découvertes peu ragoûtantes et dépourvues d'intérêt.

A bord du *Cape Farewell*, l'agitation s'était apaisée. Il entendit les écoutilles avant se refermer, et, levant les yeux, il aperçut le pavillon de partance qui pendait mollement dans le brouillard. L'équipe de dockers disparut dans un hangar, et leurs voix s'évanouirent au loin.

Il retourna dans le passage. A l'autre bout, le taxi attendait toujours. Il était passé par là rapidement avec le chauffeur, en se rendant à l'embarcadère ; à présent, il progressa à une allure d'escargot, s'aidant de sa torche. Il savait que les murs, qui semblaient former une surface continue dans l'obscurité et le brouillard, étaient en fait des extrémités de hangars séparées par des interstices. Une allée bifurquait du passage principal, et il y faisait vraiment très noir.

Il était minuit moins une ; et le *Cape Farewell*, sur le point d'appareiller, émit un coup de sirène rauque et inattendu, semblable à un renvoi gargantuesque. Le sang de l'agent Moir ne fit qu'un tour.

Un rat surgit dans un bruissement soudain et lui courut sur les bottes. Il poussa un juron, trébucha et s'écarta brusquement. Le faisceau de sa lampe de poche illumina capricieusement l'allée latérale, révélant momentanément une chaussure à haut talon et le pied qui la portait. La lumière vacilla et se stabilisa. Elle glissa du pied le long de la jambe, s'arrêtant sur une marque rouge que l'on entrevoyait à travers un accroc dans un bas de Nylon. Le rayon de la torche continua à monter et s'immobilisa enfin sur un amas de perles artificielles et de fleurs fraîches éparpillées sur la poitrine d'une jeune femme morte.

2

L'embarquement

I

Le même soir, à 19 heures, un autobus avait quitté la gare d'Euston en direction des Royal Albert Docks.

De ses dix passagers, huit — dont le médecin de bord, un jeune homme plongé dans les pages d'un énorme ouvrage — devaient embarquer sur le *Cape Farewell*, qui appareillait à minuit pour l'Afrique du Sud. Les deux autres étaient venus accompagner leurs amis.

Comme tous les voyageurs, les passagers du bateau s'étaient furtivement mesurés du regard. Ceux qui étaient accompagnés de leurs amis commentèrent à voix basse ceux qui ne l'étaient pas.

— *Chérie !* s'exclama Mme Dillington-Blick. *Il n'y en a pas un seul ! Sérieusement !*

Son amie esquissa une grimace en direction du médecin et haussa les sourcils.

— Pas mal, mima-t-elle. Tu as remarqué ?

Mme Dillington-Blick remua ses épaules enveloppées de renard argenté et tourna la tête jusqu'à ce qu'elle pût inclure le médecin dans un coup d'œil distrait.

— Je ne l'avais pas vu, avoua-t-elle. Oui, plutôt bien. Mais les autres ! Ma chérie ! Mieux vaut ne pas y penser ! Pourtant...

— Il reste toujours les officiers, glissa son amie sournoisement.

— Chérie !

Leurs regards se croisèrent, et elles rirent à nouveau, agréablement. M. et Mme Cuddy, assis devant elles, entendirent leur rire. Les Cuddy percevaient le parfum coûteux de Mme Dillington-Blick. En tournant légèrement la tête, ils pouvaient capter son reflet dans la vitre, flottant, comme dans une sorte de photomontage, entre les réverbères et les façades assombries des immeubles. Ils apercevaient l'ombre de ses dents, la plume dans son chapeau, ses boucles d'oreilles, les orchidées sur son buste imposant et ses fourrures.

Mme Cuddy se raidit dans son caban, et son mari eut un pâle sourire. Eux aussi échangèrent un regard, songeant à toutes les remarques caustiques auxquelles ils allaient donner libre cours dans l'intimité de leur cabine.

Sur le siège suivant se tenait Miss Katherine Abbott : seule, nette et posée. En voyageuse expérimentée, elle savait que la première impression produite par les compagnons de voyage était généralement démentie par les événements. Elle aimait bien le rire chaud de Mme Dillington-Blick et déplorait, en revanche, l'accent des Cuddy. Mais elle était surtout préoccupée par son propre confort ; elle avait horreur d'être bousculée, et elle avait choisi un siège au milieu du bus car les gens avaient peu de chances de se faufiler à côté d'elle et elle évitait ainsi le courant d'air au moment de l'ouverture de la porte. Mentalement, elle vérifia le contenu de ses deux valises impeccablement rangées. Elle avait emporté peu d'affaires car elle détestait ce qu'elle nommait les « traînasseries » liées à un bagage trop encombrant. Elle n'avait donc sur elle rien de superflu, à une exception près. Elle pensa à cette exception : une photo dans sa valise en cuir. Furieuse, elle sentit les yeux lui picoter. « Je vais la jeter par-dessus bord, se dit-elle. Bien fait pour elle. »

L'homme assis devant elle tourna une page de son journal, et, à travers le rideau de ses larmes, Miss Abbott lut la manchette : « LE TUEUR QUI LE DIT AVEC DES FLEURS. TOUJOURS EN LIBERTÉ. » Comme elle était légèrement presbyte, se penchant incidemment en avant, elle réussit à déchiffrer le paragraphe au-dessous :

« L'identité du maniaque sexuel qui chante en tuant et qui laisse des fleurs près du corps de ses victimes n'a toujours pas été établie. Des centaines d'interrogatoires se sont avérés infructueux. Voici (à gauche) une nouvelle photo de l'aguichante Beryl Cohen, trouvée étranglée le 15 janvier, et (à droite) un portrait de Marguerite Slatters, la seconde victime du tueur qui risque de se révéler le pire de son espèce depuis Jack l'Eventreur. Le superintendant Alleyn (voir encadré) refuse de se prononcer, mais, selon lui, toutes les informations sur les mouvements de Beryl dans les dernières heures de sa vie seraient les bienvenues (voir page 6, deuxième colonne). »

Miss Abbott attendit que le propriétaire du journal se reportât à la page 6, mais il ne le fit pas. Elle contempla avidement la photo agrandie de l'aguichante Beryl Cohen et jeta un coup d'œil sarcastique sur l'encadré. Le superintendant Alleyn, grossièrement défiguré par les exigences de la reproduction photomécanique, lui rendit vaguement son regard.

Le propriétaire du journal remua. Tout à coup, il tourna la tête, obligeant Miss Abbott à se rejeter en arrière et à se perdre dans la contemplation du filet à bagages, où elle repéra aussitôt sa valise avec une étiquette attachée : « P. Merryman, embarquement, *Cape Farewell.* » Elle eut la gênante impression que M. Merryman savait qu'elle avait lu par-dessus son épaule, ce en quoi elle avait parfaitement raison.

M. Philip Merryman était un célibataire d'une cinquantaine d'années. Il avait été enseignant, professeur d'anglais dans l'une des moins réputées parmi les plus petites écoles privées. Son physique, extrêmement trompeur, correspondait tout à fait à l'image classique du maître d'école ; et l'habitude qu'il avait de regarder par-dessus ses lunettes et de se passer la main dans les cheveux ne faisait que renforcer cette impression déjà familière. Aux yeux d'un observateur occasionnel, il offrait le tableau parfait de la bonhomie. Mais avec ses proches, M. Merryman pouvait être absolument odieux.

Comme il adorait les histoires de crimes, aussi bien fictifs que réels, il s'était longuement attardé sur l'article de l'*Evening Herald* consacré à l'Assassin aux Fleurs, ainsi que le journal l'avait baptisé dans son style racoleur. Bien que M. Merryman détestât le jargon journalistique et qu'il eût une piètre opinion des méthodes employées par la police, il trouva l'histoire en elle-même tout à fait passionnante. Il la lut donc lentement et méthodiquement, grimaçant devant les solécismes du style et déplorant amèrement les regards indiscrets de Miss Abbott. « Abominable dragon ! l'apostropha-t-il mentalement. Puisse la terre s'ouvrir et t'engloutir à l'instant. Pourquoi, par tous les diables de l'enfer, n'as-tu pas acheté ta propre feuille de chou ? »

Il ouvrit l'*Evening Herald* à la page 6, le tenant hors du champ visuel de Miss Abbott, et, ayant lu la deuxième colonne aussi vite qu'il le put, referma le journal, se leva et le lui offrit en s'inclinant devant elle.

— Permettez-moi, madame, dit M. Merryman. Vous devez préférez, tout comme moi, je l'avoue, disposer sans partage de votre forme de littérature favorite.

Miss Abbott rougit jusqu'à la racine des cheveux et, d'une voix étonnamment basse, répondit :

— Je vous remercie : je n'ai pas envie de lire le journal.

— Vous l'avez déjà lu, peut-être ?

— Non, fit Miss Abbott d'une voix forte. Je ne l'ai pas lu et je n'y tiens absolument pas. Merci.

Le père Charles Jourdain glissa subrepticement à son frère ecclésiastique :

— Graines de discorde ! Graines de discorde !

Assis sur le siège d'en face, ils pouvaient difficilement ne pas remarquer l'incident.

— J'espère vraiment, murmura son compagnon, que vous allez tomber sur quelqu'un de sympathique.

— L'expérience m'a montré qu'on en trouve toujours.

— Et vous êtes un voyageur expérimenté, soupira l'autre, non sans mélancolie.

— Vous auriez voulu obtenir ce poste, père ? Je suis navré.

— Non, non, surtout ne croyez pas cela. Je n'aurais pas fait le poids à Durban. Comme toujours, le choix du père supérieur a été le plus judicieux possible. Et vous devez être content de partir... je suppose ?

— Oh, oui, répliqua le père Jourdain après une pause. Oui, je suis content de partir.

— Ce sera très intéressant. La communauté en Afrique...

Et ils se mirent à parler de l'Eglise anglicane.

Mme Cuddy, qui les avait entendus, se dit qu'il y avait du papisme là-dessous.

La dernière passagère du bus qui allait embarquer sur le *Cape Farewell* ne prêtait aucune attention à ses compagnons. Elle était assise à l'avant, les mains enfouies dans les poches de son manteau en poil de chameau. Elle portait une petite toque noire sur la tête, une écharpe noire savamment nouée autour du cou et une grosse ceinture noire à clous autour de la taille. Elle était si ravissante qu'elle avait réussi à le rester malgré toutes les larmes qu'elle avait pu verser. A présent, elle ne pleurait plus. Le menton dans son écharpe, elle contemplait d'un air morne le dos du chauffeur. Elle s'appelait Jemima

Carmichael ; elle avait vingt-trois ans et souffrait d'un chagrin d'amour.

Le bus grimpa en cahotant Ludgate Hill. Le Dr Timothy Makepiece reposa son livre et se baissa pour entrevoir les dernières images de Saint-Paul. La magnifique cathédrale s'élançait dans le ciel nocturne. Il éprouva une sensation que lui-même aurait attribuée, à raison sans doute, à un dérèglement des ganglions nerveux, mais que les profanes nomment parfois serrement de cœur. C'était, pensa-t-il, parce qu'il quittait Londres. En arrivant à cette conclusion, il s'aperçut qu'il ne contemplait plus le dôme de Saint-Paul, mais les yeux de la jeune fille assise à l'avant. Manifestement, elle s'était retournée dans la même intention que lui, pour regarder dehors.

— Avez-vous lu cette œuvre passionnante de G.K. Chesterton, disait le père Jourdain, *La Sphère et la Croix* ?

Jemima prit soigneusement une expression indifférente et regarda droit devant elle. Gêné, le Dr Makepiece retourna à sa lecture. Il était empli d'une sorte de stupéfaction.

II

A peu près au même moment où le bus passait devant Saint-Paul, une élégante voiture de sport quitta une élégante résidence à Mayfair. Elle contenait Aubyn Dale, son amie la plus chère (propriétaire de l'auto, assise au volant dans un manteau de vison) et leurs deux amis les plus chers, enlacés sur la banquette arrière. Ils sortaient d'un coûteux dîner d'adieux et se dirigeaient vers le port.

— La suite des événements, déclara l'amie la plus chère, devrait être une énorme cuite dans ta cabine, chéri. Peut-être arriverai-je à noyer mon chagrin dans l'alcool.

— Mais bien sûr, *chérie* ! répliqua tendrement M. Dale. Tu seras ronde comme un petit pois, je te l'avais promis. Tout est prêt !

Elle le remercia affectueusement et tourna dans l'Embankment, coupant la route à un taxi dont le chauffeur la traita de tous les noms d'oiseaux. Son client, un certain M. Donald McAngus, jeta un coup d'œil anxieux par la vitre. Lui aussi devait embarquer sur le *Cape Farewell.*

Environ deux heures et demie plus tard, un taxi allait quitter la boutique de fleurs *La Main Verte* à Knightsbridge et prendre la direction de l'East End. A l'intérieur, il y aurait une jeune femme blonde et un bouquet de fleurs enveloppé de cellophane, orné d'un énorme ruban jaune et adressé à Mme Dillington-Blick. Ce taxi allait se diriger vers l'est, sa destination étant également les Royal Albert Docks.

III

Dès l'instant où elle monta à bord du *Cape Farewell*, Mme Dillington-Blick recourut automatiquement à ce que ses amis appelaient en privé sa technique. Tout d'abord, elle s'occupa du steward. C'était un jeune homme pâle et fort replet. Il avait des cheveux blonds qui paraissaient permanentés, un regard liquide, un grain de beauté au coin de la bouche et une voix qui était à la fois très cockney, curieusement affectée et incroyablement vulgaire. L'affaire fut expédiée en deux temps, trois mouvements. Mme Dillington-Blick lui demanda son nom (il s'appelait Dennis) et apprit qu'il servait aussi au bar. Puis elle lui donna trois livres, laissant entendre que ce n'était qu'un début. En un rien de temps, elle découvrit qu'il avait vingt-cinq ans, qu'il jouait de l'harmonica et qu'il s'était pris d'aversion pour les époux Cuddy. Il eut tendance à s'attarder, mais elle réussit néanmoins à le congédier, et d'une manière tout à fait charmante.

— Tu es formidable ! s'exclama son amie.

— Tu verras, ma chère ! rétorqua Mme Dillington-Blick. Il mettra mon maquillage au frigo quand nous arriverons aux tropiques.

Sa cabine était noyée sous les fleurs. Dennis revint avec des vases et suggéra que l'on mît les orchidées au réfrigérateur. Les deux dames échangèrent un regard. Mme Dillington-Blick détacha les cartes des bouquets et lut les noms avec des petits cris ravis. La cabine, sobrement meublée dans les tons foncés, semblait être pleine d'elle : de son parfum, de ses fourrures, de ses fleurs et d'elle-même.

— Steward ! résonna une voix irritée dans le passage.

Dennis sortit en haussant les sourcils.

— Tu l'as subjugué, dit l'amie. *Sérieusement !*

— J'aime bien mon confort, répondit Mme Dillington-Blick.

C'était M. Merryman qui avait appelé Dennis. En général, un steward reconnaît sans peine les passagers faciles à vivre et les rabat-joie. Mais Dennis s'était laissé abuser par les apparences trompeuses de M. Merryman. Les lunettes, les cheveux en désordre et le visage poupon l'avaient amené à diagnostiquer une nature distraite, bienveillante et timide. Quelle ne fut pas sa déception lorsque M. Merryman s'avéra être une vraie terreur ! Rien, apparemment, ne lui convenait dans sa cabine. Il avait demandé d'être à bâbord et il se retrouvait à tribord. Ses bagages avaient été mal rangés, et il souhaitait que son lit fût fait selon la manière couramment utilisée à terre.

Dennis avait écouté ces réclamations d'un air résigné, se retenant de lever les yeux au ciel.

— Toute une liste de malheurs, dit-il, quand M. Merryman fit une pause. Ouais. On va voir ce qu'on peut faire.

Et il ajouta : « Monsieur », mais pas de la façon exigée par M. Merryman dans son école privée de second ordre.

— Vous allez exécuter mes instructions sur-le-champ, déclara M. Merryman. Je vais faire un tour, et à mon retour, j'espère trouver tout en ordre.

Dennis ouvrit la bouche.

— Ce sera tout, fit M. Merryman.

D'un geste ostensible, il ferma à clé une mallette sur sa table de toilette et quitta sa cabine.

— Et je parie, marmonna Dennis avec humeur, qu'il fait partie de la ligue des abstinents, par-dessus le marché. Vieille chouette, va !

Le frère ecclésiastique du père Jourdain l'aida à ranger ses modestes bagages dans sa cabine. Après quoi, les deux hommes se regardèrent avec l'air hésitant et légèrement gêné de gens qui s'apprêtent à prendre congé l'un de l'autre.

— Bien... dirent-ils ensemble.

— C'est gentil à vous d'avoir fait tout ce chemin, ajouta le père Jourdain. Votre compagnie m'a fait très plaisir.

— Vraiment ? Inutile de dire que cela a été réciproque.

Le religieux cacha les mains sous sa pèlerine et se plaça modestement devant le père Jourdain.

— Le bus repart à 23 heures, dit-il. Je suppose que vous voulez vous installer.

— Vous désirez me dire quelque chose ? s'enquit le père Jourdain en souriant.

— Ce n'est pas très important. Simplement... eh bien, je viens de me rendre compte combien il a été essentiel pour moi d'avoir pu bénéficier de votre exemple.

— Mon cher ami !

— Non, réellement. Vous me frappez, père, comme quelqu'un de foncièrement indépendant (sous les auspices de Dieu et de notre Règle, bien entendu). Savez-vous que les autres frères sont quelque peu impressionnés par vous ? Nous avons tous l'impression d'en savoir beaucoup moins sur vous que sur tous les autres. Le père Bernard a dit l'autre jour que bien que nous ne fassions pas partie d'un ordre du silence, vous avez observé votre propre vœu de silence spirituel.

— Je ne suis pas sûr de me sentir flatté par l'aphorisme du père Bernard.

— Ah bon ? Pourtant, il l'avait dit très gentiment. Mais je parle trop. Il va falloir que je me prenne en main pour corriger cela. Au revoir, père. Que Dieu vous bénisse.

— Vous aussi, cher ami. Mais je vais vous raccompagner au bus.

— Non... je vous en prie...

— Cela me ferait plaisir.

Ils regagnèrent le premier pont. Le père Jourdain dit un mot au matelot posté devant la passerelle, et les deux prêtres redescendirent à terre. Le matelot les regarda longer le quai en direction du passage à l'autre bout duquel attendait le bus. Avec leurs chapeaux et leurs capes noires, ils offraient un spectacle plutôt fantasque. Des écharpes de brouillard s'enroulaient autour d'eux tandis qu'ils marchaient. Une demi-heure plus tard, le père Jourdain revint, seul. Il était alors 23 h 15.

La cabine de Miss Abbott se trouvait en face de celle de Mme Dillington-Blick. Dennis y avait apporté ses valises. Elle les défit avec une efficacité méticuleuse, rangeant ses habits pliés comme s'il s'agissait d'une tenue de cérémonial. Les habits en question étaient assez stricts. Au fond de la seconde valise, il y avait une pile de partitions musicales manuscrites. Et, dans la poche de la valise, la photographie. On y voyait une femme environ de l'âge de Miss Abbott, passablement jolie mais avec un air d'amère insatisfaction. Miss Abbott contempla la photo et, luttant contre un douloureux sentiment de rancœur et de tristesse, elle s'assit sur le lit et serra ses mains malhabiles entre ses larges genoux. Le temps passa. Le navire remua légèrement sur son ancre. Miss Abbott entendit le rire chaud de Mme Dillington-Blick, qui parut lui procurer un vague et imperceptible réconfort. Il y eut un bruit de nouvelles arrivées, de pas au-dessus de sa tête et de remue-ménage sur le quai. De la partie la plus reculée de la zone habitable lui parvinrent les échos d'une fête et une voix masculine sonore qui lui sembla curieusement familière. Miss Abbott sut bientôt pourquoi. La porte de sa cabine était restée entrouverte : par conséquent, lorsque l'amie de Mme Dillington-Blick sortit dans le couloir, elle l'entendit très clairement. Mme Dillington-Blick, elle, déclara en pouffant du seuil de sa cabine :

— Eh bien, vas-y, qu'attends-tu ?

Les souliers de son amie crissèrent sur le plancher du couloir. Puis celle-ci revint, tout excitée, disant :

— C'est bien ça, ma chère ! Il l'a rasée ! C'est le steward qui me l'a dit. C'est bien Aubyn Dale ! Quelle chance magnifique, ma chérie !

Elles s'esclaffèrent à nouveau ; et, entre deux éclats de rire, Mme Dillington-Blick remarqua qu'elle n'allait pas attendre les tropiques pour enfiler son maillot de bain Jolyon. La porte de la cabine se referma sur leurs exclamations.

« Pauvres idiotes », pensa Miss Abbott, morose. Elle ne s'intéressait nullement aux vedettes de la télévision.

Elle se demanda ensuite si elle allait vraiment jeter la photo par-dessus bord, une fois qu'ils seraient en haute mer. Et si elle la déchirait maintenant, avant de l'expédier dans la corbeille à papier ? Ou bien directement dans l'eau ? Comme elle se sentirait seule, alors ! Ses doigts aux jointures noueuses tambourinèrent sur ses genoux anguleux, et elle se mit à songer à ce qui se passait autour, dans le port. L'eau devait être sale et glacée, polluée par les détritus des bateaux... dégoûtante !

— Oh, *mon Dieu*, dit Miss Abbott, je suis si bigrement malheureuse !

Dennis frappa à sa porte.

— Un télégramme, Miss Abbott, annonça-t-il d'une voix flûtée.

— Un télégramme ? Pour moi ? Oui ?

Il poussa la porte.

Miss Abbott prit le télégramme et l'ouvrit avec des doigts tremblants. Le papier palpita dans sa main.

« Abbey chérie tellement triste écris ou si pas trop tard téléphone, F. »

Dennis s'attardait dans la cabine.

— Puis-je envoyer une réponse ? demanda Miss Abbott d'une voix frémissante.

— Eh bien... oui-i-i. Enfin...

— Ou alors téléphoner ? Puis-je téléphoner ?

— Il y a bien un téléphone à bord, mais j'ai vu une queue en passant devant.

— Dans combien de temps levons-nous l'ancre ?

— Dans une heure, à peu près, mais le téléphone est débranché plus tôt.

— C'est très important, fit Miss Abbott, désemparée. Très urgent, vraiment.

— Tss, tss.

— Attendez. Je crois avoir vu une cabine sur le quai. A côté de l'arrêt du bus, n'est-ce pas ?

— C'est vrai, répondit-il, approbateur. Vous remarquez tout, hein ?

— J'ai le temps de descendre, n'est-ce pas ?

— *Tout* votre temps, Miss Abbott.

— C'est ce que je vais faire. Je vais y aller tout de suite.

— Il y a des sandwiches et du café à la salle à manger.

— Je n'en veux pas. Il faut que j'y aille.

— Il fait froid dehors. On gèle. Vous devriez prendre un manteau, Miss Abbott.

— Aucune importance. Bon, très bien. Merci.

Elle prit son manteau dans la penderie, saisit son sac à main et se hâta dehors.

— Tout droit, descendez l'escalier et tournez à droite, cria Dennis derrière elle. Et ne vous perdez pas dans le brouillard, ajouta-t-il.

L'agitation de Miss Abbott avait éveillé sa curiosité. Il sortit sur le pont, juste à temps pour la voir courir sur le quai noyé dans la brume. « Elle court comme un homme, pensa Dennis. Enfin, il faut de tout pour faire un monde. »

Assis sur leurs couchettes respectives, M. et Mme Cuddy se regardaient avec cet air badin qu'ils arboraient dans l'intimité. Les ventilateurs sur la cloison soufflaient de l'air chaud dans la cabine ; le hublot était fermé, les bagages, rangés, et les Cuddy se sentaient bien.

— Jusque-là, ça va, fit Mme Cuddy avec réticence.

— Contente, chérie ?

— On n'a pas à se plaindre. Ça semble propre.

— Une douche et des toilettes rien que pour nous, souligna-t-il, désignant de la tête une porte étroite.

— C'est pareil pour tout le monde, dit-elle. Je n'aurais pas aimé partager.

— Comment as-tu trouvé les gens ? Des drôles d'oiseaux, à mon avis.

— Il y a des prêtres catholiques.

— Un seul. L'autre était venu l'accompagner. Catholique, tu crois ?

— Il en avait l'air, non ?

M. Cuddy sourit. Il avait un sourire étrange, très large et complice.

— Je les trouve ridicules, déclara-t-il.

— Apparemment, nous évoluons dans la haute, remarqua Mme Cuddy. Tu as vu les fourrures ?

— Et le *parfum* ! Pfff !

— Je vois que je dois te garder à l'œil.

— As-tu entendu la conversation ?

— Un bon bout, reconnut Mme Cuddy. Elle a beau parler pointu, ça ne vole pas très haut, ce qu'elle raconte.

— Sérieux ?

— Ya que les hommes qui l'intéressent.

Le sourire de M. Cuddy s'élargit.

— Tu as vu les fleurs ? demanda-t-il. Les orchidées. Trente shillings pièce.

— Allez !

— Je t'assure. C'est la vérité. Elles sont très jolies, d'ailleurs, fit M. Cuddy avec une curieuse inflexion dans la voix.

— As-tu vu ce qui est arrivé à la dame qui lisait par-dessus l'épaule du bonhomme âgé ? Dans le bus ?

— Tiens, un peu ! Tu parles d'un accueil ! Pfff !

— Il était en train de lire un article sur ces meurtres, tu sais, l'Assassin aux Fleurs. Il paraît qu'il laisse des fleurs sur la poitrine de ses victimes. Et qu'il chante.

— Avant ou après ?

— Après. Quelle horreur ! fit Mme Cuddy avec délectation.

M. Cuddy émit un son inarticulé.

— Ça me donne la chair de poule, quand j'y pense, poursuivit son épouse. Je me demande ce qui le rend aussi cinglé.

— Les femmes.

— C'est ça. Toujours la faute aux dames, répondit-elle avec bonhomie. C'est bien un raisonnement d'homme, ça.

— Ben, réfléchis un peu. Y en avait-il beaucoup, dans le journal ?

— Je ne voyais pas très bien, mais je crois que oui. C'est sur toutes les affiches. Evidemment, ils ne l'ont toujours pas attrapé.

— Dommage que nous n'ayons pas de journal. Je me demande comment j'ai pu oublier.

— Il y en a peut-être un au salon.

— Tu parles !

— L'autre bonhomme a laissé le sien dans le bus. Je l'ai remarqué.

— C'est vrai ? Tu sais, dit M. Cuddy, j'ai bien envie de lire le journal de ce soir. Je vais aller voir s'il est toujours là. Le bus ne part pas avant 23 heures. J'ai le temps.

— Ne sois pas long. Tu sais comment je suis. Si jamais le bateau partait sans toi...

— Nous ne levons pas l'ancre avant minuit, chérie, et il n'est que 22 h 50. J'en ai pour deux minutes. Crois-tu que je te laisserais partir en mer avec tous ces superbes marins ?

— Toi alors !

— Je reviens tout de suite. C'est une envie qui m'a pris, comme ça.

— Je suis bête, je sais, dit Mme Cuddy, mais chaque fois que tu sors... à la Loge ou ailleurs, j'ai toujours la frousse.

— Bécassine, va. Je t'aurais bien dit de venir avec moi, mais ça ne vaut pas le coup. Il y a du café en bas.

— Fait avec du café soluble, je parie.

— En tout cas, j'y goûterai à mon retour. Allez, sois sage.

Il enfonça un feutre gris acier sur sa tête, enfila un imperméable — ce qui le fit ressembler à un détective privé vu par un réalisateur de films — et descendit à terre.

Quant à Mme Cuddy, elle resta droite et anxieuse sur sa couchette.

L'amie la plus chère d'Aubyn Dale regarda par le hublot et dit avec difficulté :

— Chéri, on dirait que ça va être la pi... la purée de pois. A mon avis, il est temps que nous levions le camp.

— As-tu l'intention de conduire, chérie ?

— Evidemment.

— Ça va aller, tu es *sûre* ?

— Trésor, protesta-t-elle, je ne suis jamais aussi en sécurité que quand je suis ronde. Cela me donne un petit quelque chose en plus, par rapport aux autres conducteurs.

— Tu me fais peur.

— Pour te prouver à quel point je maîtrise la situation, je propose que nous partions avant d'être complètement dans le cirage. Oh là là ! Je crois que je vais me payer une bonne crise de larmes. Où est mon mouchoir ?

Elle ouvrit son sac à main. Un serpent à ressort bondit sur elle : il avait été caché là par son amant qui affectionnait particulièrement ce genre de plaisanteries.

Cet incident, bien qu'il fût accueilli comme une routine, retarda quelque peu le moment des adieux. Enfin, ils convinrent qu'il était temps de se séparer.

— Surtout, observa le meilleur ami, que nous avons vidé la dernière bouteille. Désolé, mon vieux. Lamentable, tout ça. Consternant.

— Allons, dit la meilleure amie, tout a été fabuleux. Cher Aubyn ! Mais il faut qu'on y aille.

Ils s'apprêtèrent laborieusement à prendre congé, mais Aubyn Dale déclara qu'il les raccompagnerait à la voiture.

Ils descendirent donc tous à terre, parlant fort et d'une voix bien timbrée du brouillard qui avait considérablement épaissi.

Il était déjà 23 h 5. Le bus était parti, et un taxi solitaire stationnait à l'arrêt. Leur voiture était garée plus loin sur le quai. Ils s'arrêtèrent autour d'elle pour bavarder encore quelques minutes. Les amis de Dale lui répétèrent en chœur combien cette croisière allait lui faire du bien, combien il était superbe sans sa célèbre barbe, combien il semblait épuisé et comment l'émission allait sombrer sans lui. Finalement, ils partirent en agitant les mains et essayant de faire « hip, hip, hip, hourra » avec le klaxon.

Aubyn Dale leur adressa un signe d'adieu et, enfonçant les mains dans les poches de son pardessus en poil de chameau, rebroussa chemin en direction du bateau. Une petite brise humide jouait dans ses cheveux ; des bouffées de brouillard passaient à côté de lui. Que c'était donc photogénique, un embarcadère ! Les cheminées de certains navires étaient éclairées par en dessous, et l'effet, bien que flou et nébuleux, était tout à fait exaltant. Les lumières flottaient comme des globes dans l'obscurité. Il y avait des bruits creux indéfinissables et une quantité d'odeurs. S'imaginant qu'il était là pour faire une de ses émissions spéciales, Dale chercha les phrases appropriées. Il serait très bien, pensa-t-il, posté à l'entrée d'un passage. Il porta une main à son menton rasé et frissonna. Il fallait absolument se ressaisir. Le but du voyage était de s'éloigner de son travail, de cesser même d'y penser. D'oublier toutes les contrariétés. Telles que son amie la plus chère, bien qu'elle fût un amour.

Aussitôt, il se mit à penser à elle. Il aurait dû lui offrir quelque chose avant son départ. Des fleurs ? Non, non. Pas les fleurs. Elles étaient liées à une association déplaisante. Il sentit son corps se glacer, puis devenir très chaud. Serrant les poings, il se dirigea vers le passage.

Deux minutes plus tard, le neuvième et dernier passager du *Cape Farewell* arriva en taxi au port. C'était un vieux garçon, M. Donald McAngus, qui se trouvait dans un état de fébrilité extrême. Le brouillard le long de l'Embankment avait épaissi. Dans la Cité, c'était une vraie catastrophe. Son taxi avait dû s'arrêter à plusieurs reprises ; deux fois, le chauffeur avait perdu son chemin et finalement, alors que son client était réellement malade d'inquiétude, il annonça qu'il n'irait pas plus loin. Il désigna les contours à peine perceptibles de murs et de toits, ainsi que la faible lueur qu'on apercevait au-delà. C'était là-bas, dit-il, qu'attendait le bateau de M. McAngus. Il suffisait d'aller dans la direction de la lueur, et il serait bientôt à bord. S'ensuivit une histoire très compliquée à propos du prix de la course et du pourboire. Tout d'abord, M. McAngus ne donna pas assez ; puis, rongé par l'anxiété, il en donna trop. Le chauffeur avait adopté une attitude de pitié. Il mit les deux valises de M. McAngus dans les mains de leur propriétaire et fourra sa boîte en carton et son paquet sous ses bras. Ainsi chargé, M. McAngus disparut clopin-clopant dans le brouillard, et le taxi retourna dans le West End londonien.

Il était à présent 23 h 30. Le taxi de la boutique de fleurs attendait sa cliente, et l'agent Moir était sur le point d'engager la conversation avec le chauffeur. La dernière écoutille du *Cape Farewell* s'était refermée, et son commandant, le capitaine Bannerman, s'apprêtait à accueillir son pilote.

A minuit moins une, la sirène mugit.

L'agent Moir, lui, était en train de téléphoner au Bureau d'Investigation Criminelle.

— Il y a autre chose, monsieur, disait-il, à part les fleurs. Dans sa main droite, elle serre un bout de papier. Apparemment, monsieur, c'est une carte d'embarquement, qu'on donne aux passagers. Pour le *Cape Farewell.*

Il écouta la réponse, tournant la tête pour regarder, par-dessus les toits à demi invisibles, la silhouette d'une cheminée rouge barrée d'une bande blanche. Elle s'éloigna et s'évanouit doucement dans le brouillard.

— Malheureusement, je ne peux pas monter à bord, fit-il. Il vient d'appareiller, monsieur.

3

Le départ

I

Toutes les deux minutes, à intervalles réguliers, le *Cape Farewell* faisait marcher sa sirène. Ce bruit parvenait vaguement aux passagers endormis à travers leur sommeil, comme si leurs rêves étaient ponctués de rugissements d'un monstre. Ceux qui veillaient, en revanche, l'écoutaient avec plus ou moins d'énervement. Aubyn Dale, par exemple, tenta de compter les secondes entre chaque coup : parfois, elles atteignaient le nombre de cent trente, et parfois, en traînant délibérément, il les ramenait à cent quinze. Puis il voulut prendre son pouls, mais cela ne fit que l'exciter. Son cœur se conduisait d'une manière fort excentrique. Il se mit à penser à toutes les choses auxquelles mieux valait ne pas penser, y compris à la pire de toutes : le désastre de la Foire d'Eté à Melton Medbury. C'était précisément pour oublier ce genre d'expériences que son psychiatre l'avait expédié en croisière. Il avait déjà pris un cachet de somnifère. A 2 heures du matin, il en prit un autre, qui, celui-là, produisit son effet.

M. Cuddy non plus n'arrivait pas à trouver le repos. Il avait rapporté du bus l'*Evening Herald* de M. Merryman. Le journal était quelque peu froissé, mais une fois au lit, M. Cuddy le lut de la première à la dernière ligne, notamment les articles sur l'Assassin aux

Fleurs. De temps à autre, il en lisait un passage à voix haute pour divertir Mme Cuddy ; mais bientôt, les ronflements sonores de son épouse lui apprirent qu'il se fatiguait pour rien. Il laissa tomber le journal sur le plancher et prêta l'oreille aux mugissements de la sirène, se demandant si les autres passagers allaient les snober, lui et sa moitié. Il songea aux orchidées de Mme Dillington-Blick, se soulevant légèrement sur leur superbe piédestal, et, peu à peu, finit par sombrer dans un sommeil agité.

M. Merryman, quant à lui, dormait à poings fermés. Même s'il fut visité par les images d'un steward irrévérencieux ou d'une vieille fille indiscrète, celles-ci furent trop profondément enfouies dans son inconscient pour qu'il s'en rendît compte. Comme la plupart des individus irascibles, il semblait trouver un réconfort à ses peines dans un sommeil de plomb.

Ce fut aussi le cas du père Jourdain, qui, après avoir terminé ses prières, s'être mis au lit et avoir subi quelques tribulations que sa pieuse conscience lui imposait, s'assoupit paisiblement pour dormir jusqu'au matin.

Il avait fallu un certain temps à M. McAngus pour se remettre des conséquences de son arrivée tardive. Néanmoins, il descendit prendre un café et des sandwiches à la salle à manger, où il observa ses compagnons de voyage avec circonspection et une très grande curiosité. Il ne s'agissait pas là d'un sentiment malsain, mais d'une soif de connaître illimitée, typique d'un Ecossais des Lowlands. Il collectionnait les renseignements sur autrui comme un philatéliste éclectique collectionne les timbres : pour le simple plaisir de les ajouter à sa collection. Il se retrouva à la table des Cuddy — les passagers n'avaient pas encore reçu leurs places attitrées —

et apprit très vite qu'ils habitaient Dulwich et que M. Cuddy était dans les « affaires » : lesquelles, M. McAngus ne put le deviner. Il leur parla de ses ennuis avec le taxi. Troublé par le regard fixe de Mme Cuddy, il s'égara dans une forêt de parenthèses et regagna, insatisfait, sa cabine et son lit.

Il y resta sagement couché toute la nuit dans son pyjama rouge vif, visité par des pensées tellement saugrenues et incohérentes qu'elles se transformèrent peu à peu en rêves et ne furent nullement perturbées par l'appel insistant de la sirène.

Miss Abbott était revenue de la cabine téléphonique sur le quai, remarquant à peine le brouillard. Une légère rougeur teintait sa peau mate. Le matelot en haut de la passerelle aperçut et se rappela plus tard son air d'excitation contenue. Elle alla se coucher ; mais lorsque le navire leva l'ancre, elle était encore pleinement éveillée. Elle regarda les lumières floues glisser devant le hublot et sentit les vibrations des machines à la vitesse minimum. Elle s'endormit vers une heure du matin.

Jemima Carmichael n'avait pas prêté grande attention à ses compagnons : il lui fallut toute sa force et sa détermination pour retenir ses larmes. Courroucée, elle se répétait que pleurer était un phénomène physique volontaire, entièrement contrôlable et, dans son cas, totalement injustifiable. Des tas de gens voyaient leurs fiançailles se rompre au dernier moment et ne s'en portaient pas plus mal : la plupart d'entre eux n'avaient pas, comme elle, la chance de couper les ponts et de courir se réfugier en Afrique du Sud.

Elle avait eu tort de se retourner pour regarder Saint-Paul. Ce genre de beauté la touchait toujours profondément ; et voilà qu'elle recommençait, avec cet homme assis en face d'elle qui la contemplait comme s'il avait envie de la plaindre. Dès cet instant, le trajet en bus fut un supplice, mais la marche dans le brouillard jusqu'au bateau s'avéra plus agréable. C'en était presque drôle, que son départ se déroulât dans une atmosphère aussi sinistre. Elle avait remarqué les chaussures vernies à talons hauts de Mme Dillington-Blick qui cliquetaient devant elle, et avait saisi des bribes de la conversation des Cuddy. Elle sentait également la présence du jeune homme qui marchait derrière elle. Lorsqu'ils émergèrent du passage qui menait vers l'embarcadère, il dit :

— Je vous en prie, laissez-moi porter votre valise.

Et il s'en empara avant qu'elle pût protester.

— Toutes mes affaires sont déjà à bord, ajouta-t-il. Si je n'ai rien dans les mains, je me sens insignifiant. N'avez-vous pas horreur de vous sentir insignifiante ?

— Ma foi, non, répliqua Jemima, prise au dépourvu et obligée de répondre d'une manière peu conventionnelle, elle aussi. Pour le moment, cela ne me dérange absolument pas.

— Cela vous change, peut-être.

— Pas du tout, rétorqua-t-elle précipitamment.

— Ou alors, les femmes sont après tout des créatures naturellement timides. « Voilà, devez-vous penser, la vanité typique du mâle. » Vous avez parfaitement raison. Savez-vous qu'Aubyn Dale sera aussi du voyage ?

— Ah bon ? dit Jemima sans grand intérêt. J'aurais cru qu'un paquebot de luxe et des distractions organisées étaient davantage son style.

— J'ai l'impression qu'il s'agit d'une cure de repos, loin des caméras, mais je parie que les feux de la rampe lui manqueront en un rien de temps. A propos, je suis le médecin de bord, et c'est mon premier long voyage. Je m'appelle Timothy Makepiece. Et vous, vous devez être soit Miss Katherine Abbott, soit Miss Jemima Carmichael, et j'ose espérer que ma seconde supposition est la bonne.

— Vous seriez bien embêté si ce n'était pas le cas, répondit Jemima.

— J'avais tout misé sur une seule carte. Et j'ai eu raison, semble-t-il. Est-ce votre première grande traversée ?

— Oui.

— Vous ne paraissez pas aussi emballée que je l'aurais cru. Et voici le bateau, cette chose énorme au-dessus de nos têtes. Je suis ravi de savoir que nous nous reverrons. Quel est le numéro de votre cabine ? Ce n'est pas de l'indiscrétion ; je veux seulement y déposer votre valise.

— C'est le numéro 4. Merci beaucoup.

— Je vous en prie, répondit le Dr Makepiece poliment.

Il la précéda dans sa cabine, posa sa valise et sortit, après l'avoir gratifiée d'un petit salut réservé.

« Le plus drôle, pensa Jemima distraitement, est que ce jeune homme n'avait pas l'air de jouer la comédie. » Et elle l'oublia aussitôt.

Ses propres ennuis revinrent alors la hanter en force, et elle sentit une mélancolie noire l'envahir. Elle avait supplié ses parents et amis de ne pas venir l'accompagner au bateau, et il lui semblait que des siècles s'étaient écoulés depuis le moment des adieux. A présent, elle se sentait très seule.

La cabine était impersonnelle. Jemima entendit des voix et un bruit creux de pas sur le pont du dessus. Elle respira l'odeur de gomme qui règne à bord d'un bateau. Comment allait-elle supporter pendant cinq semaines une femme à hauts talons, un couple à la voix vulgaire et une vieille fille aimable comme une porte de prison ? Elle défit ses bagages, qu'on avait déjà entreposés dans la cabine. Dennis passa la tête par la porte, et elle le trouva épouvantable. Après quoi, elle se reprocha vertement d'être aussi odieuse et intolérante. Sur ce, elle découvrit dans son placard un paquet provenant d'une boutique fabuleuse avec, à l'intérieur, une robe superbe et un message de sa mère. Elle s'assit alors sur sa couchette et pleura comme une petite fille.

Lorsqu'elle se fut remise de ses émotions et qu'elle eut terminé de ranger ses affaires, elle se sentit mortellement fatiguée et alla se coucher.

Allongée dans son lit, elle écouta les bruits du navire et du port. La cabine avait adopté peu à peu un air familier ; et quelque part au-delà de toute la détresse commençait à poindre un imperceptible sentiment d'anticipation. A nouveau, une voix agréable résonna à ses oreilles : « Vous ne paraissez pas aussi emballée que je l'aurais cru. » Puis elle s'endormit si profondément qu'elle n'entendit pas le bateau lever l'ancre et ne perçut que très vaguement les mugissements de la corne de brume qui avaient retenti à deux minutes d'intervalle pendant toute la nuit.

A minuit et demi, tous les passagers étaient au lit, y compris Mme Dillington-Blick, qui avait eu fort à faire avec un nouveau et complexe traitement de beauté.

Les officiers de quart suivirent leur itinéraire désigné ; et le *Cape Farewell* quitta lentement l'estuaire de la Tamise avec un assassin à bord.

II

Le capitaine Jasper Bannerman se tenait avec le pilote sur la passerelle de commandement. Il devait rester debout toute la nuit. C'était un métier ancien que le leur ; et, bien qu'ils eussent le radar et la radio à leur disposition, leurs pensées, tandis qu'ils scrutaient la blancheur mouvante du brouillard, étaient les mêmes que celles de leurs prédécesseurs d'antan. Un avertissement d'urgence leur était parvenu, avec sa kyrielle de noms intemporels :

Dogger, Dungeness, les Outer Hebrides, Scapa Flow, Portland et les Goodwin Sands.

— Quelle purée ! fit le pilote, parlant du brouillard. On n'est pas sorti de l'auberge, avec ça.

Les échos d'une navigation invisible résonnaient çà et là, gutturaux et désolés. Le temps passait avec une lenteur indescriptible.

A 2 h 30, le radio monta sur la passerelle avec deux messages.

— J'ai préféré vous les apporter moi-même, monsieur, dit-il, faisant indirectement allusion à son subordonné. Ils sont codés et urgents.

— Très bien, répondit le capitaine Bannerman, attendez deux minutes.

Il alla dans sa cabine, prit son livre de code et déchiffra les messages. Puis, après une pause considérable, il appela :

— Sparks !

Le radio mit sa casquette sous son bras, entra dans la cabine du capitaine et referma la porte.

— Ça tombe comme un cheveu sur la soupe, cette fichue histoire, déclara le capitaine.

Le radio attendit, essayant de ne pas paraître trop impatient. Le capitaine Bannerman s'approcha du hublot à tribord et relut en silence les messages décodés. Le premier venait du directeur général de la compagnie Cape Line :

« Top secret. Avec respects directeur stop espère vous réserverez excellent accueil au superintendant Alleyn qui embarquera au large de Portsmouth via vedette du pilote stop voyagera comme passager stop pourrait utiliser cabine du pilote stop prière me tenir personnellement au courant futurs développements stop votre compagnie compte sur votre discrétion et votre discernement stop Cameron stop fin du message. »

Le capitaine Bannerman lâcha une onomatopée qui exprimait sa colère et relut le second message :

« Urgent immédiat et confidentiel stop superintendant R. Alleyn embarquera au large de Portsmouth par vedette du pilote stop il exposera la nature du problème stop cette instance est en contact avec votre compagnie stop C.A. Majoriebanks adjoint du préfet Bureau d'Investigation Criminelle Scotland Yard fin de message. »

— Je vais vous donner la réponse, dit le capitaine Bannerman, lançant un regard noir sur son subordonné. La même pour les deux : « Instructions reçues et notées. Bannerman. » Et vous me ferez le plaisir, Sparks, de garder tout cela pour vous.

— Certainement, monsieur.

— Pas un mot à qui que ce soit.

— Certainement, monsieur.

— Bien.

— Merci, monsieur.

Après le départ du radio, le capitaine Bannerman demeura dans une sorte de transe scandalisée pendant une trentaine de secondes, puis il remonta sur la passerelle.

Durant le reste de la nuit, il consacra toute son attention au problème du moment, à savoir le pilotage de son navire dans le brouillard le plus épais qu'il eût rencontré depuis dix ans. En même temps, et à un niveau différent, il s'interrogeait sur ses passagers. Il les avait entraperçus de la passerelle. Comme tous les hommes qui la voyaient, ne fût-ce que furtivement, il avait gardé une excellente impression de Mme Dillington-Blick. Une belle femme. Il avait également remarqué Jemima Carmichael, qui rentrait dans la rubrique générale des Douces Jeunes Filles, et qui, à l'approche des tropiques, ne manquerait pas de faire tourner la tête à ses officiers. A un autre niveau, il était préoccupé par les deux radiogrammes. Pourquoi diable, se demanda-t-il rageusement, devait-il accueillir au dernier moment un détective en civil ? Plusieurs raisons possibles défilèrent dans son esprit. Un passager clandestin ? Un criminel en fuite ? Un homme recherché parmi l'équipage ? Peut-être s'agissait-il tout simplement d'une mission de dernière minute à Las Palmas, mais dans ce cas, pourquoi cet individu ne prenait-il pas l'avion ? Et l'hébergement, quelle plaie : surtout dans la cabine du pilote, où il serait continuellement dans ses pattes ! A 4 heures du matin, moment de la baisse du tonus, le capitaine Bannerman eut le pressentiment que ce voyage se passerait mal.

III

Le lendemain matin, le brouillard enveloppait toujours la Manche. Tandis qu'il attendait au large de Portsmouth, le *Cape Farewell* était perdu dans l'obscurité. Ses cinq passagers hommes étaient tous sur le pont, le col remonté. MM. Merryman, McAngus, Cuddy et le père Jourdain portaient des bonnets à l'allure étonnée et arpentaient le pont des embarcations ou bien s'asseyaient d'un air morne sur les bancs qui n'allaient probablement pas servir pendant le reste du voyage. Aubyn Dale regagna très rapidement ses quartiers. En plus de sa chambre, il disposait d'un petit salon : l'ensemble était connu dans les bureaux de la compagnie sous le nom de la « suite ». Il avait invité Mme Dillington-Blick et le Dr Timothy Makepiece à venir prendre un verre avant le déjeuner. Mme Dillington-Blick avait fait une apparition féerique sur le pont vers 11 heures, et, sans remuer le petit doigt au sens figuré, avait décroché cette invitation à la demie. Le Dr Makepiece avait accepté dans l'espoir que Jemima Carmichael aurait été invitée, elle aussi ; mais Jemima passa la matinée à se promener sur le pont des embarcations et à lire à l'abri du froid mais bien caché d'une bâche.

M. McAngus ne resta pas non plus longtemps sur le pont. Il se retira rapidement au salon des passagers où, après avoir examiné d'un œil incertain les étagères de la bibliothèque, il s'installa dans un coin et s'assoupit. Mme Cuddy était là, et elle dormait également. Ayant décidé, en dépit des prévisions météo, qu'il allait faire un temps de cochon, elle avait pris un cachet. Miss Abbott, elle, faisait les cent pas sur l'étroit pont inférieur. Elle avait choisi, instinctivement sans doute, cette partie du bateau que tout le monde déserte après les premières heures en mer. Sur le plan destiné aux passagers, cela s'appelait le pont-promenade.

Jemima fut la première à remarquer le changement de temps. Une sorte de chaleur timide descendit sur les pages de son livre : elle leva les yeux et découvrit que le soleil filtrait faiblement à travers le brouillard devenu plus clair. A cet instant, le *Cape Farewell* fit mugir sa sirène pour annoncer midi ; après quoi, Jemima entendit un bruit de moteur. Elle passa à bâbord et aperçut, tout près, la vedette du pilote. Elle la regarda s'approcher de l'échelle de corde. Un homme de haute stature se tenait à bord, regardant le *Cape Farewell.* Jemima, qui était très critique en matière d'habits masculins, nota les siens avec une approbation distraite. Un matelot à la tête de l'échelle lança une corde dans la vedette et hissa à bord deux valises. Le pilote descendit ; l'homme de haute taille grimpa prestement l'échelle et fut accueilli par un officier de quart qui le conduisit sur la passerelle.

En chemin, il passa devant MM. Merryman et Cuddy, qui levèrent les yeux de leurs romans policiers et furent vaguement frappés par l'idée, aussitôt rejetée, qu'ils avaient déjà vu le nouvel arrivant. Ils n'avaient pas entièrement tort : la veille au soir, ils avaient tous deux contemplé sa photographie grossièrement déformée dans l'*Evening Herald.* C'était le superintendant R. Alleyn.

IV

Les mains dans les poches de sa veste, le capitaine Bannerman examina son nouveau passager. A première vue, celui-ci l'avait énervé parce qu'il ne ressemblait guère à l'image que le capitaine se faisait d'un détective en civil, et aussi parce qu'il parlait avec ce que le capitaine, qui était un snob à l'envers, considérait comme un accent de la haute, bigrement prétentieux et totalement inconcevable dans la bouche d'un flic. Lui-même avait eu quelque peine à préserver son propre parler des Midlands.

— Alors, fit-il, vous êtes le superintendant A'leen, hein ? Vous allez m'expliquer, je suppose, de quoi il retourne, et j'avoue que je serai bien content de le savoir.

— J'imagine, monsieur, répliqua Alleyn, que vous devez pester depuis l'instant où vous avez reçu les messages qu'on a dû vous envoyer.

— Pas vraiment pester...

— Je sais très bien quelle tuile cela doit représenter. La seule excuse que je puis vous offrir relève de l'opportunité, et, ajouterai-je, de l'extrême urgence.

Etirant délibérément ses voyelles, le capitaine Bannerman répondit :

— Te-e-elle que-e ?

— Telle qu'un meurtre. Plusieurs meurtres, en fait.

— Plusieurs meurtres ? Vous voulez parler de ce type qui chante et le dit avec des fleurs ?

— Absolument.

— Mais que diable a-t-il à voir avec mon bateau ?

— J'ai toutes les raisons de croire, rétorqua Alleyn, qu'il se trouve à bord.

— Foutaises !

— Je sais que cela paraît ridicule.

Sortant les mains de ses poches, le capitaine Bannerman s'approcha du hublot et regarda dehors. Le brouillard s'était levé, et le *Cape Farewell* avait repris sa route.

— C'est ça, l'équipage qu'on vous recrute aujourd'hui ! déclara-t-il. Des assassins, tiens !

— Mes supérieurs, répliqua Alleyn, ne pensent pas qu'il s'agisse d'un membre de l'équipage.

— Les stewards ont déjà effectué trois traversées sur ce bateau.

— Il n'est pas davantage parmi les stewards. A moins que stewards ou matelots se promènent avec des cartes d'embarquement.

— Vous n'allez pas me raconter que nous avons embarqué un passager homicide ?

— Cela m'en a tout l'air, pour le moment.

— Alors là ! dit le capitaine Bannerman, en changeant de ton. Asseyez-vous. On va boire un verre. J'aurais dû me douter que c'était un passager.

Alleyn s'assit mais refusa la boisson, ce qui provoqua une réaction familière chez son interlocuteur.

— Ah ! fit le capitaine Bannerman avec un air de sombre acquiescement. Je vois. Je vois.

Ses manières étaient si lourdes qu'Alleyn se crut obligé de préciser :

— Cela ne signifie pas, à propos, que je suis sur le point de vous arrêter.

— Cela m'étonnerait que vous le puissiez, vous savez. Pas tant que nous sommes en mer. J'en doute très fort.

— Heureusement, la question ne se pose pas pour l'instant.

— J'aurais dû consulter le règlement, soupira le capitaine.

— Si je vous exposais toute la situation, suggéra Alleyn, dans la mesure où elle affecte ma présence à bord de votre bateau ?

— C'est ce que j'attends depuis le début, il me semble.

— Certainement, concéda Alleyn. Eh bien, voilà.

Il regarda le capitaine Bannerman bien en face. Celui-ci attendait, assis, les mains sur les genoux et les sourcils haussés.

— Vous avez entendu parler de cette affaire, du moins dans la presse. Pendant les trente derniers jours et jusqu'à hier soir, 23 heures, il y a eu deux meurtres que nous attribuons à une seule personne et qui pourraient faire partie d'un cadre plus élargi. Dans chaque cas, la victime était une femme ; chaque fois, elle a été étranglée, et on a trouvé des fleurs sur son corps. Inutile que je vous ennuie avec d'autres détails pour le moment. Hier soir, quelques minutes avant le départ de ce bateau, une troisième victime a été découverte. Elle était dans une allée obscure qui donne sur le passage entre l'endroit où le bus et les taxis déchargent leurs passagers et le quai où vous étiez amarré. Il s'agit d'une jeune fleuriste qui devait livrer des jacinthes à l'une de vos passagères : une certaine Mme Dillington-Blick. Son collier de fausses perles était cassé, et les fleurs ont été éparpillées de la façon habituelle sur son corps.

— Et le chant ?

— Comment ? Ah, ça. C'est un élément que la presse a grandement exploité. Cela a dû sûrement arriver la première fois. Le 15 du mois dernier. La victime, vous vous en souvenez peut-être, était Beryl Cohen qui vendait de la pacotille dans Warwick Road et exerçait à l'occasion un métier plus ancien. On l'a retrouvée dans son meublé derrière Paddington. Le locataire du dessus semble avoir entendu le visiteur partir vers 22 heures. Il dit que ce visiteur était en train de chanter.

— Horrible, dit le capitaine Bannerman d'un air compassé. Et que chantait-il, au juste ?

— L'air des Bijoux, répondit Alleyn, de *Faust*. D'une voix de haute-contre.

— Moi-même, je suis un baryton-basse, fit le capitaine distraitement. D'oratorio, ajouta-t-il, lugubre.

— La seconde victime, poursuivit Alleyn, était une vieille demoiselle respectable nommée Marguerite Slatters, qu'on a trouvée étranglée de façon similaire dans une rue de Fulham dans la nuit du 25 janvier. Un gardien de nuit d'un entrepôt tout près de là dit avoir entendu quelqu'un exécuter *L'Abeille et le chèvrefeuille* d'une voix de fausset à une heure qui pourrait être la bonne.

Alleyn fit une pause, mais le capitaine Bannerman se contenta de le contempler d'un œil torve.

— Il semblerait que le matelot posté en haut de votre passerelle hier soir a entendu chanter dans le brouillard. Une drôle de voix, d'après lui. Il y a peut-être quelque chose là-dessous, et peut-être rien. Un marin saoul, que sais-je. Il n'a pas reconnu l'air.

— A propos d'hier soir, commença le capitaine. Comment savez-vous que la victime était... Bon, très bien. Continuez.

— Dans sa main gauche crispée dans un spasme cadavérique, on a trouvé le fragment d'une carte d'embarquement, de celles que votre compagnie délivre à ses clients. Je crois que le billet proprement dit est habituellement agrafé à cette carte et qu'il est arraché par l'officier chargé de le récupérer. Le passager garde la carte d'embarquement : elle n'a pas de valeur particulière, mais la plupart des gens doivent l'investir d'une sorte d'autorité et la conserver religieusement. Malheureusement, sur ce fragment on ne lisait que le mot *Farewell* et la date.

— Aucun nom ?
— Aucun nom.
— Dans ce cas, ça n'avance pas à grand-chose, observa le capitaine.
— Cela donne à penser qu'en luttant avec l'assassin, la victime a agrippé ce papier, qu'il s'est déchiré et que l'autre bout est soit resté en possession de l'assassin, soit a atterri quelque part sur le quai.
— Le papier était peut-être déjà sur le quai quand la victime l'a attrapé.
— C'est une possibilité, certes.
— Plutôt une probabilité. Et l'autre moitié, alors ?
— Quand je suis parti pour Portsmouth ce matin, on ne l'avait toujours pas retrouvée.
— Là, vous voyez !
— Mais si tout le monde a gardé sa carte d'embarquement...
— Pour quoi faire ?
— On en reparlera tout à l'heure, d'accord ? Le corps a été découvert par un agent de police au cours de sa ronde, cinq minutes avant votre départ. C'est un brave garçon, qui a conservé une présence d'esprit admirable, mais il n'a pas pu monter à bord de votre bateau. Vous aviez déjà appareillé. Au moment où il me téléphonait du port, il a vu votre cheminée passer dans le brouillard. Une équipe du Yard s'est rendue sur place pour la procédure habituelle. Nous avons contacté votre compagnie, qui tenait à tout prix à ce que votre départ ne soit pas retardé.
— Je pense bien ! s'exclama le capitaine Bannerman.
— ... et mes supérieurs sont arrivés à la conclusion que nous n'avions pas suffisamment de preuves pour vous retenir pendant que nous mènerions des investigations exhaustives à bord.
— Nom de... !

— Il a été donc décidé que j'embarquerais pour mener une enquête discrète à bord dans la mesure de mes moyens.

— Et que diriez-vous, s'enquit le capitaine lentement et sans manifester une quelconque mauvaise humeur, que diriez-vous si je refusais ? Hein ? Vous n'y aviez pas pensé, à ça ?

— Ma foi, répondit Alleyn, j'espère et je ne doute nullement que vous n'allez pas prendre ce chemin-là. Dans le cas contraire, et en supposant que je m'incline, ce que je ne ferai pas, d'ailleurs, vous avez des chances de vous retrouver avec un cadavre sur les bras avant la prochaine escale.

Les mains toujours sur les genoux, le capitaine Bannerman se pencha en avant jusqu'à ce que son visage fût à quelques centimètres de celui d'Alleyn. Ses yeux étaient de ce bleu incroyablement perçant qu'on attribue à juste titre aux marins, et son teint était couleur des vieilles briques.

— Allez-vous me dire, demanda-t-il furieusement, que ce type n'en a pas eu a-assez pour tout le voyage ?

— Jusque-là, répliqua Alleyn, il s'est manifesté à dix jours d'intervalle. Ce qui nous amène à un point quelque part entre Las Palmas et Le Cap.

— Je ne vous crois pas. Je ne crois pas qu'il soit à bord.

— Vraiment ?

— Quel genre de type est-ce ? Expliquez-moi.

— C'est vous qui allez me l'expliquer, rétorqua Alleyn. Vous avez autant de chances de tomber juste.

— Moi !

— Vous ou un autre... puis-je fumer ?

— Tenez... commença le capitaine en sortant son paquet de cigarettes.

— ... une pipe, si cela ne vous dérange pas.

Et Alleyn reprit, tout en bourrant sa pipe :

— Ces affaires-là sont les pires, de notre point de vue. Nous arrivons à repérer un tricheur professionnel, un escroc, un voleur, un tueur à gages et une douzaine d'autres individus infréquentables grâce à certains tics de comportement. Ils ont une façon de procéder qui leur est propre et, en règle générale, ils recherchent la compagnie de leurs semblables. Contrairement à un homme qui, n'ayant jamais eu de démêlés avec la police, commence, sur le tard peut-être, à étrangler des femmes tous les dix jours en laissant des fleurs sur leurs corps. Voilà un cas qui relève directement de la psychiatrie ; seulement, notre homme ne s'y intéresse pas. Il représente un exemple parmi d'autres. Mais de quoi ? Est-ce le résultat de mauvaises conditions d'habitat, d'une mère possessive, d'un coup sur la tête pendant un match de foot, des brimades d'un maître d'école ou bien d'une kyrielle de grands-parents déplorables ? Une fois de plus, vous en savez autant que moi. Il est. Il existe. Il peut se conduire de façon parfaitement adéquate dans tous les autres secteurs de sa vie, sauf celui-là. Ce peut être, et c'est souvent, un petit homme insignifiant qui vaque dûment à ses occupations pendant, disons, cinquante ans, sept mois et un jour. Le lendemain, il sort de chez lui et se transforme en assassin. Il a sans doute souffert de certaines anomalies de comportement qu'il devait dissimuler à grand-peine et qui, soudain, ont pris le dessus. La pulsion qui le pousse à commettre ses crimes programmés l'emporte. Il se laisse aller et devient un monstre.

— Ah, fit le capitaine Bannerman, un monstre. Il y a des choses contre nature qui surgissent dans l'âme humaine là où l'on s'attend le moins à les trouver. Là-dessus, je suis d'accord avec vous. Mais pas sur mon bateau.

Les deux hommes se dévisagèrent, et Alleyn sentit le découragement l'envahir. Il comprit qu'il avait affaire à une authentique tête de mule.

Les machines, qui tournaient maintenant à plein régime, propulsaient le navire vers le grand large. Il n'y avait plus de brouillard : la mer ensoleillée accueillit le nouveau venu en son sein. Son sillage courait docilement derrière lui ; il avait pris sa vitesse de croisière. L'Angleterre resta en arrière, et, comme prévu, le *Cape Farewell* mit le cap sur Las Palmas.

V

— Que voulez-vous que je fasse ? demanda le capitaine Bannerman. C'est une histoire à dormir debout, tout ça, mais je suis prêt à vous entendre. Je ne pourrais pas vous proposer mieux, hein ? Allez, je vous écoute.

— En effet, acquiesça Alleyn, c'est tout à fait raisonnable et plus même que je n'espérais. Tout d'abord, je vais vous dire ce que je ne veux pas. Je ne veux surtout pas être connu pour ce que je suis.

— Tiens, tiens.

— Comme, apparemment, les subrécargues[1] ne sont plus très employés, je ne serai pas subrécargue. Pourrais-je être un agent de la compagnie me rendant au siège de Durban ?

Le capitaine Bannerman le regarda fixement et répondit :

— Il faut que ce soit quelque chose de bien supérieur.

— Pourquoi ? A cause de l'âge ?

— Ça n'a rien à voir avec l'âge. Ni avec le physique. C'est plutôt l'impression générale.

— Je crains de ne pas bien...

— Vous n'avez pas l'air malade non plus. La fois d'avant, on a transporté un cousin du directeur général.

---

1. Agents de la compagnie embarqués en plus de l'équipage normal et qui veillent sur la cargaison. (*N.d.T.*)

Il était en train de se remettre du délirium tremens, après une cure, vous savez. Mais vous ne lui ressemblez guère. Pour tout dire, vous ne ressemblez pas plus à un détective, ajouta le capitaine avec rancœur.

— Je suis désolé.

— Avez-vous toujours été flic ?

— Pas vraiment.

— Je sais, déclara le capitaine. Laissez-moi faire. Vous êtes un cousin du président et vous allez à Canberra via Durban dans une de leurs légations. Il se passe toutes sortes de choses à Canberra. Tout le monde n'y verra que du feu.

— Vous croyez ?

— Sûr.

— Ça va, alors. Qui est votre président ?

— Sir Graeme Harmond.

— Vous voulez dire le petit homme grassouillet qui a des yeux ronds et qui bégaie ?

— Ben, répliqua le capitaine en dévisageant Alleyn d'un air médusé, en quelque sorte, oui.

— Je le connais.

— Vous m'en direz tant !

— Ça ira très bien.

— Très bien !

— Mieux vaut que je n'utilise pas mon nom. Il y a eu quelque chose dans la presse. Que diriez-vous de C.J. Roderick ?

— Roderick ?

— Il se trouve que c'est mon prénom, mais il n'a jamais paru dans les journaux. Dans ce genre de situations, on répond plus facilement à un nom dont on a l'habitude.

Il réfléchit quelques instants.

— Non, fit-il, soyons prudents et prenons plutôt Broderick.

— N'y avait-il pas une photo de vous dans le *Herald* d'hier soir ?

— Ah bon ? Zut !

— Attendez.

Le capitaine alla dans sa cabine et revint avec un exemplaire du journal qui avait tant intrigué M. Cuddy. Il le déplia à la page de l'aguichante Beryl Cohen et du superintendant R. Alleyn (voir encadré).

— Cela me ressemble-t-il ? fit Alleyn.

— Non.

— Parfait.

— Il y a peut-être une très légère ressemblance. On dirait que vous aviez la bouche pleine.

— C'était le cas.

— Je vois, dit le capitaine pesamment.

— Nous allons risquer notre coup.

— Vous voudrez rester dans votre coin, j'imagine ?

— Au contraire. Je veux me mêler le plus possible aux passagers.

— Pourquoi ?

Après quelques instants de pause, Alleyn demanda :

— Avez-vous une bonne mémoire des dates ?

— Des dates !

— Pourriez-vous, par exemple, vous procurer un alibi en béton ainsi que des témoins pour le 15 du mois dernier entre 10 et 11 heures du soir ; le 25 entre 9 heures du soir et minuit ; et hier soir durant la demi-heure avant votre départ ?

Le capitaine Bannerman souffla comme un phoque en marmonnant dans sa barbe.

— Pas pour les trois, répliqua-t-il enfin. Je ne pourrais pas.

— Eh bien, vous voyez.

Le capitaine ôta ses lunettes et approcha à nouveau son visage, maintenant violacé, de celui d'Alleyn.

— Ai-je l'air d'un maniaque sexuel ? s'enquit-il furieusement.

— Ce n'est pas à moi qu'il faut le demander, répondit Alleyn paisiblement. Je ne sais pas à quoi ils ressemblent. C'est bien cela, le problème. Je croyais l'avoir expliqué clairement.

Comme le capitaine ne sut quoi répliquer, Alleyn poursuivit :

— Je vais tâcher de vérifier toutes ces dates avec vos passagers et — ne le prenez pas mal, monsieur — j'espère que la plupart d'entre eux me fourniront des alibis plus solides que le vôtre ne semble l'être.

— Tenez ! Je suis en règle pour le 15. Nous étions amarrés à Liverpool, et je suis resté à bord avec des visiteurs jusqu'à 2 heures du matin.

— Si vous arrivez à me le prouver, nous ne vous épinglerons pas pour meurtre.

— Voilà une curieuse façon de parler, énonça le capitaine d'un air profond, quand on s'adresse au commandant du navire.

— Je ne veux pas dire plus que je ne dis, et ce n'est pas grand-chose. Après tout, vous n'êtes pas monté à bord en serrant à la main une carte d'embarquement.

— Ce n'est guère dans mes habitudes.

Alleyn se leva.

— Je sais quelle contrainte cela représente pour vous et je le regrette sincèrement. Je vous promets d'être aussi discret que possible.

— Je vous parie ce que vous voulez qu'il n'a pas embarqué sur ce bateau. Ce que vous voulez ! Là !

— Si nous en étions convaincus, nous vous aurions retenus jusqu'à ce que nous ayons mis la main sur lui.

— Tout cela n'est qu'une grosse erreur.

— Peut-être.

— Eh bien, bougonna le capitaine Bannerman en se levant à son tour. Je suppose qu'il faudra se faire une raison. Vous voulez sûrement visiter vos quartiers. Ce bateau comporte une cabine de pilote. Sur la passerelle. Nous pouvons vous mettre là, si ça vous convient.

Alleyn dit que cela lui convenait à merveille.

— Et si on peut me traiter comme un simple passager...

— Je préviendrai le premier steward.

Le capitaine alla s'installer à son bureau, prit un bout de papier et griffonna dessus, marmonnant tout haut :

— M.C.J. Broderick, parent du président, en mission auprès du Commonwealth Relations Office à Canberra. Ça ira ?

— Parfaitement. Inutile de vous préciser que je compte sur une discrétion absolue.

— Vous pouvez y compter. Je n'ai pas envie de passer pour un imbécile en racontant des sornettes à mon équipage.

Une brise fraîche s'était levée et soufflait par le hublot de tribord. Elle s'empara de la note que le capitaine venait de rédiger. Le papier voleta, se retourna et s'avéra être une carte d'embarquement du *Cape Farewell.*

Regardant fixement Alleyn, le capitaine déclara :

— Je m'en suis servi hier au bureau. Pour un mémo.

Il eut un rire curieusement gêné.

— Elle n'a pas été déchirée, en tout cas, fit-il.

— Je l'ai remarqué, répondit Alleyn.

Sur ce, un tintement de gong annonça avec insouciance le premier déjeuner à bord du *Cape Farewell.*

4

Les jacinthes

I

Après avoir regardé Alleyn escalader l'échelle. Jemima Carmichael retourna à son petit refuge désolé et à son livre.

Elle avait passé toute la matinée dans une sorte de transe : elle n'avait plus envie de pleurer, ni de songer à ses fiançailles rompues, aux scènes qui avaient suivi ou bien au fait qu'elle était malheureuse. On eût dit que le départ l'en avait mentalement éloignée de façon tout à fait disproportionnée par rapport au chemin parcouru durant la nuit le long de l'estuaire et de la Manche. Elle avait marché jusqu'à l'épuisement, senti le goût du sel sur ses lèvres, lu un peu, écouté les mouettes criailler comme dans un bulletin météo de la B.B.C., tout en surgissant mystérieusement du brouillard. Puis le soleil la plongea dans une douce somnolence.

Quand elle rouvrit les yeux, elle aperçut le Dr Timothy Makepiece, qui lui tournait le dos, penché par-dessus bord à deux pas d'elle. Elle fut frappée par le contour plaisant de sa nuque, que ses cheveux bruns encadraient de manière soignée. Il était en train de siffloter doucement. Toujours envahie par une étrange torpeur, Jemima l'observa paresseusement. Il dut le sentir car il se retourna et lui sourit.

— Ça va ? demanda-t-il. Vous n'avez pas le mal de mer ?

— Pas du tout. Mais j'ai incroyablement sommeil.

— Ce doit être la mer. Il paraît qu'elle produit cet effet-là sur certains. Avez-vous vu le pilote descendre et un inconnu brun et séduisant monter à bord ?

— Oui. Croyez-vous qu'il a manqué le bateau hier soir ?

— Aucune idée. Allez-vous prendre un verre chez Aubyn Dale avant le déjeuner ?

— Non.

— J'espérais que oui. L'avez-vous déjà rencontré ?

Il n'eut pas l'air d'attendre une réponse de Jemima. Se rapprochant, il jeta un coup d'œil sur son livre.

— La poésie élisabéthaine ? fit-il. Vous ne dédaignez donc pas les anthologies. Quel est votre poète préféré... Shakespeare mis à part ?

— Eh bien, Michael Drayton sans doute, si c'est lui qui a écrit *Puisqu'il n'y a nul secours.*

— Moi, je persiste à croire que ces vers sont de Shakespeare.

Il prit le livre, l'ouvrit au hasard et s'esclaffa.

— *O, si jamais jeune fille fut*
Trahie par le lascif Eros, lut-il.

« N'est-ce pas extraordinaire ? Le lascif Eros ! Ils étaient formidables, à l'époque. Avez-vous... non, rien, dit Tim Makepiece en s'interrompant. Je suis en train de faire ce que j'avais décidé de ne pas faire.

— Quoi donc ? demanda Jemima sans grand intérêt.

— Mais vous poursuivre de mes attentions, pardi.

— Quelle expression surannée !

— Qui n'en est pas moins juste.

— Ne deviez-vous pas vous rendre à votre invitation ?

— Si, sans doute, acquiesça-t-il, maussade. Je n'aime pas beaucoup boire de l'alcool au milieu de la journée et je ne suis vraiment pas un fan de M. Aubyn Dale.

— Ah !

— Je n'ai encore jamais vu un homme qui le soit.

— Ils sont tous jaloux de lui, commenta Jemima indolemment.

— Peut-être bien. Voilà une raison tout à fait valable pour ne pas l'aimer. On a tort de penser que la jalousie est forcément un défaut. Au contraire, elle peut très bien affiner la perception.

— Elle n'a pas vraiment affiné celle d'Othello.

— Mais si. C'est son *interprétation* de ce qu'il a vu qui a été erronée. Mais il a vu les choses avec une perception extrêmement aiguisée.

— Je ne suis pas d'accord.

— Parce que vous n'avez pas envie de l'être.

— Dites donc... commença Jemima, lui accordant pour la première fois toute son attention.

— Il a vu Cassio faire son numéro de jeune Vénitien raffiné avec la main de Desdémone. Et il l'a vu remettre ça, une fois que sa réputation était sérieusement compromise. Il percevait de façon pathologique la moindre galanterie de Cassio à l'égard de sa femme.

— Eh bien, répondit Jemima, si vous percevez de façon pathologique la moindre attention qu'Aubyn Dale manifeste à ses innombrables adoratrices, je dois dire que je vous plains de tout mon cœur.

— D'accord, Miss Je-sais-tout, fit Tim avec bonhomie. Vous avez gagné.

— Après tout, c'est l'interprétation qui compte.

— La perception en elle-même est d'une importance énorme. L'observation purement scientifique qui se contente d'aligner les faits les uns après les autres...

— Suivie de l'interprétation purement scientifique qui additionne le tout et aboutit à l'absurde.

— Pourquoi dites-vous cela ? demanda-t-il gentiment. C'est vous qui êtes absurde.

— Alors là !

— Pour en revenir à Aubyn Dale. Que pensez-vous de sa fameuse émission de télé : « Vos petits problèmes de tous les jours ? » Autrement dit : « Venez à moi, vous qui avez mal au ventre ; je vous mettrai devant mon public et je vous payerai pour ça. » Si j'étais croyant, j'appellerais cela un blasphème.

— Je ne dis pas que *j'aime* ce qu'il fait...

— Pourtant, il lui arrive de se ramasser des gamelles, et bien. Exemple, son inénarrable gaffe à la Foire de Melton Medbury.

— Je n'ai jamais su exactement ce qui s'était passé.

— De toute évidence, il était beurré. Il faisait un reportage en direct de l'exposition florale de Melton Medbury en compagnie de la vieille Lady Agatha Panthing. On voyait qu'il était saoul avant même qu'il n'ouvre la bouche. Et puis, il a déclaré que le premier prix avait été décerné à l'« *ombilicus globulus* de Lady Agatha ». En fait, expliqua Timothy, il s'agissait de l'« *agapanthus umbellatus globosus* ». Cela a dû l'ébranler, je suppose, car par la suite, il a été poursuivi par les contrepèteries. Cela a duré des semaines. L'autre jour, il a été pris d'une humeur bucolique devant une gerbe de jacinthes et il a dit que pour faire un bouquet, il suffisait d'avoir un « fic-pleurs ».

— Oh non ! Pauvre vieux. Quelle honte !

— Alors il a rasé sa superbe impériale, et, à mon avis, il a entrepris ce long voyage pour oublier. Il doit être dans un triste état, j'imagine.

— Ah bon ? Comment cela ?

— Oh, une névrose quelconque, répliqua Timothy brièvement.

Une sorte de carillon leur parvint tout à coup de la passerelle.

— Mon Dieu, le déjeuner ! s'exclama Timothy.

— Qu'allez-vous dire à votre hôte ?

— Je lui dirai que j'ai eu une urgence chez les mécanos. Mais il faut au moins que je fasse une apparition là-bas. Désolé de vous avoir importunée. Allez, au revoir, fit Tim, essayant de prendre l'accent du terroir.

Et il s'éloigna rapidement.

Stupéfaite et légèrement vexée, Jemima découvrit alors qu'elle avait une faim de loup.

II

L'activité principale de la compagnie Cape Line était le transport des marchandises. Le fait que six de ses cargos pouvaient accueillir neuf passagers chacun n'y changeait rien. Cela supposait simplement un certain nombre d'arrangements supplémentaires tels qu'un premier steward, spécialement recruté pour cette tâche, un steward chargé du bar et des passagers, et un individu de nature indéfinissable que les passagers risquaient de surprendre dans leurs cabines aux moments les plus inattendus, en train d'astiquer la robinetterie. L'hébergement, l'alimentation et, dans une certaine mesure, le divertissement des neuf passagers étaient définis au siège et confiés ensuite aux bons soins du capitaine.

En règle générale, le capitaine Bannerman n'aimait pas prendre de passagers, qu'il considérait comme une source potentielle d'ennuis de toutes sortes. Néanmoins, quand il voyait apparaître à bord quelqu'un de l'acabit de Mme Dillington-Blick, il réagissait exactement comme quatre-vingt-dix pour cent des hommes qu'elle côtoyait. Il ordonna donc qu'on la plaçât à sa table (ce qui était normal, du reste, car, par chance, elle appartenait à un milieu distingué) ; et, jusqu'à l'arrivée d'Alleyn, il avait envisagé cette traversée comme une succession d'intermèdes fort plaisants. Le capitaine estimait qu'il était un homme jeune pour son âge.

Il avait également invité Aubyn Dale car Dale était connu, et le capitaine Bannerman sentait que Mme Dillington-Blick serait flattée de se trouver en compagnie d'une célébrité. Il décida à présent, confusément et à contrecœur, qu'Alleyn ferait un ajout impressionnant à sa table. Quant aux autres passagers, il laissa à son premier steward le soin de les installer. Celui-ci mit les Cuddy et M. Donald McAngus avec le second du capitaine qu'il n'aimait pas ; Jemima Carmichael et le Dr Makepiece avec le maître d'équipage et l'officier radio qu'il aimait bien ; et Miss Abbott, le père Jourdain et M. Merryman avec l'ingénieur mécanicien en chef envers lequel il ne ressentait rien de particulier.

Ce premier déjeuner à bord représentait également la première occasion où tous les officiers du navire, à l'exception de ceux qui étaient de quart, étaient réunis. Il y avait, dans un coin, une longue tablée de jeunes gens qui ne semblaient pas être tout à fait sortis de l'adolescence et qui avaient tous l'air un peu penauds. C'étaient les officiers électriciens et mécaniciens de seconde classe, ainsi que les élèves officiers.

Arrivé le premier à sa table, Alleyn fut installé avec soin par le steward du capitaine. Les Cuddy, assis à proximité, entreprirent de l'examiner sous toutes les coutures, imités en cela, plus discrètement, par M. McAngus. Mme Cuddy manifestait sa curiosité en posant par intermittence un regard fixe sur l'objet de son intérêt. Son fonctionnement ressemblait un peu à celui d'un phare, dont les différentes fréquences permettent d'identifier ses signaux en haute mer.

M. Cuddy, lui, se livrait au jeu de l'observation sous le couvert d'un sourire absent, tandis que M. McAngus roulait doucement les yeux en direction de l'objectif en prenant bien soin de ne pas tourner la tête.

Miss Abbott, à la table de l'ingénieur en chef, se contenta de jeter sur Alleyn un seul regard perçant.

M. Merryman se passa une main dans les cheveux, ouvrit de grands yeux et se plongea avec une concentration farouche dans l'étude du menu. Le père Jourdain, après un coup d'œil poli sur Alleyn, se retourna avec un sourire affable vers ses compagnons.

Là-dessus, Mme Dillington-Blick fit son entrée, rose de contentement, dégoulinante de féminité et suivie du capitaine, d'Aubyn Dale et de Timothy Makepiece.

Le capitaine fit les présentations.

— M. Broderick, qui s'est joint à nous aujourd'hui...

Les hommes se saluèrent avec la réticence habituelle. Mme Dillington-Blick, qu'on aurait déjà crue en pleine floraison, sembla s'épanouir davantage. Tout en elle paraissait fleurir à profusion. « M'amuser ! avait-elle l'air de dire. C'est ce que je sais faire le mieux. Vous allez voir : ça va être formidable. »

Elle enveloppa Alleyn dans son aura. Ses yeux brillaient, ses lèvres étaient humides, ses petites mains volaient au bout de ses bras à la Rubens.

— Mais je vous ai vu ! s'écria-t-elle. Je vous ai regardé, le cœur au bord des lèvres ! Escalader cette chose abominable ! Monter à bord ! Dites-moi, je vous en supplie. Est-ce aussi terrifiant que cela en a l'air, ou bien c'est moi qui suis bête ?

— C'est un vrai massacre, répondit Alleyn, et vous n'êtes pas bête du tout. J'étais tout flageolant.

Le rire de Mme Dillington-Blick cascada à travers la salle. Elle haussa les sourcils à l'intention d'Alleyn et tapa dans les mains à l'adresse du capitaine.

— Vous voyez ! C'est bien ce que je pensais. Comment avez-vous osé ? Si c'était une question de choix entre aller nourrir les petits poissons ou grimper cette échelle, je jure que j'aurais sauté volontiers dans la gueule du requin. Et ne prenez donc pas ces airs supérieurs !

C'était précisément ainsi que le capitaine Bannerman avait espéré l'entendre parler. Une femme charmante, qui aimait batifoler à l'occasion. Et malgré toutes ses préoccupations, il se rengorgea légèrement dans son uniforme.

— Vous allez nous la dévaler comme un vieux loup de mer, la taquina-t-il, quand nous ferons escale à Las Palmas.

Aubyn Dale lança un regard goguenard à Alleyn, qui lui répondit par un clin d'œil imperceptible. Cela commençait merveilleusement bien, pour Mme Dillington-Blick. Trois hommes, dont un célèbre et deux séduisants, et tous plaisantant avec elle. Las Palmas ? Avaient-ils l'intention... ? Devrait-elle... ? Ah *non* ! Elle ne les croyait pas.

Des images plus baroques les unes que les autres surgirent dans l'imagination d'Alleyn.

— Ne vous inquiétez pas, la rassura-t-il, vous y arriverez. Il me semble que lorsque la mer est un peu agitée, on tend un filet en dessous. Vous savez, comme pour les trapézistes qui ont la frousse.

— Je ne veux pas en entendre davantage.

— C'est pourtant la règle générale, je vous le jure, déclara Alleyn. N'est-ce pas, monsieur ?

— Absolument.

— Ce n'est pas vrai ! Monsieur Dale, ils sont *ignobles* avec moi !

— Je suis à vos côtés, répliqua Dale.

Cette phrase, il s'en était souvent servi pour encourager les sujets timides à la télévision. Déjà, il parlait à Mme Dillington-Blick comme s'ils étaient des amis de longue date, et cependant avec cette nuance respectueuse qui conférait tant de distinction à son émission, et qui emplissait Alleyn, ainsi que quatre-vingts pour cent de ses spectateurs de sexe masculin, d'une vague envie de l'assommer. On rit beaucoup à la table du capitaine. Mme Cuddy dut regarder si fixement dans cette direction qu'à un moment, elle manqua complètement sa bouche.

Une certaine agitation s'était emparée des passagers : un léger sentiment de frustration et, chez deux femmes, de ressentiment. Miss Abbott en voulait à Mme Dillington-Blick de son manège devant trois hommes. Mme Cuddy lui en voulait à cause du manège des trois hommes à son bénéfice et aussi à cause de l'expression qui s'était glissée dans le large sourire de M. Cuddy. Jemima Carmichael se dit que Mme Dillington-Blick n'allait pas s'embêter, mais elle se reprocha aussitôt sa rosserie : n'importe quelle femme, pensa-t-elle, se mettrait en quatre pour plaire au nouveau passager. Constatant que le Dr Makepiece était en train de la regarder, elle s'empourpra, à son grand dépit. Durant le reste du repas, elle discuta poliment avec le maître d'équipage, un Gallois timide, et avec l'officier radio, farouche et solitaire comme tous ses collègues.

Après le déjeuner, Alleyn s'en fut visiter ses quartiers. La cabine du pilote avait une porte et un hublot qui donnaient sur la passerelle. De là, il pouvait voir la proue du navire, qui fendait l'eau comme une flèche, et l'horizon liquide et arrondi au-delà. En d'autres circonstances, songea-t-il, cette traversée eût été fort agréable. Il défit ses bagages, et après avoir adressé un clin d'œil à la photographie de sa femme, descendit afin d'explorer la partie réservée aux passagers. Celle-ci se trouvait au même niveau que le salon et donnait sur un couloir qui allait de bâbord à tribord. Toutes les portes étaient fermées, à l'exception de la dernière, au bout du couloir à bâbord. La cabine en question ressemblait à une boutique de fleuriste un jour de gros arrivage. Là, Alleyn aperçut Dennis, suçant son pouce et perdu dans ses méditations. Alleyn savait que Dennis, qu'il voyait pour la première fois, pouvait s'avérer une personne importante. Il s'arrêta devant la porte.

— Bonjour, est-ce vous, le steward pour la cabine du pilote ?

Apparemment, Dennis avait entendu parler d'Alleyn. Il se hâta vers la porte, et, souriant d'un air engageant, répondit :

— En principe, non, mais je me ferai un plaisir de m'occuper de *vous*, monsieur Broderick.

Alleyn lui donna cinq livres.

— Vraiment, monsieur, il ne fallait pas, fit Dennis en empochant le billet.

Puis, désignant les fleurs, il déclara :

— Je n'arrive pas à me décider, monsieur : Mme Dillington-Blick m'a dit d'en mettre dans le salon et dans la salle à manger ; et je vais le faire dès que j'aurai fini au bar, mais je ne sais pas quoi choisir. Quelle profusion ! Que prendriez-vous pour le salon, monsieur ? Le décor est rose sale.

Alleyn mit si longtemps à répondre que Dennis gloussa de rire.

— Ce n'est pas de la tarte ! compatit-il.

Alleyn finit par pointer un long doigt.

— Celles-ci, dit-il. Moi, je choisirais celles-ci.

Et il poursuivit son chemin en direction du salon.

III

C'était une modeste combinaison d'un bar, d'un fumoir et d'une salle de cartes. Tous les passagers s'y étaient réunis pour le café. Déjà, par le curieux mécanisme d'attraction et de répulsion humaines, des groupes commençaient à se former. M. McAngus, qui s'était trouvé à la table des époux Cuddy au déjeuner, fut à nouveau accaparé par eux, mais il ne semblait pas très à l'aise en leur compagnie, sans doute parce que Mme Cuddy avait tendance à regarder fixement ses cheveux. Ceux-ci, remarqua Alleyn, étaient d'un châtain plutôt insolite, sans raie et pendant en masse désordonnée à l'arrière. Leur propriétaire sortit un paquet de cigarettes aux herbes et en alluma une, expliquant qu'il souffrait de crises d'asthme. Ils se mirent alors à causer plus chaleureusement de maladies. M. McAngus confessa qu'il venait à peine de se rétablir d'une opération, et M. Cuddy lui donna la réplique en peignant avec les couleurs les plus vives l'ulcère duodénal qu'on lui soupçonnait.

Le père Jourdain et M. Merryman s'étaient découvert un goût commun pour la littérature policière et se souriaient, enchantés, par-dessus leurs tasses de café. De tous les hommes parmi les passagers, c'était le père Jourdain qui avait le physique le plus remarquable, pensa Alleyn. Quels événements avaient donc pu amener cet homme à devenir prêtre anglo-catholique, lié par le vœu du célibat ? Son visage reflétait l'intelligence et la vivacité ; et sa pâleur, engendrée sans doute par son mode de vie, faisait ressortir davantage sa bouche généreuse et ses yeux sombres et attentifs. Ses mains courtes et blanches étaient musclées ; et ses cheveux, épais et brillants. Il avait infiniment plus d'éclat que son compagnon, dont l'irascibilité poupine, se dit Alleyn, était sûrement une façade derrière laquelle se cachait un maître d'école conventionnel. « Conventionnel ? » se reprit-il. M. Merryman était-il ce pédant familier qui cultive l'excentricité pour compenser l'ennui mortel de la routine scolaire ? Le scolastique manqué ? Alleyn se reprocha de s'être laissé aller à des spéculations oiseuses et regarda ailleurs.

Le Dr Timothy Makepiece se tenait au-dessus de Jemima Carmichael avec l'air légèrement buté du jeune Anglais dans la première phase de l'attirance. Alleyn nota le menton imposant du Dr Makepiece, et, étant pour le moment intéressé par les mains, la longueur inhabituelle de ses doigts.

Miss Abbott était assise toute seule sur une banquette contre le mur. Elle était en train de lire. Ses mains, qui tenaient un livre soigneusement recouvert, étaient larges et musclées. Son visage n'aurait pas été vilain, pensa Alleyn, s'il avait été un peu moins inflexible et s'il n'y avait pas un soupçon de — qu'était-ce, au juste ? — dureté ? dans la ligne de sa mâchoire.

Quant à Aubyn Dale, il était là, avec Mme Dillington-Blick qui s'était installée dans le voisinage immédiat du bar. En voyant Alleyn, elle lui fit signe gaiement. Apparemment, elle cherchait à créer une coterie. Au moment où Alleyn les rejoignit, Aubyn Dale posa sa main manucurée sur la sienne et éclata d'un rire inévitablement contagieux.

— Vous êtes absolument merveilleuse ! s'écria-t-il d'un air gamin, se tournant vers Alleyn. N'est-ce pas qu'elle est formidable ?

Alleyn acquiesça avec ferveur et leur offrit des liqueurs.

— Vous me coupez l'herbe sous les pieds, mon cher, s'exclama Dale.

— Je n'ai pas le droit ! protesta Mme Dillington-Blick. Je dois suivre un régime *draconien* !

Elle baissa les yeux sur ses chairs plantureuses, puis leva le regard sur Alleyn.

— Voyez vous-même, mon cher ! s'écria-t-elle en haussant les sourcils. Je ne peux pas.

— Mais si, répliqua-t-il.

Les boissons leur furent servies par Dennis, omniprésent, qui avait surgi derrière le bar. Avec un coup d'œil significatif à l'adresse de Dale, Mme Dillington-Blick déclara que si elle prenait un gramme de plus, elle ne pourrait jamais rentrer dans son maillot de bain Jolyon, et ils se mirent à parler de ses fameuses séances d'enregistrement à la télévision commerciale. Il s'avéra que lors de son séjour en Amérique, où il avait enregistré une demi-heure sous un parrainage spécial, il avait été entouré d'une foule de superbes mannequins, tous vêtus de maillots Jolyon. Ses mains esquissèrent leur galbe de manière fort éloquente. Se penchant vers Mme Dillington-Blick, il se mit à chuchoter. Alleyn remarqua ses yeux légèrement bouffis et la mollesse de son menton insignifiant, que sa barbe avait caché jusque-là. « Est-ce là, songea Alleyn, le visage d'un homme qui fait et défait la mode ? » Et il se demanda pourquoi.

— Vous n'avez pas oublié les fleurs ? s'enquit Mme Dillington-Blick, s'adressant à Dennis.

Il l'assura que non.

— Dès que j'aurai un petit moment de libre, j'irai les chercher, promit-il, gratifiant Alleyn d'un sourire coquin. Tout est prêt.

Comme la conversation entre Mme Dillington-Blick et Aubyn Dale semblait devenir de plus en plus confidentielle, Alleyn ne se sentit pas obligé de rester avec eux. A l'autre bout de la pièce, M. Merryman parlait fougueusement au père Jourdain, qui commençait à paraître mal à l'aise. Croisant le regard d'Alleyn, il lui adressa un signe de tête amical. Alleyn contourna les Cuddy et M. McAngus, et passa devant Miss Abbott. Il y avait une banquette au fond, mais tandis qu'il s'y dirigeait, le père Jourdain dit :

— Venez vous joindre à nous. Ces fauteuils sont bien plus confortables, et nous aimerions faire votre connaissance.

— Avec grand plaisir, répondit Alleyn.

Les présentations furent faites. M. Merryman lui jeta un regard aigu par-dessus ses lunettes et dit :

— Comment allez-vous, monsieur ? J'ai cru comprendre, ajouta-t-il de manière totalement inattendue, que vous venez d'échapper à une situation critique.

— Moi ? fit Alleyn. Je n'ai pas très bien...

— La vue, continua M. Merryman sans se donner la peine de baisser la voix, d'un certain fat en train de faire la roue comme quelque paon douteux là-bas, près du bar, m'emplit d'une aversion indicible, et ce doit être certainement le cas pour vous-même.

— Oh, mais voyons ! protesta le père Jourdain.

— Je ne le trouve pas si antipathique que cela, répliqua Alleyn.

— Vous savez qui c'est, bien sûr.

— Oui, absolument.

— Oui, oui, fit le père Jourdain. Nous le savons. Chut !

— Avez-vous déjà vu ses séances d'exhibitionnisme le plus éhonté à la télévision ?

— Je ne la regarde pas beaucoup, dit Alleyn.

— Ah ! Vous faites en cela preuve de bon goût. En tant que pédagogue sous-payé, j'ai été contraint de passer mes soirées de mardi parmi des adolescents de la classe moyenne et d'un niveau d'intelligence très bas, pendant qu'ils regardaient à la « télé » (mot exécrable) les simagrées de cet homme. Laissez-moi vous expliquer ce qu'il fait, monsieur. Il fait de la publicité pour des maillots de bain féminins, et, dans une autre émission, il encourage — arrogante présomption — il encourage les spectateurs à venir lui raconter leurs problèmes. Et ces imbéciles marchent ! Imaginez la scène. On nous montre l'un de ces pigeons. Flou, donc méconnaissable. Face à cette personne et au public, éclairé sans vergogne et drapé dans une supériorité blasphématoire (vous remarquerez qu'en compagnie du clergé, j'emploie cet adjectif à dessein), apparaît ou apparaissait le spécimen que vous avez devant vous, pourvu de surcroît d'une forme de pilosité hirsute qui lui donnait un air de fausse distinction.

Alleyn regarda M. Merryman d'un air amusé. Quel dommage qu'il ne pût manifester sa bile autrement qu'en paroles ! Car son expression le faisait ressembler tout à fait à un bébé indigné.

— Croyez-le ou non, poursuivit-il dans un murmure courroucé, mais il s'ensuit un processus épouvantable qu'on appelle « en discuter ». Le sujet révèle à cet individu, ainsi qu'à plusieurs milliers d'éventuels spectateurs, un problème qui relève de son intimité (la plupart du temps il s'agit d'une femme). Après quoi, *il* propose une solution, il est remercié, applaudi, il se rengorge, et on lui amène une nouvelle victime. Alors ! Que pensez-vous de tout cela ? chuchota M. Merryman.

— Je trouve cela assez embarrassant, répondit Alleyn.

Le père Jourdain lui adressa une grimace comiquement désespérée.

— Si nous parlions d'autre chose ? suggéra-t-il. Vous disiez, monsieur Merryman, qu'un assassin psychopathe...

— Vous êtes au courant, bien sûr, l'interrompit M. Merryman sans remords, de sa dernière perle ? L'« *ombilicus globulus* de Lady Agatha », cita-t-il, éclatant d'un rire aigu.

— Vous savez, observa le père Jourdain, je suis en vacances et je n'ai vraiment pas envie de commencer à brandir mon autorité de prêtre.

Avant que M. Merryman pût répliquer, il haussa légèrement la voix, ajoutant :

— Pour en revenir, comme disait je ne sais plus qui dans *Alice*... à notre avant-dernière conversation. J'ai été extrêmement intéressé par ce que vous disiez des criminels comme Heath. Quel est ce livre que vous m'avez conseillé ? D'un psychiatre américain, je crois.

— Je ne m'en souviens plus, bougonna M. Merryman.

— Serait-ce par hasard *La Manifestation de la violence*, de Frederick Wertham ? s'enquit Alleyn.

Le père Jourdain se tourna vers lui avec un soulagement non déguisé.

— Ah ! dit-il. Vous aussi, vous êtes un passionné, et un érudit, visiblement.

— Pas du tout. Je ne suis qu'un simple amateur. Pourquoi, au fait, tout le monde est tellement fasciné par les crimes violents ?

Il regarda le père Jourdain.

— Qu'en pensez-vous, monsieur ?

Le père Jourdain hésita, et M. Merryman répondit à sa place :

— Moi, je suis convaincu que les gens lisent les histoires de meurtres pour ne pas en commettre eux-mêmes.

— Une soupape de sécurité ? interrogea Alleyn.

— Un transfert. La prétendue pulsion antisociale est déviée vers un canal socialement acceptable : ainsi, nous commettons nos crimes en tout bien, tout honneur. Nous sommes tous, fit M. Merryman paisiblement, joignant les mains sur son estomac, des sauvages en notre for intérieur.

Il semblait avoir recouvré sa bonne humeur.

— Vous êtes d'accord ? demanda Alleyn au père Jourdain.

— J'ai l'impression, répliqua ce dernier, que M. Merryman veut parler de quelque chose que j'appelle le péché originel. Si c'est le cas, je suis, naturellement, de son avis.

Un silence accidentel s'était instauré dans la pièce. Dans ce silence, haussant la voix, Alleyn laissa échapper sa remarque suivante, comme un pavé dans la mare :

— Prenez par exemple cet étrangleur... l'homme qui

« le dit avec »... quoi déjà ? Des roses ? Qu'y a-t-il, d'après vous, derrière tout cela ?

Le silence dura cinq secondes peut-être.

— Pas les roses, dit Miss Abbott. Les jacinthes. Des fleurs de différentes sortes.

Elle avait levé les yeux de son livre et posé son regard sur Mme Dillington-Blick.

— Des fleurs de serre, fit-elle. C'est l'hiver. La première fois, c'étaient des perce-neige, je crois.

— Et la seconde, dit M. Merryman, des jacinthes.

Aubyn Dale s'éclaircit la voix.

— Ah, oui ! fit Alleyn. Je me souviens maintenant. Des jacinthes.

— Atroce, n'est-ce pas ? intervint Mme Cuddy avec délectation.

— Scandaleux, opina M. Cuddy. Des jacinthes ! Vous vous rendez compte !

— Les pauvres, fit M. McAngus avec douceur.

Avec l'air faussement innocent d'un enfant qui sait qu'il va commettre une bêtise, M. Merryman demanda à la cantonade :

— N'y a-t-il pas eu quelque chose à la télévision, à propos de ces fleurs ? Quelque chose d'assez cocasse ? Qu'est-ce que cela pouvait bien être ?

Tout le monde évita de regarder Aubyn Dale, mais même le père Jourdain ne trouva rien à dire.

Sur ce, Dennis fit son entrée, ployant sous une énorme corbeille de fleurs qu'il posa sur la table du milieu.

— Des jacinthes ! remarqua Mme Cuddy d'une voix perçante. Quelle drôle de coïncidence !

IV

C'était une de ces compositions naïves qui ne peut qu'enchanter la personne qui la reçoit, à moins qu'elle ne soit allergique au parfum des fleurs. Piquées sur un lit de mousse, les jacinthes tremblaient légèrement à cause du mouvement du bateau, répandant leur senteur envers et contre tout et peuplant le fumoir de réminiscences de boutiques, restaurants et femmes de luxe.

Dennis recula d'un pas pour les admirer.

— Merci, Dennis, fit Mme Dillington-Blick.

— Tout le plaisir est pour moi, madame, répliqua-t-il. Elles sont absolument divines.

Il se retira derrière le bar. Les passagers fixèrent les fleurs ; et les fleurs, frémissantes, exhalèrent avec une force renouvelée leur souffle parfumé.

— Il n'y a pas assez de place dans la cabine pour toutes ces fleurs, expliqua Mme Dillington-Blick hâtivement. Alors, je me suis dit : Autant que tout le monde en profite.

— Quelle charmante attention ! fit Alleyn.

Un murmure très vague lui fit écho.

— C'est vrai, acquiesça Jemima précipitamment. Merci infiniment, elles sont magnifiques.

— Que vous êtes bien élevée, grand-mère, murmura Tim Makepiece.

— J'espère, dit Mme Dillington-Blick, que personne n'est incommodé par l'odeur. Moi, j'adore la respirer.

Elle se tourna vers Aubyn Dale, qui répondit :

— Pas étonnant. Vous êtes si merveilleusement exotique !

M. Merryman émit un reniflement.

— J'ai peur que nous ne jouions les trouble-fête, déclara Mme Cuddy d'une voix forte. M. Cuddy ne peut pas rester dans une pièce avec des fleurs très odorantes. Il y est allergique.

— Oh, je suis *navrée* ! s'écria Mme Dillington-Blick. Dans ce cas, il faut les remporter, bien sûr.

Et elle gesticula d'un air impuissant.

— Mais non, ce n'est pas la peine, répliqua Mme Cuddy. Nous ne voulons pas gâcher l'ambiance. De toute façon, nous allions faire un tour sur le pont. N'est-ce pas, chéri ?

— Souffrez-vous du rhume des foins, monsieur Cuddy ? s'enquit Alleyn.

Ce fut Mme Cuddy qui lui répondit :

— Ce n'est pas vraiment le rhume des foins, hein, chéri ? Simplement, il devient tout bizarre.

— Comme c'est curieux, murmura Alleyn.

— C'en est même gênant, parfois.

— Aux mariages et aux enterrements, certainement.

— Pour *nos* noces d'argent, les gentlemen de la Loge de M. Cuddy nous ont offert un superbe bouquet de fleurs de serre. Il a dû les remercier et tout, alors qu'il se sentait de plus en plus bizarre ; et, quand ils sont partis, il a dit : « Désolé, maman, mais c'est le bouquet ou moi. » Comme nous habitons en face d'un hôpital, il l'a porté là-bas et il a été obligé d'aller faire un grand tour ensuite pour s'en remettre. Pas vrai, chéri ?

— Vos noces d'argent, fit Alleyn, souriant à Mme Cuddy. Vous n'allez pas nous dire que vous êtes mariés depuis vingt-cinq ans déjà !

— Vingt-cinq ans et onze jours, pour être exact. N'est-ce pas, chéri ?

— Tout juste, ma chérie.

— Il est tout rouge, déclara Mme Cuddy, exhibant son époux avec un air triomphant. Allez, viens, biquet. On va se promener.

M. Cuddy semblait incapable de détacher son regard de Mme Dillington-Blick.

— Je n'ai pas l'impression que le parfum soit trop fort, dit-il. Il ne me gêne pas.

— C'est toi qui le dis, rétorqua sa femme, dangereusement directe. Allez, mon vieux, on va prendre l'air.

Elle lui prit le bras et le tourna vers les portes vitrées qui donnaient sur le pont. Elle les ouvrit. L'air froid et salé pénétra dans la pièce chauffée, en même temps que le bruit de la mer et des machines. Les Cuddy sortirent. M. Cuddy referma les portes ; on le vit regarder en arrière. Son épouse l'entraîna avec elle, et ils s'éloignèrent, leurs cheveux gris flottant dans le vent.

— Mais ils vont mourir de froid ! s'exclama Jemima. Sans chapeaux ni manteaux.

— Oh, mon Dieu ! se lamenta Mme Dillington-Blick, en appelant tour à tour à tous les hommes. Je suppose que tout est ma faute.

Ils répondirent par des murmures, chacun dans son coin.

M. McAngus, qui avait jeté un coup d'œil dans le couloir, annonça :

— Ce n'est rien. Ils sont rentrés par la porte latérale ; et je pense qu'ils sont allés dans leur cabine.

Il renifla timidement les fleurs, et, avec un petit rire d'excuse, esquissa un mouvement oscillatoire devant Mme Dillington-Blick.

— A *mon* avis, nous sommes terriblement gâtés, hasarda-t-il.

Puis il mit son chapeau et sortit dans le couloir.

— Ce malheureux se teint les cheveux, observa avec calme M. Merryman.

— Voyons ! protesta le père Jourdain, jetant un coup d'œil impuissant à Alleyn. Je passe mon temps à dire : « Voyons ! », marmonna-t-il dans sa barbe. Que c'est exaspérant !

Mme Dillington-Blick s'épanouit.

— Mais vous êtes un coquin ! lança-t-elle à l'adresse de M. Merryman.

Elle rit et se tourna vers Aubyn Dale.

— Ce n'est pas vrai, dites ?

— Franchement, même s'il se teint les cheveux, je ne vois pas en quoi cela peut concerner les autres, rétorqua Dale, gratifiant M. Merryman de son célèbre sourire. N'êtes-vous pas de mon avis ?

— Si, entièrement, répliqua M. Merryman, souriant comme un crocodile. Toutes mes excuses. Je déteste, il est vrai, qu'on étale tous ses petits problèmes en public.

Dale pâlit et ne dit rien.

— Mais parlons plutôt de fleurs, proposa M. Merryman, posant sur l'assistance un regard radieux.

Mme Dillington-Blick se lança aussitôt dans un grand discours sur ce thème, suivie, curieusement, par Miss Abbott. Visiblement, elles étaient toutes deux expertes en jardinage. Dale écoutait avec un sourire quelque peu figé. Alleyn le vit commander un second double cognac.

— J'imagine, remarqua Alleyn à la cantonade, que chacun a sa fleur préférée.

Mme Dillington-Blick changea de position pour pouvoir le voir.

— Tiens, tiens ! s'exclama-t-elle sur un ton enjoué. Mais bien entendu. Moi, c'est le magnolia.

— Et la vôtre ? demanda Tim Makepiece à Jemima.

— La rose... tout bêtement.

— Moi, c'est le lis, sourit le père Jourdain, ce qui est tout aussi banal.

— Le lis de Saint-Bruno ? aboya Miss Abbott.

— C'est exact.

— Et vous ? demanda Alleyn à Tim.

— Le houblon, répondit-il joyeusement.

— Et voilà, sourit Alleyn. Tout est une question d'association. Moi, c'est le lilas, qui me rappelle de doux souvenirs d'enfance. Mais si jamais la bière vous rendait malade, ou que ma nounou, que je détestais, avait porté du lilas sur son giron de nankin, ou que le père Jourdain associait les lis avec la mort, nous n'aurions pas supporté la vue ni l'odeur de ces fleurs respectives.

M. Merryman le considéra avec pitié.

— On ne peut pas dire, déclara-t-il, que ce soit une formulation très heureuse d'une vérité première, mais jusque-là, tout est exact.

Alleyn s'inclina.

— Avez-vous une préférence quelconque, monsieur ? demanda-t-il.

— Aucune. C'est un sujet qui ne me passionne guère.

— Moi, je trouve ce sujet *sublime*, s'écria Mme Dillington-Blick. J'adore découvrir les gens et leurs goûts, vous savez.

Elle se tourna vers Dale, qui plaqua aussitôt un sourire sur ses lèvres.

— Dites-moi ce que vous préférez comme fleurs, et je vous dirai ce que vous recherchez chez les femmes. Allons, racontez-nous. Quelle est votre fleur favorite ? Ou faut-il que je le devine ?

— L'agapanthe ? fit M. Merryman.

Dale reposa bruyamment son verre sur le comptoir et quitta la pièce.

Le père Jourdain se leva.

— Cela commence à bien faire, monsieur Merryman !

M. Merryman ouvrit de grands yeux et prit une mine boudeuse.

— Mais qu'y a-t-il ?

— Vous savez très bien ce qu'il y a. Vous êtes un petit homme insupportable, et, bien que cela ne me regarde nullement, je juge bon de vous le dire.

Loin de déconcerter M. Merryman, cette réprimande publique parut l'enchanter. Il frappa légèrement dans ses mains, se donna une tape sur les genoux et éclata d'un rire argentin.

— Si j'étais vous, continua le père Jourdain, j'irais présenter mes excuses à M. Dale.

M. Merryman se leva et, s'inclinant, répliqua avec arrogance :

— *Consilia formiora sunt de divinis locis*[1].

Le prêtre rougit.

Alleyn, qui ne voyait pas pourquoi M. Merryman devait marquer un point en matière de pédanterie, fouilla sa mémoire à la recherche d'un proverbe approprié.

— Et pourtant, dit-il, *consilium inveniunt multi se docti explicant*[2].

— Ah, mon Dieu ! observa M. Merryman. Combien de fois a-t-on l'occasion de constater qu'une platitude ne vaut guère mieux, même si on l'énonce dans une langue ancienne. A présent, je vais me retirer pour une sieste digestive.

Il trottina vers la porte, s'arrêta brièvement pour contempler les perles de Mme Dillington-Blick, puis sortit.

— Pour l'amour du ciel ! s'exclama-t-elle. Que se passe-t-il donc ? Quelle mouche a piqué Aubyn Dale ? Pourquoi l'agapanthe ?

— Se peut-il, répondit Tim Makepiece, que vous n'ayez jamais entendu parler de l'« *ombilicus globulus* de Lady Agatha » et des jacinthes dans un « fic-pleurs » ?

Et il raconta à nouveau les mésaventures d'Aubyn Dale.

— Quelle horreur ! s'écria Mme Dillington-Blick, riant jusqu'aux larmes. Comme c'est dramatique ! Et que c'est vilain de la part de M. Merryman !

— Nous n'avons pas l'air d'être une famille très unie, remarqua Tim Makepiece. On se demande comment va être M. Poupard, une fois qu'on aura atteint les tropiques.

— Il a peut-être l'air d'un poupard, répliqua Alleyn, mais il se conduit comme Thersite.

---

1. On pourrait traduire : « Des projets plus séduisants concernent les zones divines. »

2. Beaucoup ont des idées, [mais] seuls les savants s'en sortent.

— Je trouve qu'il a été au-dessous de tout, dit Jemima. Visiblement, Aubyn Dale a été terriblement vexé. Il est devenu blanc comme un linge. Mais qu'est-ce qui a pris à M. Poupard ?

— Il est enseignant, fit Miss Abbott, levant à peine les yeux de son livre. Ils sont souvent aigris, ces gens-là, à son âge. C'est la vie.

Elle avait gardé le silence pendant si longtemps qu'ils avaient complètement oublié son existence.

— N'est-ce pas, mon père ? ajouta-t-elle.

— Peut-être, mais ce n'est pas une excuse.

— Je crois, se lamenta Mme Dillington-Blick, que je ferais mieux de jeter mes belles jacinthes par-dessus bord. Ne le pensez-vous pas ?

Elle se tourna vers le père Jourdain.

— Et pas seulement à cause du pauvre M. Dale.

— C'est vrai, acquiesça Jemima. Il y a aussi M. Cuddy, qui devient tout bizarre à la vue de ces fleurs.

— M. Cuddy, observa Miss Abbott, devient tout bizarre, mais pas, à mon avis, à la vue des jacinthes.

Elle baissa son livre et contempla posément Mme Dillington-Blick.

— Ma chère ! fit Mme Dillington-Blick, partant d'un nouvel éclat de rire.

— Eh bien ! dit le père Jourdain avec l'air d'un homme qui refuse de voir ce qu'il y a sous son nez. Je vais voir ce qui se passe sur le pont.

Mme Dillington-Blick se tenait tout près, entre lui et les portes vitrées. Elle le gratifia d'un sourire radieux. Le père Jourdain tournait le dos à Alleyn. Il s'immobilisa quelques instants ; puis elle s'écarta, et il sortit. Il y eut un court silence.

Mme Dillington-Blick se tourna vers Jemima.

— Ma chère ! confessa-t-elle. J'ai percé le mystère de cet homme. C'est un don Juan repenti.

M. McAngus revint dans la pièce, toujours coiffé de son chapeau, et sourit timidement à ses cinq compagnons.

— Tout le monde est bien installé ? hasarda-t-il nerveusement, se sentant manifestement obligé de faire une remarque générale.

— Comme des petits oiseaux dans leur nid, répondit Alleyn joyeusement.

— N'est-ce pas agréable de penser, reprit M. McAngus encouragé par cette réponse, qu'à partir de maintenant, il va faire de plus en plus chaud ?

— C'est un enchantement absolu.

M. McAngus esquissa son pas chassé, qui allait rapidement leur devenir familier, devant la corbeille de jacinthes.

— Elles sont envoûtantes, dit-il. Mes fleurs préférées.

— Vraiment ? s'écria Mme Dillington-Blick. Alors, je vous en prie, *je vous en supplie*, prenez-les. Dennis va les transporter dans votre cabine. Monsieur McAngus, j'aimerais tant que vous les gardiez !

Il la dévisagea avec une sorte de stupéfaction atterrée.

— Moi ? Mais pourquoi ? Je vous demande pardon, mais c'est tellement gentil, que j'ai du mal à croire que vous parlez sérieusement.

— Mais si, je vous assure. Prenez-les.

M. McAngus hésita.

— Je suis complètement subjugué, bredouilla-t-il. Bien sûr, je serais ravi de les avoir.

Il laissa échapper un petit rire et pencha la tête sur le côté.

— Savez-vous, dit-il, que c'est la première fois, la *toute* première fois, qu'une dame m'offre des fleurs de son plein gré ? Et, qui plus est, mes fleurs préférées. Merci. Merci de tout mon cœur.

Alleyn vit que Mme Dillington-Blick avait été touchée par ce discours. Elle lui sourit gentiment, sans affectation, et Jemima rit doucement.

— Je peux les porter moi-même, déclara M. McAngus. Je les mettrai sur ma petite table, et elles se refléteront dans mon miroir.

— Heureux veinard ! fit Alleyn légèrement.

— Oui, n'est-ce pas ? Puis-je, vraiment ? demanda-t-il.

Mme Dillington-Blick hocha gaiement la tête. Il s'avança vers la table et saisit l'énorme corbeille avec ses mains rouges et anguleuses. Il était très maigre et, pensa Alleyn, beaucoup plus vieux que ses étranges cheveux châtains ne le laissaient croire.

— Puis-je vous aider ? proposa-t-il.

— Non, non, laissez ! Je suis très fort, vous savez. Noueux, en quelque sorte.

Il souleva la corbeille et tituba, les jambes fléchies, vers la porte. Là, il se retourna, silhouette insolite, son chapeau lui tombant sur le nez, par-dessus une masse de jacinthes frémissantes.

— Je trouverai quelque chose à vous offrir, promit-il à Mme Dillington-Blick. Après Las Palmas. Il faut qu'il y ait un geste réciproque.

Et il sortit péniblement.

— Il peut bien se teindre les cheveux en violet, si ça lui chante, déclara Mme Dillington-Blick. Moi, je trouve que c'est un amour.

Derrière son livre recouvert, Miss Abbott observa, de sa voix pas très mélodieuse :

— Nous n'avons plus qu'à attendre son geste réciproque. Après Las Palmas.

5

Avant Las Palmas

I

Assis dans la cabine du pilote, Alleyn compulsait le dossier de l'affaire en cours. Le capitaine Bannerman était dehors, sur la passerelle. A intervalles réguliers, il passait devant le hublot d'Alleyn. Le temps, ainsi que M. McAngus l'avait prédit, devenait de plus en plus chaud ; dans deux jours, le *Cape Farewell* allait faire escale à Las Palmas. En attendant, il avançait au milieu d'une forte houle. Quant à ses passagers, ils manifestaient une tendance à bâiller, à somnoler et à échanger des recettes miracles contre le mal de mer.

« 15 janvier. 13, Hop Lane, Paddington, lut Alleyn. Beryl Cohen. Juive. Marchande de pacotille. Prostituée à ses heures. Voyante. Jolie. Environ 26 ans. 1,65 m. Ronde. Cheveux roux (teints). Jupe noire. Tricot rouge. Collier de perles artificielles (en verre vert). Trouvée le 16 janvier à 10 h 5 par un locataire de son immeuble. Heure estimée du décès : entre 22 et 23 heures la veille. Par terre, sur le dos. Collier cassé. Fleurs (perce-neige) sur le visage et la poitrine. Cause : strangulation manuelle, mais probablement avec le collier d'abord. Le locataire affirme avoir entendu un visiteur partir vers 22 h 45. En chantant. L'air des Bijoux, de *Faust*. Une voix haute, masculine. »

Suivait une description détaillée de la chambre. Il la sauta et poursuivit sa lecture.

« 25 janvier. Passage donnant sur Ladysmith Crescent, Fulham. Marguerite Slatters, 36 A Stackhouse Street, Fulham. Londres. Fleuriste. Respectable. Discrète. 37 ans. 1,72 m. Mince. Apparence quelconque. Cheveux bruns. Teint cireux. Robe marron. Perles et dents artificielles. Béret, gants et souliers marron. Rentrait chez elle de l'église paroissiale Saint-Barnabas. Trouvée à 23 h 55 par Stanley Walker, chauffeur. Heure estimée du décès : entre 21 heures et minuit. A l'entrée d'un garage vide. Sur le dos. Collier cassé. Robe déchirée. Strangulation manuelle. Fleurs (jacinthes) sur le visage et la poitrine. N'avait pas de fleurs sur elle quand on l'a vue pour la dernière fois. Alfred Bates, gardien de nuit dans un entrepôt mitoyen, dit avoir entendu une voix assez haute chanter *L'Abeille et le chèvrefeuille*. Selon lui, il devait être 22 h 45. »

Alleyn soupira et leva les yeux. Le capitaine Bannerman surgit momentanément derrière le hublot. Le bateau plongea en avant : l'horizon vacilla, se souleva et retomba.

« 4 février. Allée entre hangars. Embarcadère de la compagnie Cape Line, quai n° 2, Royal Albert Docks. Coralie Kraus, 16 Steep Lane, Hampstead. Vendeuse à *La Main Verte*, Knightsbridge. 18 ans. Autrichienne, naturalisée. Vive. Bonne conduite. 1,61 m. Blonde. Teint pâle. Robe, gants et souliers noirs. Pas de chapeau. Bijoux fantaisie de couleur rose (boucles d'oreilles, bracelet, collier, clips). Devait livrer une gerbe de jacinthes à Mme Dillington-Blick, embarquée sur le *Cape Farewell*. Trouvée à 23 h 48 par l'agent Martin Moir. Corps encore chaud. Heure du décès estimée entre 23 h 15 et 23 h 48. Sur le dos. Bas déchiré. Bijoux cassés. Oreilles lacérées. Strangulation manuelle. Dans la main droite, fragment d'une carte d'embarquement du cargo mixte *Cape Farewell.* Fleurs (jacinthes) sur le visage et la poitrine. Matelot (de quart, passerelle du *Cape Farewell*) dit avoir entendu une voix d'homme, haute, chanter. Conditions atmosphériques très mauvaises (brouillard). Tous les passagers hommes sont redescendus à terre (cf. matelot ci-dessus), sauf M. Donald McAngus, qui est arrivé le dernier. »

Alleyn secoua la tête et tira à lui une lettre inachevée à sa femme. Quelques minutes plus tard, il se remit à écrire.

« ... alors, au lieu de ruminer ces quelques maigres bribes d'information, aussi macabres qu'exaspérantes, je te les offre, ma chérie, ainsi que tous les développements ultérieurs qui peuvent affluer, comme dit Fox quand il est d'humeur lyrique. Pour la première fois donc, tu vas avoir le plaisir, que Dieu te garde, de suivre pas à pas le dossier d'une affaire en cours. Une question s'impose à ce stade : ces trois malheureuses jeunes femmes, qu'avaient-elles en commun ? La réponse est : pratiquement rien, à moins que tu n'aies envie de tenir compte du fait que, tout comme quatre-vingt-dix pour cent de leurs semblables, elles portaient de faux bijoux. Autrement, elles ne pouvaient pas se ressembler moins, physiquement, moralement et ethniquement. D'un autre côté, elles ont toutes trouvé la mort exactement dans les mêmes conditions ; chacune a eu droit au collier cassé et au sordide hommage floral. A propos, je crois avoir repéré un point commun qui, *a priori*, ne saute pas aux yeux. Tu vois de quoi je parle ?

Quant au fragment de la carte d'embarquement dans la main droite de Miss Kraus, c'est tout ce que j'ai pour justifier mon départ en croisière ; si jamais ce bout de papier se trouvait sur le quai et qu'elle l'avait simplement agrippé au moment de son agonie, on pourra parler à nouveau du gaspillage de l'argent public. Sur mon insistance, le capitaine a demandé au steward (un drôle de petit animal prénommé Dennis) de ramasser les cartes d'embarquement, comme si c'était la procédure d'usage. Avec le résultat suivant :

Mme Dillington-Blick. L'a égarée.

M. et Mme Cuddy. Une seule carte avec leurs deux noms. Il aurait très bien pu rajouter “M. et”, en découvrant qu'il avait perdu la sienne. Il avait la place pour le faire. On peut le vérifier à l'agence.

M. Merryman. L'avait dans la poche de son veston et accuse maintenant le steward de l'avoir chapardée (!).

Le père Jourdain. L'a jetée par-dessus bord.

M. McAngus. N'arrive pas à la retrouver, mais jure qu'il l'a. Recherche frénétique... et vaine.

Le Dr Makepiece. N'en a pas eu.

Aubyn Dale. Pense que sa petite amie l'a emportée. Ne sait pas pourquoi.

Miss Abbott. L'a mise à la poubelle.

Miss Carmichael. L'a.

Avec ça, on n'est pas plus avancé. Il n'y a pas de carte d'embarquement déchirée.

Je t'ai parlé des jacinthes de la D.-B. que j'ai fait porter au salon. Réactions fulgurantes de la part de Dale et de Cuddy. Dommage que c'étaient les deux. Explication de l'aversion de Dale (contrepèteries à la télévision) très convaincante. Prends note de la date d'anniversaire de mariage des Cuddy. Suis-je ou non suffisamment fair-play ? Au fait, Troy, mon amour, je t'aime tant !

En mer, comme tu dois le savoir, les relations humaines subissent une sorte d'accélération. Les gens font connaissance très vite, et, souvent, il s'établit entre eux une certaine intimité. Ils perdent leur sens normal des responsabilités et se retrouvent suspendus, à l'instar du bateau, entre deux mondes. Ils succombent également à toutes sortes d'amourettes. Ainsi, M. Cuddy est en train de s'amouracher de Mme D.-B., tout comme M. McAngus, d'ailleurs, à sa manière vague et un peu précieuse. Le capitaine appartient à la catégorie bien connue de marins qu'on appelle “les loups de mer vieillissants”. Il fait de l'hypertension et, probablement, boit comme un trou dans les tropiques. Aime à courir le guilledou. (Te souviens-tu de ta théorie sur les hommes d'un certain âge ?) Lui aussi a mis le cap sur Mme D.-B. Makepiece n'a d'yeux que pour Jemima Carmichael, ainsi que tous les jeunes officiers. C'est une charmante enfant, mais qui a dû subir quelque déception. La D.-B. est un morceau de choix, et elle le sait. Mme Cuddy est un sac de nœuds ambulant ; quant à Miss Abbott, à première vue, elle a peu de chances d'éveiller la convoitise d'un maniaque sexuel, même des plus déterminés. Mais il ne faut sans doute pas généraliser. Elle se rase.

Les hommes, à présent : je t'ai déjà suffisamment parlé de notre *M. Merryman* pour te montrer de quel bois il se chauffe. Pour compléter le tableau, je puis ajouter qu'il ressemble un peu à M. Pickwick, mais certainement pas de caractère. Bien qu'il ait pris sa retraite d'enseignant, il est resté sujet à toutes sortes d'extravagances scolaires, telles que l'habitude de conserver de vieux papiers dans ses poches ou la tendance à faire la loi à propos et hors de propos. Il méprise la police, met un point d'honneur à se montrer désagréable, et je parie qu'il réussira à déclencher un vrai scandale avant la fin de la traversée.

Aubyn Dale : éducation non identifiée. Non universitaire. Ressemble tellement à son image télévisée qu'on ne peut pas s'empêcher de se demander s'il est réel. A adopté une fois pour toutes le rôle du bon copain et boit à peu près trois fois plus que nécessaire. Après tout, c'est peut-être un brave type. Il a un penchant déplorable pour les farces et s'est fait un ennemi mortel en la personne de Merryman en s'arrangeant pour que le steward lui serve un œuf au plat en plastique au petit déjeuner.

Jourdain : au cours d'un voyage normal, aurait fait un compagnon agréable. A mes yeux, l'homme le plus intéressant du groupe ; mais il faut dire que j'ai toujours voulu savoir à quel stade de l'évolution chez un prêtre intelligent le brigadier Foi commence à diriger la circulation. Je suis prêt à jurer qu'il reste, chez celui-ci, un fond de piéton indiscipliné.

Cuddy : école méthodiste. Commerçant. Pas très attrayant. Indiscret. Prétentieux. Un peu mesquin. Pourrait intéresser la psychiatrie.

Makepiece : Felsted, New College et Saint Thomas. Psychiatre, justement. Formation médicale classique. Généraliste, également. Veut se spécialiser en psychiatrie criminelle. Donne l'impression d'être un garçon équilibré.

McAngus : études secondaires en Ecosse. Philatéliste. Eunuque avenant ; mais pas au sens propre, bien sûr : ce serait trop facile. Peut très bien être bourré de complexes. Egalement très curieux. S'affole pour un oui pour un non. Se teint les cheveux, comme tu as dû le deviner.

Et voilà, mon amour. Le soir avant d'arriver à Las Palmas, et avec la complicité du capitaine Bannerman, qui a accepté de m'aider uniquement pour me voir me couvrir de ridicule, je vais donner une petite réception. Tu viens de lire la liste des invités. Il s'agit d'une sorte d'expérience, qui peut très bien se solder par un fiasco retentissant. Mais après tout, que diable dois-je faire ? On m'a bien ordonné de ne pas mettre les pieds dans le plat en m'annonçant et en entreprenant une enquête de routine, mais d'ouvrir les yeux et les oreilles pour découvrir si l'un de ces hommes ne dispose *pas* d'un alibi pour une ou plusieurs de ces occasions fatidiques. On m'a aussi ordonné de prévenir toute velléité de récidive et de ne pas indisposer le commandant, qui, déjà, suffoque de rage et d'incrédulité à l'idée que notre homme puisse se trouver à bord. A première vue, Mme D.-B. et Miss C. sont les candidates les plus plausibles pour la strangulation, mais on ne sait jamais. Mme Cuddy peut avoir un je-ne-sais-quoi qui m'aurait échappé ; mais je ne vois absolument pas Miss Abbott parmi les victimes potentielles. Quoi qu'il en soit, tu peux m'imaginer, à mesure que nous approchons des tropiques, m'immisçant dans tous les galants tête-à-tête qui se tiennent dans les coins les plus reculés du bateau et devenant ainsi, à mon tour, un candidat pour l'étranglement. (Pas pour de bon, ne t'affole pas.) Car il faut protéger les dames. A Las Palmas, je devrais recevoir un nouveau rapport, à la suite des investigations menées sur place par Fox. J'espère de tout cœur qu'il va m'apporter des éclaircissements. Pour le moment, il n'y a rien qui... »

On frappa à la porte, et le radio de seconde classe, un jeune homme au teint blafard, entra avec un radiogramme.

— Un message codé, monsieur Broderick, annonça-t-il.

Quand il fut parti, Alleyn décoda le message, et, après une pause, continua la lettre.

« Interruption indiquant le suspense. Des nouvelles de Fox. Il se trouve qu'une jeune personne du rayon quincaillerie de Woolworth, nommée Bijou Browne, a, après un atermoiement désastreux de trente jours, coquettement informé le Yard qu'on l'avait à moitié étranglée le 5 janvier, près de Strand-on-the-Green. Son agresseur lui a offert un bouquet d'ellébores (roses de Noël, si tu préfères) et lui a dit qu'elle avait une araignée dans le cou. Il a commencé par son collier de perles, qui s'est cassé obligeamment ; l'arrivée d'un passant l'a interrompu, et il s'est enfui. Il faisait nuit noire ; tout ce qu'elle a pu raconter à Fox sur son agresseur est qu'il était brun, parlait joliment, portait des gants et une barbe noire bien fournie. »

II

En premier lieu, Alleyn avait exposé son idée de réception au capitaine Bannerman.

— Cela peut paraître peu orthodoxe, expliqua-t-il, mais il y a des chances que cela nous donne un indice sur tous ces gens.

— Je ne vois pas bien comment vous allez organiser ça.

— Vous allez le voir tout de suite, du moins je l'espère. Et, à ce propos, j'aurai besoin de votre collaboration, monsieur, si vous acceptez de me l'apporter.

— Moi ? Mais enfin, qu'est-ce que c'est, toute cette histoire ?

— Vous allez comprendre.

Le capitaine Bannerman écouta avec un détachement morose. Lorsque Alleyn eut terminé, il se donna une tape sur les genoux et déclara :

— C'est de la folie pure, mais si ça peut prouver une bonne fois pour toutes que vous êtes sur une fausse piste, eh bien, ça vaut le coup. Je suis d'accord.

Fort de son autorisation, Alleyn alla voir le premier steward, qui eut l'air stupéfait. Les soirées qu'on donnait à bord, expliqua-t-il, étaient généralement des cocktails, pour lesquels l'indispensable Dennis confectionnait des petits fours délicats et pendant lesquels on passait des disques sur le phonographe.

Néanmoins, l'immense prestige d'Alleyn, en tant que personnage haut placé et proche parent du directeur général, l'emporta sur toutes les objections. Dennis devint rose d'excitation ; les stewards redoublèrent d'amabilité ; et le chef cuisinier, un Portugais dont l'intérêt quasi moribond pour son métier fut ravivé grâce à un coquet pourboire, se montra tout à fait enthousiaste. On rapprocha et décora les tables ; on choisit le vin, et, à l'heure convenue, les neuf passagers, le second, l'ingénieur en chef, Alleyn et Tim Makepiece, qui s'étaient tout d'abord retrouvés pour prendre un verre au salon, se rassemblèrent à la salle à manger, bien après l'heure habituelle du dîner en mer.

Alleyn s'assit à un bout de la table, avec Mme Cuddy à sa droite et Miss Abbott à sa gauche. Le capitaine prit place à l'autre bout, entre Mme Dillington-Blick et Jemima, arrangement qui eut raison de ses dernières réticences devant un manquement aussi manifeste à la règle et qui l'encouragea à mieux jouer son rôle.

Alleyn était un bon hôte : son art professionnel de faire parler les gens, allié au charme que sa femme qualifiait immanquablement d'indécent, eut tôt fait de donner au repas un air de fête. En cela il fut grandement aidé par Mme Dillington-Blick, dont l'entrain pétillant et le décolleté plongeant éveillaient la bonne humeur, chacun à sa manière. Elle était tellement éblouissante que ses propos en paraissaient brillants. Assis à côté d'elle, le père Jourdain était tout à fait remarquable. Aubyn Dale, superbe dans un smoking de velours, respirait la bonhomie et régalait ses voisins avec les récits des farces qu'il avait faites à ses potes, ainsi qu'il les appelait, dans le monde du spectacle. Ces anecdotes rencontraient un joyeux écho auprès de Mme Dillington-Blick.

M. McAngus arborait une jacinthe à sa boutonnière. Tim Makepiece avait l'air de s'amuser énormément ; et Jemima semblait s'étonner de sa propre gaieté. M. Merryman rayonnait, ou du moins luisait un peu, sous l'effet d'un choix de vins irréprochable et d'une excellente nourriture ; tandis que Miss Abbott, détendue, aboyait gaiement à l'adresse de M. Cuddy assis en face d'elle. Les deux officiers avaient rapidement abandonné leur réserve de bon aloi.

Les époux Cuddy, eux, semblaient poser un problème. Mme Cuddy avait l'air de quelqu'un qui se ferait hacher menu plutôt que d'avouer ; et le sourire de M. Cuddy laissait entendre qu'il disposait d'informations légèrement compromettantes sur ses compagnons. De temps à autre, ils échangeaient un regard.

Néanmoins, lorsque le montrachet fut suivi d'un imposant magnum de Perrier-Jouët, même les Cuddy oublièrent leur circonspection. Mme Cuddy avait assuré Alleyn qu'ils ne buvaient rien hormis une goutte de porto à l'occasion des anniversaires ; on la persuada de renoncer à son abstinence, ce qu'elle fit très volontiers. M. Cuddy buvait à petites gorgées, posant des questions incisives sur les vins et soulignant avec une insistance irritante que tout cela n'était guère pour lui, qui aimait les choses simples et n'avait pas l'habitude de manger raffiné. Alleyn était incapable d'éprouver une grande sympathie pour M. Cuddy.

Ce fut ce dernier, cependant, qui permit d'aborder le sujet qu'Alleyn avait prévu d'exploiter. Il n'y avait pas de fleurs sur la table. On les avait remplacées par des coupes de fruits et des lampes tamisées, par respect, indiqua Alleyn, pour l'idiosyncrasie de M. Cuddy. De là, il n'y avait qu'un pas à franchir vers l'Assassin aux Fleurs.

— Sur lui, observa Alleyn, les fleurs doivent produire un effet diamétralement opposé, monsieur Cuddy. Une attraction morbide. Qu'en dites-vous, Makepiece ?

— C'est possible, opina Tim joyeusement. Du point de vue de la psychiatrie clinique, il peut y avoir une association inconsciente...

Il était assez jeune et il avait bu suffisamment pour prendre plaisir à étaler sa science ; mais il était, semblait-il, surtout suffisamment modeste pour se reprendre après une ou deux phrases.

— En fait, on sait très peu de choses sur ces cas, fit-il sur un ton contrit. Je suis certainement en train de broder.

Mais il avait contribué aux propos d'Alleyn, et maintenant, tout le monde parlait de l'Assassin aux Fleurs. On avança des hypothèses. On cita les cas célèbres. On échangea force arguments. Visiblement, c'était un sujet plaisant, que la mort par strangulation de Beryl Cohen et de Marguerite Slatters. Même M. Merryman s'anima et se lança dans une diatribe enflammée contre la police qui, déclara-t-il, s'était complètement fourvoyée dans ses investigations. Il fut sur le point de développer ce thème, lorsque le capitaine retira sa main droite de sous la nappe et, sans regarder Mme Dillington-Blick, leva sa coupe de champagne, suggérant de boire à la santé d'Alleyn. Mme Cuddy clama soudainement et d'une voix aiguë :

— Un discours ! Un discours !

Le capitaine, Aubyn Dale, les officiers et son mari la soutinrent. Le père Jourdain murmura :

— Bien entendu, il nous faut un discours.

M. Merryman prit un air sardonique ; et les autres, poliment approbatifs, tapotèrent sur la table.

Alleyn se leva. Sa haute stature et le fait que son visage fût éclairé par en dessous comme celui d'un acteur de théâtre furent sans doute la raison du silence qui s'instaura dans la pièce. Les stewards s'étaient retirés à l'écart ; au loin, on entendait un cliquetis de couverts. Le bruit sourd des machines reprit possession des lieux.

— C'est très gentil de votre part, dit Alleyn, mais je ne suis vraiment pas doué pour les discours et je ne ferais que me ridiculiser, surtout dans une compagnie aussi distinguée. L'Eglise ! La télévision ! L'enseignement ! Non. Je vais simplement vous remercier de cette soirée que j'espère pouvoir qualifier de bonne, et me rasseoir.

Il allait joindre le geste à la parole, quand, à la stupeur générale, et à en juger par son expression, à sa propre stupeur également, M. Cuddy rugit comme un taureau déchaîné :

— U-u-un...

Ce vacarme ressemblait si peu à une mélodie que l'espace d'une seconde, tout le monde se demanda ce qui lui prenait. Ce fut seulement quand il arriva à « ... si bon gars » qu'on devina son intention, et Mme Cuddy, le capitaine et les officiers essayèrent de se joindre à lui. Le père Jourdain les imita de bonne grâce, mais même son ténor agréable ne put rien contre les fausses notes assourdissantes de M. Cuddy. L'hommage s'acheva dans la confusion ; puis il y eut un petit silence de mauvais augure.

Alleyn s'empressa de le rompre.

— Merci infiniment, fit-il, croisant le regard de M. Merryman. Vous disiez, lui rappela-t-il, que la police s'était fourvoyée dans ses recherches : mais de quelle manière, exactement ?

— De toutes les manières possibles, mon cher monsieur. Qu'ont-ils fait ? De toute évidence, ils ont appliqué la méthode employée dans les autres cas qu'ils croient appartenir à la même catégorie. Cette méthode ayant échoué, ils se retrouvent démunis. J'ai depuis longtemps soupçonné que les procédés de notre merveilleuse police, qu'un public trop complaisant ne cesse d'encenser, sont en réalité rigides, peu malléables et totalement dépourvus d'ingéniosité. Comme l'assassin n'a pas eu l'obligeance de leur laisser une facture, un permis de conduire ou une carte de visite, ils restent là, bouche bée.

— Moi, déclara Alleyn, je ne vois même pas comment ils peuvent s'y prendre. Que font-ils, au juste, dans ces cas-là ?

— On se le demande ! s'écria M. Merryman, ragaillardi. Ils doivent sûrement fouiller le terrain à la recherche de ce qu'on appelle la poussière professionnelle, je crois, espérant sottement que leur homme est maçon, rémouleur ou bien meunier. N'en trouvant pas, ils abordent un tas d'individus inoffensifs qu'on a aperçus dans les parages et, des semaines après l'affaire, leur demandent de fournir des alibis. Des alibis !

Ouvrant de grands yeux, Mme Dillington-Blick questionna :

— Qu'auriez-vous fait, *vous*, monsieur Merryman, si vous étiez dans la police ?

Il y eut une pause très brève, après quoi M. Merryman rétorqua avec hauteur qu'il n'était pas détective et que la question était sans intérêt.

— Quel est le problème ? intervint le capitaine. Si quelqu'un a un alibi, il est blanchi, non ? Jusque-là, tout est clair.

— Les alibis, déclara M. Merryman, doctoral, sont du même ordre que les statistiques : en fin de compte, ils ne prouvent strictement rien.

— Voyons ! protesta le père Jourdain. Si j'assiste aux vêpres à Kensington avec le reste de ma communauté au moment où un crime est commis à Bermondsey, je ne peux certainement pas en être l'auteur.

M. Merryman eut l'air déconcerté, et Alleyn vint à sa rescousse.

— En fait, dit-il, la plupart des gens ne doivent même pas se souvenir de ce qu'ils ont fait tel soir à telle heure. Moi, je ne saurais absolument pas le dire.

— Mettons, juste à titre d'exemple, fit le capitaine Bannerman, en évitant peut-être un peu trop soigneusement de regarder Alleyn, que chacun de nous doive fournir un alibi pour l'un de ces crimes. Je me demande si on y arriverait, pardi. Je me le demande vraiment.

Le père Jourdain, qui dévisageait Alleyn avec une grande attention, répondit :

— On peut toujours essayer.

— On peut, dit Alleyn. On peut même faire des paris là-dessus. Qu'en pensez-vous, monsieur Merryman ?

— Je n'ai pas l'habitude de parier, en temps normal, répliqua ce dernier. Toutefois — *dissipet Euhius curas edaces*[1] — je suis prêt à miser une somme symbolique sur le résultat.

— Vous le feriez ? demanda Alleyn. Vraiment ? Très bien, que pariez-vous ?

M. Merryman réfléchit quelques instants.

— Allez, le pressa le capitaine.

— Bien. Je parie cinq shillings que la majorité des personnes ici présentes seront incapables de nous fournir à chaud un alibi valable pour les dates en question.

— Ça marche ! cria Aubyn Dale. J'accepte !

Alleyn, le capitaine Bannerman et Tim Makepiece annoncèrent qu'ils acceptaient eux aussi le pari de M. Merryman.

— Et s'il y a la moindre contestation concernant la valeur d'un alibi, déclara le capitaine, ceux qui n'ont pas parié pourront trancher. Ça vous va ?

M. Merryman inclina la tête.

Alleyn demanda de quelle date il allait être question. Le capitaine leva la main.

— Si on parlait du premier meurtre ?

Il y eut un brouhaha général, au milieu duquel on entendit M. Cuddy assurer avec suffisance qu'il n'y avait pas de quoi fouetter un chat dans une affaire aussi simple. Une discussion en résulta entre M. Merryman et lui, qui se poursuivit fougueusement au moment du café et des liqueurs, servis au salon. Discrètement encouragée par Alleyn, elle gagna toute l'assistance. Il sentit que la situation avait mûri et qu'il était temps d'en récolter

1. Chasse, Euhius, les soucis ravageurs.

les fruits avant que les autres, et notamment le capitaine et Aubyn Dale, n'eussent bu davantage.

— Alors, et notre pari ? s'enquit-il lors d'une pause momentanée. Dale a relevé le défi de M. Merryman. Nous devons tous nous trouver des alibis pour le premier meurtre. Je ne me souviens même plus de la date. Quelqu'un sait-il quand il a eu lieu ? Monsieur McAngus ?

M. McAngus se lança aussitôt sur le terrain mouvant des associations. Il était sûr d'avoir lu un article sur ce sujet le matin même où son appendice, qui devait se perforer par la suite, s'était manifesté pour la première fois. Ce devait être le vendredi 16 janvier. Et pourtant... Sa voix ne fut plus qu'un chuchotement. Il se mit à compter sur ses doigts et s'égara irrémédiablement dans un dédale de parenthèses.

— Il me semble bien, dit le père Jourdain, que c'était la nuit du 15.

— ... et cinq jours plus tard, dit d'une voix monocorde M. McAngus, j'ai été transporté à l'hôpital Saint Bartholomew, où je suis resté suspendu entre la vie et la mort...

— Cohen ! s'écria Aubyn Dale. Elle s'appelait Beryl Cohen. Mais bien sûr !

— Hop Lane, Paddington, ajouta Tim Makepiece en souriant. Entre 10 et 11 heures du soir.

Le capitaine jeta à Alleyn un coup d'œil de conspirateur, beaucoup trop appuyé.

— Allons-y, fit-il. C'est parti ! Les dames d'abord.

Jemima et Mme Dillington-Blick protestèrent aussitôt qu'elles n'avaient aucune chance de se souvenir de leur emploi du temps cette nuit-là. Mme Cuddy annonça obscurément qu'elle préférait soutenir son mari et refusa de répondre.

— Vous voyez ! jubila M. Merryman. Trois fiascos successifs.

Il se tourna vers le père Jourdain.

— Et l'Eglise, que nous réserve-t-elle ?

Le père Jourdain répondit calmement qu'il s'était trouvé dans le voisinage du lieu du crime, ce soir-là. Il avait animé un débat dans un club de garçons à Paddington.

— L'un de leurs hommes m'a ramené à la communauté. Je me souviens avoir pensé par la suite que nous avions dû passer tout près de Hop Lane.

— Ça alors ! s'exclama Mme Cuddy avec une éloquence grotesque. Tu te rends compte, Fred !

— Ce qui, continua le père Jourdain, constitue sans doute mon alibi, n'est-ce pas ?

Il interrogea Alleyn du regard.

— Il faut croire que oui, répliqua celui-ci.

M. Merryman, dont la conception des alibis semblait relever davantage de la mauvaise foi que de la logique, déclara que tout cela restait à prouver et que, de toute façon, le résultat ne serait pas concluant.

— Oh, mais, fit le père Jourdain placidement, je peux prouver mon alibi sans aucune peine. Et de manière concluante, ajouta-t-il.

— Je ne peux pas en dire autant, enchaîna Alleyn. Je crois que j'étais chez moi ce soir-là, mais le prouver serait une autre paire de manches.

Le capitaine Bannerman annonça d'une voix de stentor que lui et son bateau étaient alors à Liverpool et qu'il disposait de toutes les preuves nécessaires à cet effet.

— Eh bien, clama-t-il, saisissant distraitement par le coude Mme Dillington-Blick, vous autres, qu'avez-vous à dire à votre décharge, hien ? Y a-t-il des assassins dans l'assistance ?

Il rit à gorge déployée de sa propre plaisanterie et dévisagea Alleyn, dont l'inquiétude ne fit que croître.

— Alors, monsieur Cuddy ? Vous n'aurez sûrement aucun problème à vous disculper, *vous*.

L'intérêt des passagers était à présent suffisamment éveillé. Si seulement le capitaine Bannerman la fermait un peu, pensa Alleyn, la conversation pourrait se dérouler selon le plan prévu. Par chance, Mme Dillington-Blick, à cet instant, murmura quelque chose qui capta l'attention du capitaine. Il se tourna vers elle, et tous les autres vers M. Cuddy.

L'attitude de ce dernier laissait entendre qu'il était à la fois content de se trouver ainsi au centre et sur ses gardes, comme s'il soupçonnait ses compagnons de vouloir se payer sa tête. Sa prestation fut exaspérante, mais, d'une certaine manière, fructueuse. Le 15 janvier, déclara-t-il, consultant son agenda et souriant bêtement jusqu'aux oreilles, était un mardi ; or le mardi soir, il se rendait à sa Loge. Il donna l'adresse de la Loge (Tooting) ; mais quand M. Merryman lui demanda s'il avait effectivement assisté à la réunion ce soir-là, il se vexa et garda le silence.

— M. Cuddy, déclara son épouse, n'a pas manqué une seule réunion depuis vingt ans. Pour ça, ils l'ont fait grand chevalier et lui ont donné un très gentil certificat.

Jemima et Tim Makepiece échangèrent un coup d'œil et se détournèrent précipitamment.

M. Merryman, qui avait écouté M. Cuddy avec une vive impatience, se mit à l'interroger sur l'heure à laquelle il avait quitté sa Loge. Mais M. Cuddy prit un air hautain et répondit qu'il ne se sentait pas très en forme, ce qui, à en juger par son teint peu ragoûtant, était sans doute vrai. Il se retira en compagnie de son épouse à l'autre bout du salon. De toute évidence, M. Merryman vit dans cet abandon une raison de triomphe personnel. Il redressa ses épaules et parut se gonfler.

— Cette discussion, décréta-t-il en regardant autour de lui, n'est pas dénuée d'intérêt. Jusqu'à présent, on nous a fourni deux alibis prétendument vérifiables...

Et il s'inclina facétieusement devant le père Jourdain et le capitaine.

— ... et autrement, si on tient compte des dames, uniquement des échecs.

— Oui, dit Tim, mais en insistant un peu...

M. Merryman, ouvertement et à dessein, interpréta ses paroles de travers.

— Mais certainement ! s'exclama-t-il. Justement, continuons. Miss Abbott...

— Et vous-même ? beugla soudain M. Cuddy du fond de la pièce.

— Aha ! renchérit Mme Cuddy, lâchant un rire rabelaisien. Ho, ho, ho, fit-elle, sans bouger un seul muscle de son visage. Et vous-même, monsieur Merryband ?

— Du calme, Ethel, marmonna M. Cuddy.

— Seigneur Dieu ! glissa Tim à l'adresse de Jemima. Elle a un verre dans le nez !

— Avec tout ce qu'elle a descendu pendant le dîner... c'est la première fois que cela devait lui arriver.

— C'est bien ça. Elle est ronde. Incroyable.

— Ho, ho, ho ! répéta Mme Cuddy. Où était Merryband quand la lumière s'est éteinte ?

— Eth !

— C'est vrai, au fond ! s'exclama Aubyn Dale. Allons, monsieur Merryman. Votre alibi, s'il vous plaît.

— Mais avec grand plaisir. Je n'en ai pas. Je rejoins la majorité. Le soir en question, poursuivit-il sur un ton didactique, comme si les autres allaient prendre ses paroles en dictée, je suis allé dans un cinéma de banlieue. Le *Kosy*, orthographié (comble de la vulgarité) avec un K. Dans Bounty Street, Chelsea. Coïncidence amusante, le film s'appelait *Le Locataire*. Et je suis absolument incapable de le prouver, acheva-t-il triomphalement.

— Très louche ! fit Tim, hochant la tête d'un air profond. Désolé, monsieur, mais voilà qui est vraiment très louche !

M. Merryman laissa échapper un petit rire croassant.

— Je sais ! cria M. McAngus à brûle-pourpoint. J'y suis ! Mardi ! La télévision ! Non, non, attendez, ajouta-t-il aussitôt. Quel jour c'était, déjà ?

Alleyn le lui dit, et il se replongea dans un silence abattu.

— Alors, Miss Abbott, dit le capitaine. Miss Abbott a-t-elle un alibi ? Allons, Miss Abbott, le 15 janvier.

Elle ne répondit pas tout de suite, mais continua à regarder droit devant elle sans sourire. Il y eut un silence.

— J'étais chez moi, répliqua-t-elle enfin, en donnant son adresse.

Son attitude trahissait une certaine tension. « Zut ! pensa Alleyn. L'imprévu. Dans un instant, quelqu'un va changer de sujet. »

— Ça ne suffit pas ! disait Aubyn Dale sur un ton badin. Des preuves, Miss Abbott, des preuves.

— Personne n'a téléphoné ni vous a rendu visite ? souffla Jemima, souriant amicalement à Miss Abbott.

— Mon amie — avec qui je partage mon appartement — est arrivée à 22 h 35.

— Quelle mémoire ! murmura Mme Dillington-Blick, laissant entendre par là qu'elle-même n'était qu'une charmante évaporée.

— Et avant cela ? s'enquit M. Merryman.

Les pommettes de Miss Abbott s'empourprèrent légèrement.

— J'ai regardé la télévision, répondit-elle.

— De votre propre gré ? demanda M. Merryman, stupéfait.

A la surprise générale, Miss Abbott frissonna. Elle s'humecta les lèvres :

— Cela passe... ça... aide parfois à passer le temps.

Percevant son embarras, Tim Makepiece, le père Jourdain et Jemima tentèrent de détourner l'attention de M. Merryman, mais il devait être de ceux qui sont incapables d'abandonner une discussion avant d'avoir eu le dernier mot.

— Passer le temps ! s'écria-t-il, levant les yeux au ciel. Y a-t-il jamais eu une formule plus brutale pour dénoncer cette aberration, cette distraction scandaleuse et débilitante ? Qu'y avait-il au programme ?

Miss Abbott jeta un coup d'œil sur Aubyn Dale, qui fixait un regard furibond sur M. Merryman.

— A vrai dire... commença-t-elle.

Dale agita les mains.

— Ah-ah ! Je le savais. Hélas, je le savais ! De 9 heures à 9 h 30. Tous les mardis soir, par la grâce de Dieu. Je le savais bien.

Se penchant en avant, il s'adressa à M. Merryman.

— C'était mon émission, figurez-vous. Celle que vous détestez tant. « Vos petits problèmes de tous les jours », qui, curieusement, semble provoquer une réaction différente auprès d'un vaste public. C'est révoltant, certes, mais c'est comme ça. Les spectateurs ont l'air de l'apprécier.

— Bravo ! Bravo ! cria vaguement Mme Cuddy du fond de la pièce, tapant des pieds en signe d'approbation.

— « Vos petits problèmes de tous les jours », s'exclama Mme Dillington-Blick. *Mais oui, bien sûr !*

— Madame, continua M. Merryman, dardant un regard sévère sur Miss Abbott, auriez-vous la bonté de décrire avec précision la nature des problèmes soulevés par... je ne trouve pas le terme exact pour qualifier ces gens... le principal intéressé pourra m'éclairer...

— Les sujets ? suggéra le père Jourdain.

— Les victimes ? rectifia Tim.

— Ou les invités. J'aime bien les considérer comme mes invités, déclara Aubyn Dale.

— Comme c'est *joliment* dit ! fit Mme Cuddy, éperdue.

(— Du calme, Eth !)

Crispant ses grandes mains, Miss Abbott dit :

— Je ne me souviens pas du programme. Absolument pas.

Elle se souleva à demi de son siège, puis, semblant se raviser, se laissa retomber.

— Monsieur Merryman, il ne faut pas harceler Miss Abbott, fit Jemima rapidement, avant de se tourner vers Aubyn Dale. Vous, au moins, vous avez visiblement un alibi.

— Et comment !

Il avait terminé son double cognac et, à son tour, glissé son bras sous le bras de Mme Dillington-Blick.

— Mon Dieu, oui ! J'ai tout le public de la télévision entre Beryl Cohen et moi. Vingt millions de téléspectateurs ne peuvent pas se tromper ! Quoi qu'en dise M. Merryman.

— Mais l'émission ne finit-elle pas à 21 h 30 ? observa Alleyn légèrement. Que se passe-t-il dans la demi-heure qui suit ?

— J'enlève la peinture de guerre, mon vieux, et je vais rejoindre mes potes dans un endroit sympathique.

Tout le monde s'était accordé pour considérer l'alibi d'Aubyn Dale comme valable, lorsque M. McAngus hasarda timidement :

— Vous savez... je peux me tromper... mais j'ai l'impression que cette émission particulière a été faite à un autre moment... enfin... si c'était cela, le programme, bien sûr.

— Ah ? s'exclama M. Merryman, le désignant comme s'il venait de lever le doigt. Expliquez-vous. Elle a été filmée ? Enregistrée ?

— Oui. Mais, bien entendu, je peux me...

Déjà, M. Merryman s'en prenait allégrement à Aubyn Dale.

— Qu'avez-vous à répondre, monsieur ? Cette émission a-t-elle été enregistrée ?

Dale sollicita l'attention générale, comme s'il invitait tout le monde à participer à la bonne blague qu'il allait faire à M. Merryman. Il ouvrit les bras ; son sourire s'élargit, et il tapota M. McAngus sur la tête.

— Petit malin, dit-il. Et moi qui pensais m'en être tiré à bon compte. Je n'ai pas résisté à la tentation de vous faire marcher, monsieur Merryman : vous me le pardonnerez, n'est-ce pas ?

M. Merryman ne répondit pas. Il se contenta de dévisager fixement Aubyn Dale, comme si, glissa Jemima à Tim, il se retenait de lui dire qu'il le verrait dans son bureau après l'étude.

Dale contribua à cette impression en déclarant avec une fausse désinvolture de collégien :

— A propos, j'étais justement sur le point d'avouer. Je le jure.

— Ce n'était donc pas une émission en direct ? s'enquit Alleyn.

— Pas celle-ci. En principe, elle a lieu en direct, mais comme j'étais censé être en route pour les Etats-Unis, nous l'avons enregistrée.

— Ah oui ? fit M. Merryman. Et vous étiez effectivement en route pour les Etats-Unis, monsieur ?

— A vrai dire, non. Ce sont des choses qui arrivent, vous savez. Il y a eu une confusion à propos des dates. J'ai pris l'avion trois jours plus tard. Ça tombait vraiment mal, car je suis rentré seulement la veille de notre départ.

— Et votre alibi ? continua M. Merryman avec un air qui ne présageait rien de bon.

— Eh bien... c'est-à-dire que... ne me regardez pas ainsi, *padre*. J'ai passé la soirée avec ma pépée. Ne me demandez pas de préciser. Pas de noms, pas d'histoires.

— Et pas d'alibi, acheva M. Merryman du tac au tac.

Il y eut momentanément une pause embarrassée durant laquelle tout le monde évita de se regarder ; puis, tout à coup, M. McAngus refit surface.

— Je me souviens très bien, maintenant, annonça-t-il. C'était le soir qui a précédé mes premiers ennuis de santé, et j'ai bel et bien regardé la télévision !

— Le programme ? lança M. Merryman.

M. McAngus sourit timidement à Aubyn Dale.

— Oh, gloussa-t-il, je suis un inconditionnel, vous savez.

Il s'avéra finalement qu'il avait regardé « Vos petits problèmes de tous les jours ». Quand on lui demanda s'il se souvenait du contenu, il répliqua aussitôt :

— Oui, très clairement.

Alleyn vit Miss Abbott fermer brièvement les yeux, comme si elle avait été prise d'un étourdissement.

— Il y avait une dame, poursuivit M. McAngus, qui demandait, je me souviens, si elle devait se marier.

— Il y en a toujours une, ou presque, gémit Aubyn Dale avec une grimace de désespoir comique.

— Mais cette histoire-là était compliquée, parce qu'elle avait l'impression, la pauvre, qu'elle allait abandonner sa grande amie, qui n'était pas au courant et qui allait avoir énormément de peine. Ça y est ! cria M. McAngus. Je me rappelle. Si seulement je savais quel soir c'était ! Le 25, peut-être ? Enfin, je veux parler du 15, évidemment.

— Je ne me souviens plus quelle émission c'était, répondit Dale, mais elle, je m'en souviens bien, la pauvre chérie. Je crois l'avoir aidée. Je l'espère, en tout cas !

— Peut-être, observa le capitaine Bannerman, Miss Abbott va-t-elle s'en souvenir, maintenant que vous en avez parlé. Ça établira votre alibi.

— Cela vous dit quelque chose, Miss Abbott ? s'enquit M. McAngus anxieusement.

Tous les regards se tournèrent vers Miss Abbott ; et tout le monde, sauf M. McAngus, se rendit compte qu'elle était bouleversée. Ses lèvres tremblaient. Elle les couvrit d'une main, feignant plutôt piteusement de réfléchir. Puis elle secoua la tête, et ses yeux s'emplirent de larmes.

— Non ? dit M. McAngus innocemment, fixant tristement sur elle son regard de myope. Essayez de vous souvenir, Miss Abbott. C'était une dame brune, assez corpulente. Enfin, c'est l'impression qu'elle donnait. Car on ne voit pas le visage, et la tête est plutôt floue, n'est-ce pas, monsieur Dale ? Mais elle répétait sans cesse (et, à mon avis, la voix doit être un peu déformée aussi) qu'elle savait quelle blessure elle allait infliger à son amie, car en dehors d'elle, très peu de gens s'intéressaient à cette dernière.

Il s'inclina rapidement devant Aubyn Dale.

— Vous avez été merveilleux. Plein de tact, aussi. Au sujet de la solitude. Si vous l'avez vu, Miss Abbott, vous devez sûrement vous en souvenir. M. Dale a donné un tas de conseils pratiques et salutaires. Je ne me rappelle plus lesquels, exactement, mais...

Se retournant vers lui, Miss Abbott s'écria avec une violence indescriptible :

— Taisez-vous, pour l'amour de Dieu ! « Conseils salutaires ! » Quels « conseils » peuvent sauver d'un enfer pareil !

Elle regarda autour d'elle avec un réel désespoir.

— Pour certains d'entre nous, dit-elle, il n'y a pas d'issue. Nous sommes nos propres esclaves. Ni issue ni délivrance.

— Sottises ! rétorqua M. Merryman sur un ton tranchant. Il y a toujours une issue et une délivrance. C'est une question de courage et de détermination.

Un sanglot sec échappa à Miss Abbott.

— Excusez-moi, marmonna-t-elle. Je ne suis pas dans mon état normal. Je n'aurais pas dû boire autant de champagne.

Elle se détourna.

— Vous savez, monsieur McAngus, dit le père Jourdain précipitamment, j'ai bien peur que vous ne nous ayez pas totalement convaincus.

— Et avec ça, ajouta le capitaine, le dernier alibi tombe à l'eau. M. Merryman a gagné.

Il fit tout un cérémonial du fait de lui remettre ses cinq shillings. Alleyn, Tim Makepiece et Aubyn Dale suivirent son exemple.

Puis tout le monde se mit à parler en même temps, et, à l'exception des époux Cuddy, personne ne regarda Miss Abbott. Jemima vint se placer devant elle, la cachant aux autres. Ce fut accompli avec tact, et Alleyn fut conforté dans son impression que Jemima était une enfant attachante. Mme Dillington-Blick la rejoignit, et, automatiquement, un groupe se forma autour d'elle. Il y eut donc entre Miss Abbott et le reste du monde un paravent, derrière lequel elle se moucha bruyamment à son aise.

Finalement, s'étant maîtrisée, elle se leva, remercia Alleyn de sa soirée et sortit.

Les Cuddy s'avancèrent. De toute évidence, ils brûlaient d'envie de commenter, par allusions d'abord, puis directement, l'effondrement de Miss Abbott. Mais personne ne leur donna la réplique. M. McAngus eut l'air consterné. Tim parla à Jemima ; et le capitaine et Aubyn Dale, à Mme Dillington-Blick. M. Merryman contempla les Cuddy par-dessus ses lunettes, se passa une main dans les cheveux et dit quelque chose à propos de *Hoc morbido cupiditatis*[1] à l'intention d'Alleyn et du père Jourdain. Brusquement, Alleyn éprouva une émotion peu ortho-

1. Cette maladie de la convoitise.

doxe pour un officier de police chargé d'une enquête : il ressentait de l'affection et de la tendresse pour ces gens. Il les respectait parce qu'ils avaient refusé de jaser avec les Cuddy sur les malheurs de Miss Abbott et aussi parce qu'ils s'étaient comportés avec décence et compassion lorsqu'elle s'était effondrée. Il vit Jemima et Mme Dillington-Blick échanger quelques mots et se glisser hors de la pièce : elles allaient visiblement prendre des nouvelles de Miss Abbott. Alleyn fut profondément troublé.

S'approchant de lui, le père Jourdain proposa :

— Allons nous mettre par là.

Et il entraîna Alleyn à l'autre bout du salon.

— C'était vraiment malheureux, dit-il.

— Je suis confus.

— Vous ne pouviez pas le prévoir. Cette femme souffre énormément. Elle dégage la souffrance.

— C'est le fait d'avoir mentionné cette inénarrable séance de strip-tease moral chez Dale, répliqua Alleyn. Quelque chose dans cette émission a certainement dû la blesser.

— Sans nul doute, sourit le père Jourdain. C'est une bonne question : le strip-tease moral. Vous allez penser que je défends ma boutique, mais je considère réellement qu'il vaut mieux laisser la confession aux professionnels.

— Dale doit se prendre pour un professionnel.

— Ce qu'il fait, répondit le père Jourdain avec une certaine fougue, est commun, dangereux et totalement révoltant. Mais ce n'est pas un mauvais bougre, au fond. Du moins, je ne le crois pas. Pas mauvais du tout.

— Il y a autre chose que vous voulez me dire, n'est-ce pas ? fit Alleyn.

— En effet, mais j'hésite à le formuler. Je ne suis pas sûr de moi. Allez-vous vous moquer de moi si je vous dis que, de par l'expérience peut-être, et peut-être grâce à l'instinct, je suis particulièrement sensible à... à l'ambiance spirituelle ?

— Je ne pense pas que je...

Mais le père Jourdain l'interrompit.

— J'entends par là que quand il existe de sérieuses dissonances spirituelles — j'emploie ce terme parce que je suis prêtre — au sein d'un groupe, je le sens et je me trompe rarement.

— Et vous le sentez maintenant ?

— Très fortement. Je soupçonne qu'il s'agit d'un sentiment de détresse informulé, répliqua le père Jourdain. Mais je n'arrive pas à le situer.

— Miss Abbott ?

— Je ne sais pas. Je ne sais pas.

— Même ça, fit Alleyn, ce n'est pas ce que vous vouliez me dire.

— Vous-même, vous êtes très perspicace.

Le père Jourdain le dévisagea posément.

— Pourrez-vous rester un moment, quand tout le monde sera parti ?

— Certainement.

Le père Jourdain ajouta, si doucement qu'Alleyn l'entendit à peine :

— Vous êtes bien Roderick Alleyn, n'est-ce pas ?

III

Le salon désert sentait l'alcool éventé et la cigarette froide. Alleyn ouvrit les portes : les étoiles oscillaient dans le ciel ; le mât du navire montait et descendait à leur rythme, et sa coque fendait les eaux bruissantes de la mer nocturne.

— Désolé de vous avoir fait attendre, dit le père Jourdain derrière lui.

Alleyn referma les portes, et les deux hommes s'assirent.

— Laissez-moi vous dire d'emblée, déclara le père Jourdain, que je respecterai votre... anonymat n'est sans doute pas le mot approprié. Disons votre incognito ?

— Ce n'est pas le choix des mots qui me préoccupe, répondit Alleyn avec une pointe d'ironie.

— Le fait que je vous aie reconnu ne doit pas vous inquiéter davantage. Il s'agit d'une coïncidence bizarre, rien de plus. En fait, c'est votre femme qui a servi d'intermédiaire entre nous.

— Ah oui ?

— Je ne l'ai jamais rencontrée, mais j'admire ses peintures. Il y a quelque temps, j'ai visité une exposition qui lui était consacrée et j'ai été très impressionné par un petit portrait. Celui-ci était anonyme également, mais l'un de mes confrères, le père Copeland de Saint Giles de Winton qui vous connaît tous les deux, m'a expliqué que c'était le portrait de son mari, le célèbre inspecteur Alleyn. J'ai une excellente mémoire des visages, et la ressemblance est frappante. J'étais certain de ne pas me tromper.

— Troy, répondit Alleyn, sera ravie de l'apprendre.

— Par ailleurs, le pari de M. Merryman a été organisé, n'est-ce pas ?

— Bonté divine ! Je me suis donc bel et bien couvert de ridicule.

— Non, non. Pas vous. Vous étiez tout à fait convaincant. C'est le capitaine.

— Ses manières spontanées étaient un peu lourdes, peut-être.

— Exactement.

Le père Jourdain se pencha en avant.

— Alleyn, pourquoi cette histoire de l'Assassin aux Fleurs a-t-elle été mise sur le tapis ?

— Pour s'amuser, répliqua Alleyn. Pour quoi d'autre ?

— Vous ne voulez donc pas me le dire.

— Au moins, fit Alleyn d'un ton léger, j'ai votre alibi pour le 15 janvier.

— Vous n'avez pas confiance en moi, bien sûr.

— La question ne se pose pas. Ainsi que vous l'avez découvert, je suis détective.

— Je vous supplie de me faire confiance. Vous ne le regretterez pas. Vous pouvez faire vérifier mon alibi, n'est-ce pas ? Et l'autre fois : cette autre malheureuse enfant qui revenait de l'église... quand était-ce ? Le 25. Voyons, le 25 j'étais à un congrès à Paris. Vous pouvez le vérifier tout de suite. Vous devez sûrement être en contact avec vos collègues. C'est évident.

— Je pense que ce doit être possible.

— Alors faites-le. Je vous en prie instamment. Si vous êtes ici pour la raison fantasque que je soupçonne à demi, vous aurez besoin de quelqu'un en qui vous avez confiance.

— C'est toujours utile.

— Il ne faut pas laisser ces femmes seules.

Le père Jourdain s'était soulevé et regardait par les portes vitrées.

— Tenez, dit-il.

Mme Dillington-Blick était en train de prendre l'air sur le pont. En passant devant les fenêtres éclairées au-dessus de la salle des machines, elle fit une halte. Son collier et ses boucles d'oreilles miroitaient ; l'écharpe incarnat qu'elle avait nouée sur sa tête flottait dans la brise nocturne. Un homme surgit de la pénombre et s'avança vers elle. Il lui prit le bras. Ils tournèrent et disparurent. C'était Aubyn Dale.

— Vous voyez, dit le père Jourdain. Si j'ai vu juste, c'est le genre de choses qu'il ne faut pas autoriser.

— Nous sommes le 7 février, fit Alleyn. Or ces crimes ont eu lieu à dix jours d'intervalle.

— Il n'y en a eu que deux.

— Il y a eu une tentative le 5 janvier, qui n'a pas été divulguée.

— En effet ! Le 5, le 15 et le 25. Mais alors, les dix jours se sont déjà écoulés depuis le dernier crime. Si vous avez raison (et cet intervalle peut n'être, après tout, qu'une coïncidence), le danger est imminent.

— Au contraire, si l'hypothèse des dix jours est justifiée, Mme Dillington-Blick ne court pour le moment aucun risque.

— Mais...

Le père Jourdain le dévisagea, incrédule.

— Vous voulez dire qu'il y a eu un autre crime ? Depuis notre départ ? Pourquoi alors... ?

— Une demi-heure environ avant que le navire ne lève l'ancre, et à deux cents mètres de là. Dans la nuit du 4. Il a été ponctuel à la minute près.

— Mon Dieu ! dit le père Jourdain.

— Pour l'instant, aucun des passagers n'est au courant, sauf un, le traditionnel ; et, à moins que quelqu'un ne prenne la peine de le télégraphier à Las Palmas, ils ne le sauront pas.

— Le 14, marmonna le père Jourdain. Selon vous, nous sommes en sécurité jusqu'au 14.

— On ne peut que l'espérer. Si nous prenions l'air avant d'aller nous coucher ? Qu'en pensez-vous ?

Alleyn ouvrit les portes, et le père Jourdain s'avança vers elles.

— Il me vient à l'esprit, déclara-t-il, que vous risquez de croire que je me mêle de ce qui ne me regarde pas. Ce n'est pas cela. Il se trouve simplement que j'ai le flair pour les choses du Mal et le devoir de combattre le péché. Au fond, je suis le policier des âmes. Vous avez sans doute l'impression que je raconte n'importe quoi, du point de vue professionnel.

— Je respecte votre position, répondit Alleyn.

Les deux hommes échangèrent un regard.

— Et je suis également disposé à vous faire confiance.

— Voilà qui nous avance d'un pas, au moins, observa le père Jourdain. Restons-en là, d'accord, jusqu'à ce que vous ayez fait vérifier mes alibis ?

— Si cela vous convient.

— Je n'ai vraiment pas le choix. De toute manière, ajouta le père Jourdain après une pause, il semble bien que nous disposions d'un répit. Jusqu'au 14 février ?

— Uniquement si l'hypothèse temporelle est juste. Ce qui n'est pas forcément le cas.

— Un psychiatre... peut-être... ?

— Le Dr Makepiece, par exemple. C'en est un. J'ai l'intention de le consulter, d'ailleurs.

— Mais...

— Oui ?

— Il n'avait pas d'alibi. Il l'a dit lui-même.

— On nous apprend, répliqua Alleyn, que dans une affaire de ce genre, le coupable ne dit jamais qu'il n'a pas d'alibi. Il en fournit toujours un, semble-t-il. D'une façon ou d'une autre. On y va ?

Ils sortirent sur le pont. Une brise légère continuait à souffler, mais elle n'était plus froide. Le navire, qui fendait les vagues dans l'obscurité, résonnait de ses propres vibrations et de mille petits bruits ponctuels. Mais un silence plus vaste semblait planer sur lui. Tandis que les deux hommes longeaient le pont à tribord, une cloche sonna quatre fois deux coups.

— Minuit, dit Alleyn.

Des matelots passèrent doucement devant eux. Mme Dillington-Blick et Aubyn Dale apparurent de l'autre côté de l'écoutille, se dirigeant vers les cabines des passagers. Ils crièrent « Bonne nuit ! » et s'évanouirent.

Le père Jourdain jeta un coup d'œil à sa montre.

— Cet après-midi, dit-il, nous arrivons à Las Palmas.

6

La poupée cassée

I

Las Palmas est connue des touristes pour ses poupées qui marchent et qui parlent. Elles contemplent les passants de toutes les vitrines et s'alignent en grappes dans les marchés de rue, près du port. Elles diffèrent en taille, prix et condition. Certaines portent des habits cyniquement cloués à leur corps ; d'autres, des robes cousues main à la coupe sophistiquée. Certaines sont chauves sous leur bonnet ; d'autres arborent de hautes perruques espagnoles en vrais cheveux, ornées d'une mantille de véritable dentelle. Les poupées les plus chères ont des colliers, des bracelets, des bagues même, ainsi que de ravissants jupons sous leurs jupes parées de fleurs et de passementerie. Elles peuvent atteindre la taille d'un enfant ou bien ne pas dépasser celle d'une main de femme.

Toutes ces poupées ont deux choses en commun. Si on les tient par le bras, on peut leur faire lever les jambes d'une façon qui imite la marche, et, tout en marchant, elles remuent la tête en vagissant des profondeurs de leur giron : « Ma-ma. » Leurs voix ressemblent étonnamment à celle d'un bébé. Tous ceux qui vont à Las Palmas se souviennent immanquablement d'une petite fille qui voudrait avoir une poupée qui marche et qui parle, ou alors, à tort peut-être, d'une femme adulte qu'une telle poupée pourrait amuser.

La compagnie avait mis une voiture décapotable à la disposition du capitaine Bannerman, et il s'y installa avec Mme Dillington-Blick, qui avait l'air d'un loukoum. Ils firent ainsi le tour de Las Palmas, s'arrêtant aux boutiques dont le patron avait un arrangement avec le chauffeur. Mme Dillington-Blick s'acheta une mantille en dentelle noire, un peigne pour la maintenir, des bijoux portugais et un éventail. Le capitaine lui acheta des brassées de fleurs de magnolia artificielles car ils n'en avaient pas trouvé de vraies. Il était très fier de l'admiration manifeste que les habitants de Las Palmas vouaient à sa compagne. Ils arrivèrent enfin dans une boutique où ils aperçurent une robe magnifique, une vraie robe espagnole en dentelle noire, relevée sur une masse mousseuse de jupons écarlates. Le chauffeur embrassa ses doigts encore et encore, déclarant que dans cette robe, Mme Dillington-Blick ressemblerait à la Reine du Ciel. Cette dernière l'examina, la tête penchée sur le côté.

— Vous savez, dit-elle, même compte tenu de l'exagération latine, je suis à peu près de son avis.

Tim Makepiece et Jemima, qui descendaient la rue, vinrent les rejoindre.

— Oh oui, essayez-la ! fit Jemima. Vous serez fabuleuse là-dedans. Allez, juste pour s'amuser.

— Vraiment ? Venez avec moi, alors. Vous m'aiderez à garder la tête froide.

Le capitaine dit qu'il avait des affaires à régler à l'agence de sa compagnie et qu'il serait de retour dans vingt minutes. Tim, qui brûlait d'envie d'acheter des roses à Jemima, déclara qu'il allait bientôt revenir, lui aussi. Surexcitées, les deux femmes pénétrèrent dans la boutique.

L'après-midi étouffant avait cédé la place au crépuscule. La nuit tomba très rapidement ; une brise légère agitait mollement les palmiers ; et à 21 heures, le capitaine Bannerman et Mme Dillington-Blick devaient retrouver Aubyn Dale dans le plus grand hôtel de Las Palmas pour le dîner.

Mme Dillington-Blick fut reconduite sur le bateau, où elle se changea pour mettre la belle robe espagnole qu'elle avait évidemment achetée. Jemima l'assista, tout excitée.

— Qu'est-ce que je vous disais ! cria-t-elle, triomphante. Vous devriez être assise dans une loge, en train de regarder une pièce de Lope de Vega, entourée de tout un essaim de superbes *caballeros*. C'est une splendeur.

Mme Dillington-Blick, qui n'avait jamais entendu parler de Lope de Vega, sourit à demi, et, les yeux grands ouverts, pivota sur elle-même à plusieurs reprises pour voir l'effet dans la glace.

— Pas mal. Pas mal du tout.

Et elle épingla l'une des fleurs artificielles du capitaine à son corsage, gratifiant Jemima d'un regard lumineux, le regard d'une femme qui se sait adulée.

— N'empêche, murmura-t-elle, que j'aurais préféré sortir en compagnie de S.B.

— S.B. ?

— La Superbe Brute, ma chère. Le Séduisant Broderick, si vous voulez. J'ai laissé échapper des allusions plus que transparentes, mais sans résultat, hélas !

— Ce n'est pas grave, répondit Jemima. Vous aurez un succès fou, de toute façon. Je vous le promets.

Elle courut se changer à son tour. Au moment d'agrafer les roses rouges de Tim Makepiece sur sa robe, elle se rendit soudain compte qu'elle n'avait pas pensé à ses malheurs depuis près de six heures. Après tout, c'était bien agréable de dîner dehors dans une ville étrangère, sur une île inconnue, en compagnie d'un charmant jeune homme.

Tout se passa à merveille : une soirée magique suspendue comme un songe, entre deux étapes insolites d'une traversée. Les rues qu'ils avaient parcourues, les plats qu'on leur servit, la musique au son de laquelle ils dansaient, les fleurs, l'éclairage romantique à souhait et le public exotique : rien, dit Jemima à Tim, n'était « de ce monde ». Assis à leur table en bout de piste, ils parlaient avec feu des choses qui les intéressaient, ravis de découvrir combien ils se plaisaient en compagnie l'un de l'autre.

A 21 heures 30, Mme Dillington-Blick fit son entrée, escortée du capitaine et d'Aubyn Dale. Elle était, ainsi que Jemima l'avait dit à Tim, éblouissante. Tout le monde la regardait. Le port de tête du maître d'hôtel reflétait une sorte de recueillement religieux. Une atmosphère d'opulence et de fête enveloppait Mme Dillington-Blick comme un nuage de parfum coûteux. Elle était vraiment magnifique.

— Je l'admire énormément, déclara Jemima. Pas vous ?

Le menton de Jemima reposait dans la paume de sa main. Son bras, beaucoup moins opulent que celui de Mme Dillington-Blick, brillait à la lueur des chandelles, et ses yeux étincelaient.

— C'est la créature la plus agressivement féminine que j'aie jamais rencontrée, répliqua Tim. Aucun complexe, et tout ce qui en résulte. Si c'est votre genre, bien sûr. Il se trouve que ce n'est pas le mien.

Jemima fut amplement satisfaite de cette réponse.

— Je l'aime bien, dit-elle. Elle est gentille et sans prétention.

— Tout à fait. Tiens ! Regardez qui est là.

Alleyn venait d'entrer avec le père Jourdain. On les plaça à une table à quelque distance de celle de Tim et Jemima.

— Des visiteurs distingués ! fit Jemima, les saluant gaiement.

— Ils sont assez imposants, tous les deux, ne trouvez-vous pas ? J'avoue que j'aime bien Broderick. C'est un homme agréable, non ?

— Entièrement d'accord, opina Jemima avec conviction. Et que pensez-vous du père Jourdain ?

— Je ne sais pas trop. Un visage intéressant, pas vraiment clérical.

— Pourquoi, il existe un type de visage clérical, ou bien vous êtes en train de penser à un curé de vaudeville ?

— Non, répondit lentement Tim, ce n'est pas ça. Mais regardez donc ses yeux et sa bouche. Il a fait un vœu de célibat, n'est-ce pas ? A mon avis, cela n'a pas été une partie de plaisir.

— Si jamais, dit Jemima, vous aviez désespérément besoin d'un conseil et que vous deviez consulter l'un des deux, lequel choisiriez-vous ?

— Oh, Broderick ! Sans hésiter. Auriez-vous par hasard besoin d'un conseil ?

— Non.

— Autrement, je serais enchanté que vous vous adressiez à moi.

— Merci, fit Jemima. Je m'en souviendrai.

— Parfait. Allons faire un tour de piste.

— Un jeune couple charmant, observa le père Jourdain, tandis qu'ils passaient en dansant devant lui. J'espère que vous avez raison, ajouta-t-il.

— A propos de... ?

— A propos d'alibis.

L'orchestre se tut dans un fracas de cymbales. La piste se vida, et deux spots lumineux se braquèrent sur un couple de danseurs de tango, fiers et farouches comme des oiseaux de proie. Ils avancèrent et tournoyèrent, la démarche arrogante, en faisant claquer leurs castagnettes et en s'affrontant du regard sous leurs sourcils froncés.

— Quelle façon agressive de se faire la cour ! dit Tim.

Quand ils eurent terminé, ils passèrent entre les tables, suivis par le projecteur.

— Oh non ! s'exclama le père Jourdain. Encore une poupée !

Il y avait, dans les bras de la danseuse, une poupée énorme et extraordinairement réaliste. De toute évidence, elle était à vendre. La femme l'exhibait fièrement, un sourire éclatant aux lèvres, tandis que son partenaire attendait, maussade, à côté d'elle.

— *Señores y Señoras*, annonça une voix dans le haut-parleur.

La suite, crurent-ils deviner, portait sur le fait d'avoir l'honneur de leur présenter « La Esmeralda », ce qui était manifestement le nom de la poupée.

— C'est curieux ! remarqua Alleyn.

— Quoi donc ?

— Elle est vêtue exactement comme Mme D.-B.

En effet, la poupée était habillée d'une robe à volants en dentelle noire et d'une mantille. Elle avait, en outre, un collier et des boucles d'oreilles verts, des gants de dentelle ; et ses doigts serraient le manche d'un éventail ouvert. Elle avait un visage de femme, beau et insolent, avec un sourire éblouissant comme celui de la danseuse. Et elle devait coûter une fortune. Amusé, Alleyn la regarda s'approcher de la table occupée par Mme Dillington-Blick, le capitaine et Aubyn Dale.

Les danseurs, tout comme le maître d'hôtel, avaient naturellement remarqué la ressemblance. Tout le monde souriait, s'exclamait et s'extasiait, tandis que la poupée trottinait irrésistiblement vers Mme Dillington-Blick.

— Pauvre vieux Bannerman, fit Alleyn. A mon avis, il est fichu. A moins que Dale...

Mais Aubyn Dale avait écarté les bras dans un geste qu'on lui connaissait bien, et, avec un sourire tristement franc, il devait dire, incontestablement, que ce n'était même pas la peine de le regarder ainsi ; alors que le capitaine, rouge pivoine, contemplait le vide d'un air profondément désintéressé. Mme Dillington-Blick secoua la tête, s'épanouit dans un sourire, puis fit non de la tête à nouveau. Les danseurs s'inclinèrent en souriant et s'éloignèrent vers la table suivante. La femme se baissa, et, avec une sorte de gaieté sauvage, fit marcher la poupée.

— Ma-ma ! piailla la poupée. Ma-ma !

— Mesdames, messieurs, répéta le haut-parleur, continuant cette fois en anglais. Nous avons l'honneur de vous présenter Mi-iss Esmeralda, la reine de Las Palmas.

Quelque part dans l'ombre, au fond dc la sallc, on vit s'agiter une serviette. La femme s'empara de la poupée et passa majestueusement entre les tables, suivie de son partenaire. Le faisceau du projecteur se posa sur eux. Certaines têtes se tournèrent. Deux ou trois personnes se levèrent. Il était impossible de distinguer le client assis au fond. Peu après, la danseuse revint sur ses pas, brandissant la poupée au-dessus de sa tête.

— Elle ne l'a pas vendue, observa le père Jourdain.

— Au contraire, répliqua Alleyn. Regardez.

La poupée fut portée en triomphe jusqu'à la table du capitaine et, avec une magnifique révérence, offerte à Mme Dillington-Blick.

A l'autre bout de la salle, Tim déclara :

— Regardez-moi ça !

— Quel succès ! s'exclama Jemima, enchantée.

— Qui est-ce, le malheureux pigeon, d'après vous ?

— Je ne vois pas. Ce doit être un superbe hidalgo aux yeux étincelants et à la ceinture rouge vif. Que c'est épatant, pour Mme Dillington-Blick !

Les danseurs gesticulaient en direction de leur client. La poupée dans les bras, Mme Dillington-Blick rit, triomphante, et scruta le fond de la salle. Le projecteur fouilla le recoin éloigné. Quelqu'un se leva.

— Oh, *regardez* ! s'écria Jemima.

— Eh bien, nom d'un chien ! fit Tim.

— Quelle surprise ! remarqua le père Jourdain. C'est M. McAngus.

— Il a accompli son geste réciproque, répondit Alleyn.

II

Le *Cape Farewell* appareillait à 2 heures du matin, mais les passagers devaient être à bord avant une heure et demie. Alleyn et le père Jourdain rentrèrent à minuit, et Alleyn alla dans sa cabine jeter un nouveau coup d'œil sur son courrier. Celui-ci contenait un rapport détaillé du Yard sur l'agression commise le 5 janvier contre Miss Bijou Browne et une lettre de son supérieur signifiant que jusque-là, rien n'était intervenu pour justifier une modification du plan d'action d'Alleyn. Alleyn avait appelé le Yard de la préfecture de police de Las Palmas et s'était entretenu avec l'inspecteur Fox. A la suite du radiogramme expédié par Alleyn la veille, le Yard avait aussitôt entrepris de vérifier les alibis des passagers. Celui du père Jourdain était en béton, annonça Fox. Le cinéma de M. Merryman avait bel et bien joué *Le Locataire* le soir en question, en première partie d'un programme plus long. Pour le moment, le Yard n'avait pas réussi à identifier la belle d'Aubyn Dale, mais Fox espérait la retrouver rapidement et inventer, dit-il, une quelconque histoire à dormir debout qui lui permettrait de l'interroger sur la soirée du 15. Le reste des déclarations de Dale s'était avéré exact. Fox avait contacté la Loge de M. Cuddy, expliquant que la police était en train d'enquêter sur la disparition d'une montre de valeur. D'après les renseignements reçus, celle-ci aurait été volée à M. Cuddy aux alentours de la Loge, le soir du 15. La signature de M. Cuddy figurait dans le registre des présences, mais le secrétaire se rappela qu'il était parti de bonne heure car il était souffrant. A part le fait que M. McAngus avait perforé son appendice quatre jours après la date en question, continua Fox, ironique, il était totalement impossible de vérifier le fatras de ses réminiscences décousues. Ils allaient, toutefois, essayer de se renseigner davantage. Une enquête à l'hôpital du Dr Makepiece prouva définitivement qu'il avait été de garde dans son service jusqu'à minuit.

Le capitaine Bannerman, lui, était bel et bien à Liverpool dans la soirée du 15, et une vérification de routine blanchissait entièrement les autres officiers. De toute façon, les membres de l'équipage montaient rarement à bord en serrant à la main une carte d'embarquement.

La partie manquante de la carte d'embarquement n'avait pas été retrouvée.

Des psychiatres éminents avaient été consultés : tous confirmèrent que l'intervalle de dix jours serait certainement maintenu et qu'il fallait être prêt pour l'échéance du 14 février. L'un d'eux avait toutefois précisé qu'un événement fâcheux pouvait déclencher la pulsion meurtrière du sujet ; autrement dit, ajouta l'inspecteur Fox, caustique, il pourrait faire des siennes avant le 14, si jamais quelque chose lui en donnait l'idée.

Fox conclut la discussion en demandant quel temps il faisait. Ayant appris que c'était un climat semi-tropical, il fit remarquer qu'il y en avait qui étaient vernis. Ce à quoi Alleyn rétorqua que si Fox considérait un long voyage en compagnie d'un maniaque homicide (non identifié et prêt à passer à l'acte) et d'au moins deux victimes rêvées comme une chance, lui, Alleyn, serait heureux de troquer sa place contre la sienne. Sur ce, ils raccrochèrent.

Alleyn avait également reçu un télégramme de sa femme, qui disait : « Domicile conjugal se plaint de l'abandon as-tu besoin de quelque chose je t'aime Troy. »

Il rangea ses papiers et descendit sur le faux-pont. Il était déjà minuit vingt, mais aucun des passagers n'était allé se coucher. Les Cuddy étaient au salon, en train de raconter à Dennis, avec qui ils étaient en bons termes, leurs aventures à terre. M. Merryman était étendu dans un transat, les bras croisés et le chapeau sur le nez. Accoudés à la rambarde, M. McAngus et le père Jourdain contemplaient l'embarcadère au-dessous. L'écoutille arrière était ouverte, et le treuil qui la desservait, toujours en mouvement. Il faisait une chaleur oppressante.

Alleyn longea le pont et se pencha pour regarder l'écoutille noire et béante et les silhouettes éclairées de manière théâtrale qui s'affairaient devant. Le grincement du treuil, les voix occasionnelles et les vibrations des machines accompagnaient somme toute agréablement cette gigantesque partie de pêche. Alleyn regardait et écoutait depuis quelques minutes déjà, quand, soudain, il distingua un son différent et inattendu. Tout près de lui, quelqu'un était en train de chanter en latin : une mélopée austère, étrangement rythmée et asexuée.

Procul recedant somnia
Et noctium phantasmata
Hostemque nostrum comprime
Ne polluantur corpora[1].

Alleyn traversa le pont. Sur une petite terrasse à peine éclairée, Miss Abbott chantait, assise. En le voyant, elle s'arrêta net. Dans ses mains, elle avait toute une pile de feuilles de papier, probablement une très longue lettre.

1. Éloigne de nous les mauvais rêves et les fantasmes de la nuit, comprime notre ennemi intime afin que nos corps ne soient pas pollués.

— C'était enchanteur, dit Alleyn. Dommage que vous vous soyez arrêtée. C'était extraordinairement... comment dire ?... paisible.

— Oui, répondit-elle, semblant se parler à elle-même. Paisible et fervent. C'est une musique destinée à chasser les démons.

— Qu'était-ce, exactement ?

Elle se reprit brusquement, adoptant aussitôt une attitude défensive. Il était difficile de croire que sa voix parlée pût être aussi dure.

— Le plain-chant du Vatican, rétorqua-t-elle.

— Quel imbécile j'ai été de faire irruption et de vous interrompre ! Serait-ce... du VIIe siècle ?

— 655. Publié à partir d'un manuscrit dans *Liber Gradualis*, 1883, aboya-t-elle en se levant.

— Ne bougez pas, dit Alleyn. Je m'en vais.

— J'allais partir de toute façon.

Elle passa droit devant lui. Ses yeux étaient sombres d'excitation. Elle longea le pont en direction de la partie éclairée où tout le monde était rassemblé, s'assit dans une chaise longue un peu à l'écart et se mit à lire sa lettre.

Une ou deux minutes plus tard, Alleyn revint également et se joignit à M. McAngus.

— C'est un geste charmant que vous avez accompli ce soir, dit-il.

M. McAngus émit un petit gloussement.

— J'ai eu une de ces chances ! répliqua-t-il. Quelle heureuse coïncidence, n'est-ce pas ? La ressemblance est complète, vous savez. J'avais *promis* de trouver quelque chose, et voilà. Ça tombait vraiment bien.

Il hésita un instant, puis ajouta mélancoliquement :

— Ils m'ont invité à les rejoindre, mais, bien, entendu, j'ai dû refuser. Elle avait l'air ravie. A cause de la poupée, je veux dire. La poupée lui a fait plaisir.

— J'en suis convaincu.

— Oui, fit M. McAngus. Oui.

Sa voix mourut. Il avait oublié la présence d'Alleyn et se replongea dans la contemplation de l'embarcadère.

Il était maintenant 1 h 20. Un taxi s'arrêta sur le quai. Tim Makepiece et Jemima Carmichael en descendirent, absorbés par leur conversation et, visiblement, fort bien disposés l'un envers l'autre et vis-à-vis du monde en général. Ils gravirent la passerelle, souriant jusqu'aux oreilles.

— Ah, s'exclama Jemima à l'adresse d'Alleyn, Las Palmas est un paradis, ne trouvez-vous pas ? Nous nous sommes follement amusés.

Mais ce n'était pas Jemima que M. McAngus regardait aussi fixement. Une voiture décapotable avait suivi le taxi. Elle contenait Mme Dillington-Blick, le capitaine et Aubyn Dale. Eux aussi étaient gais, mais moins exubérants que Tim et Jemima. Les hommes avaient le visage alourdi et la voix un peu épaisse. Mme Dillington-Blick, en revanche, était toujours aussi éblouissante. Son sourire, même s'il ne paraissait pas vraiment irrésistible, était chargé de signification ; et même si ses yeux avaient perdu leur éclat, ils étaient toujours aussi expressifs, et les poches minuscules qui s'étaient formées au-dessous se voyaient à peine. Les hommes l'aidèrent à monter la passerelle. Le capitaine passa le premier, portant la poupée et tenant Mme Dillington-Blick par le coude, tandis qu'Aubyn Dale avait placé les mains sur sa taille, la propulsant laborieusement par-derrière. Il y eut des plaisanteries et des éclats de rire étouffés.

Une fois sur le pont, le capitaine regagna son poste, et Mme Dillington-Blick s'empressa de s'entourer d'une cour. M. McAngus fut mis en avant ; le père Jourdain fut sollicité, et Alleyn reçut bon nombre de regards obliques. On exhiba la poupée, et les Cuddy s'approchèrent pour la voir. Mme Cuddy déclara que ces poupées devaient être fabriquées par une main-d'œuvre exploitée, mais M. Cuddy dévisagea Mme Dillington-Blick et observa d'une voix étrange qu'il y avait des choses impossibles à imiter. On obligea Alleyn à marcher avec la poupée, et Mme Dillington-Blick les suivit, imitant sa démarche, remuant la tête et piaillant :

— Ma-ma !

Miss Abbott posa sa lettre et considéra Mme Dillington-Blick avec une sorte de stupeur affamée.

— Monsieur Merryman ! s'écria Mme Dillington-Blick. Réveillez-vous, que je vous présente ma jumelle, Doña Esmeralda.

M. Merryman retira son chapeau et jeta un regard dégoûté sur la poupée, puis sur sa propriétaire.

— La ressemblance, dit-il, est beaucoup trop frappante pour susciter un sentiment autre que celui d'une profonde consternation.

— Ma-ma ! couina Mme Dillington-Blick.

Dennis sortit en trottinant sur le pont, tout sourire et fossettes.

— Un télégramme de nuit, pour vous, madame Dillington-Blick. Il est arrivé après votre départ. Je vous guettais. Oh là là, ajouta-t-il, regardant la poupée, ce qu'elle est chou !

M. Merryman dévisagea Dennis avec quelque chose comme de l'horreur et remit son chapeau sur son nez.

Mme Dillington-Blick poussa une exclamation et agita son télégramme décacheté.

— Mes amis ! cria-t-elle. Jamais vous n'allez croire ça. C'est trop affreux, trop sinistre ! Ah, mes amis !

— Qu'y a-t-il, chérie ? s'exclama Aubyn Dale.

— C'est un homme, un ami à moi. Vous n'en croirez pas vos oreilles. Ecoutez ça ! « Ai envoyé quantité de jacinthes sur le bateau mais fleuriste m'apprend que jeune femme devant les livrer dernière victime Assassin aux Fleurs stop carte renvoyée par la police stop quelle histoire stop bon voyage Tony ! »

III

Excités par la nouvelle, les passagers s'aperçurent à peine que leur navire avait levé l'ancre. Le *Cape Farewell* avait quitté Las Palmas d'un mouvement quasi imperceptible et s'était éloigné dans l'obscurité, prenant sa vitesse de croisière tandis que Mme Dillington-Blick tenait le haut du pavé.

Tout le monde s'était rassemblé autour d'elle. M. Cuddy réussit même à se rapprocher suffisamment pour voir le télégramme du coin de l'œil. M. Merryman les rejoignit, tout en faisant mine de se dégourdir les jambes, et il renversa la tête de sorte à pouvoir fixer dédaigneusement Mme Dillington-Blick de sous son couvre-chef. Même Miss Abbott se pencha en avant dans sa chaise longue, serrant sa lettre froissée, ses grandes mains pendant entre ses genoux. Le capitaine Bannerman, qui venait de redescendre, avait un air beaucoup trop entendu au goût d'Alleyn, dont il cherchait constamment à capter le regard. Alleyn l'évita et se mêla à la foule, s'exclamant et commentant lui-même à voix haute. On avança toutes sortes d'hypothèses sur le moment et l'endroit où la jeune fleuriste eût pu être assassinée. La voix stridente de Mme Cuddy couvrit la conversation générale :

— C'étaient encore des jacinthes. Vous vous rendez compte de la coïncidence !

— C'est la saison, chère madame, remarqua le Dr Makepiece vertement. Les boutiques doivent regorger de ces fleurs-là. Il n'y a aucun sens ésotérique dans ce fait.

— M. Cuddy ne les a jamais aimées, dit Mme Cuddy. N'est-ce pas, chéri ?

M. Merryman leva les bras dans un geste de désespoir, se retourna et entra en collision avec M. McAngus. Il y eut un bruit de verres cassés, et M. Merryman laissa échapper un juron. La suite ressembla à un numéro de clowns. Les deux gentlemen se baissèrent, se cognèrent l'un contre l'autre, poussèrent un cri de douleur et se relevèrent, serrant convulsivement leurs chapeaux respectifs, les lunettes et la jacinthe.

— Je suis vraiment désolé, fit M. McAngus, se tenant la tête. J'espère que je ne vous ai pas fait mal.

— Si, vous m'avez fait mal. C'est mon chapeau, monsieur, et cela, ce sont mes lunettes. Cassées.

— Il me semble que vous en avez une seconde paire.

— L'existence d'une seconde paire ne diminue en rien la valeur de la première, qui, c'est évident, a été irrémédiablement fracassée.

M. Merryman jeta la jacinthe de M. McAngus et retourna à son fauteuil.

Les autres étaient toujours attroupés autour de Mme Dillington-Blick, si près les uns des autres que leur haleine imprégnée de vin se mêlait à son parfum capiteux. Il y avait là-dedans la touche classique, pensa Alleyn, une sorte de logique sordide dans toute la situation, si vraiment l'un d'eux était l'assassin dont tout le monde parlait avec autant d'ardeur.

Finalement, Tim et Jemima s'éloignèrent, suivis bientôt du père Jourdain qui alla s'accouder au bastingage. Annonçant qu'elle allait au lit, Mme Cuddy prit le bras de son époux. Cette histoire, déclara-t-elle, l'avait sacrément secouée. Son mari ne semblait pas pressé de partir, mais, comme Mme Dillington-Blick et Aubyn Dale rentrèrent à l'intérieur, le groupe se disloqua de lui-même.

Le capitaine Bannerman s'approcha d'Alleyn.

— Alors, fit-il, que dites-vous de ça ? Cela vous brouille les cartes, hein ?

Et il rota bruyamment.

— Excusez-moi. C'est la tambouille exotique que nous avons mangée au dîner.

— Huit d'entre eux ignorent où c'est arrivé, et à quel moment exactement, répondit Alleyn. Le neuvième sait tout, de toute façon. Au fond, cela ne change pas grand-chose.

— Ça ne change rien du tout, puisqu'il n'y a rien.

Le capitaine fit un grand geste.

— Regardez-les, quoi. Regardez la manière dont ils se comportent, et tout.

— Comment voulez-vous qu'il se comporte ? Faut-il qu'il se balade avec un sombrero noir en poussant des cris de bête sauvage ? Heath avait d'excellentes manières. Mais après tout, vous n'avez peut-être pas tort. A propos, le père Jourdain et Makepiece semblent être en règle. Ainsi que vous-même, monsieur. J'ai pensé que cela vous intéresserait de le savoir. Le Yard a vérifié les alibis.

— Hum, fit le capitaine sombrement, en comptant sur ses doigts. Cela nous laisse Cuddy, Merryman, Dale et ce drôle de zèbre... comment s'appelle-t-il, déjà ?

— McAngus.

— Voilà. Avec ça ! Bon, moi, je rentre, ajouta le capitaine. J'ai dû boire un coup de trop. C'est une femme remarquable, hein ? B'soir.

— Bonne nuit, monsieur.

Le capitaine s'éloigna, fit une halte et revint sur ses pas.

— J'ai eu un message de ma compagnie, dit-il. Ils ne veulent surtout pas ébruiter cette affaire, et ils ont bien raison. Ils pensent que tout ça, c'est du vent. Ils ne veulent pas inquiéter les passagers pour rien, et moi, je n'y tiens pas non plus. Vous feriez bien de vous en souvenir.

— Je ferai de mon mieux.

— En mer... seul maître à bord après Dieu.

— Monsieur.

— Bien.

Le capitaine esquissa un geste vague et grimpa précautionneusement l'échelle qui menait sur la passerelle de commandement.

Alleyn se dirigea vers la poupe où le père Jourdain, toujours appuyé au bastingage, les mains pendantes, contemplait la nuit.

— Je me demandais, dit Alleyn, si vous aviez joué le rôle d'Horatio tout à l'heure.

— Moi ? Horatio ?

— Observant les choses du fond de votre âme.

— Ah, ça ! Si c'est le rôle qui m'est imparti ! J'ai, effectivement, observé les hommes.

— Comme moi. Et alors ?

— Rien. Absolument rien. A moins de tenir compte du chapeau que M. Merryman avait enfoncé sur son nez, ou bien de sa crise de rage.

— Ou de l'excitation non déguisée de M. Cuddy.

— Ou de la manie qu'a M. McAngus de sautiller d'avant en arrière. Non ! s'exclama le père Jourdain avec force. Je ne peux pas croire cela de leur part. Et pourtant...

— Flairez-vous toujours le mal ?

— Je commence à me demander si ce n'est pas le fruit de mon imagination.

— Il y a de quoi, acquiesça Alleyn. Moi-même, je me demande sans cesse si nous ne sommes pas en train de bâtir un château de cartes autour d'un bout de papier trouvé dans la main de cette malheureuse jeune femme. Seulement voilà... Voyez-vous, vous aviez tous votre carte d'embarquement au moment de monter à bord, semble-t-il. L'une de ces cartes égarées — la vôtre, par exemple — aurait-elle pu passer par le hublot et arriver jusqu'à sa main ? Non. Tous les hublots étaient fermés, comme chaque fois que le bateau est au mouillage. Allons faire un tour, voulez-vous ?

Ils suivirent le faux-pont à bâbord. En atteignant la petite terrasse derrière la salle des machines, ils firent une halte, le temps qu'Alleyn allumât sa pipe. La nuit était toujours tiède, mais le navire s'était laissé prendre dans une forte brise et vibrait à son rythme. Les haubans grinçaient et s'entrechoquaient.

— Il y a quelqu'un qui chante, dit Alleyn.

— N'est-ce pas le vent dans ces cordages ? On les appelle les haubans, je crois.

— Non. Ecoutez. On l'entend bien, maintenant.

— C'est vrai. Quelqu'un chante.

C'était une voix assez haute et flûtée qui semblait provenir de la zone réservée aux passagers.

— *La Poupée cassée*, fit Alleyn.

— Une voix étrangement démodée.

— *Et tu regretteras un jour*

D'avoir oublié là une poupée cassée.

L'air banal et ténu s'évanouit.

— Cela s'est arrêté, dit Alleyn

— Oui. Faut-il mettre en garde les femmes ? demanda le père Jourdain tandis qu'ils reprenaient leur promenade. Avant la fin de l'échéance ?

— La compagnie de navigation s'y oppose, ainsi que le capitaine. Mes patrons m'ont dit de me plier dans la mesure du possible à leurs désirs. Ils considèrent qu'il faut protéger les femmes à leur insu... évidemment, ils ont le beau rôle, eux. A propos, Makepiece a l'air O.K. Je pense que nous le mettrons au courant. Il sera ravi de protéger Miss Carmichael.

Tout comme le capitaine, le père Jourdain répliqua :

— Cela nous laisse Dale, Merryman, Cuddy et McAngus.

Mais contrairement au capitaine, il ajouta :

— C'est possible. Oui, c'est sans doute possible.

Il posa la main sur le bras d'Alleyn.

— Vous allez me trouver totalement inconséquent : seulement, je me suis rappelé...

Il s'arrêta, et ses doigts se resserrèrent sur la manche d'Alleyn.

— Oui ?

— Voyez-vous, je suis prêtre, prêtre anglo-catholique. J'entends des confessions. Ce qui est, pour moi, un sujet d'étonnement et d'humilité perpétuels. Il est absolument stupéfiant de voir où peut se nicher le péché.

— En un sens, répondit Alleyn, cette observation pourrait s'appliquer à mon métier.

Ils avancèrent en silence et, après avoir contourné l'écoutille, retournèrent à bâbord. Les lumières du salon étaient éteintes, et de vastes zones d'ombre avaient envahi le pont.

— C'est horrible à dire, remarqua le père Jourdain à brûle-pourpoint, mais l'espace d'un instant, vous savez, je me suis presque surpris à souhaiter que, au lieu de mariner dans cette épouvantable incertitude, nous soyons absolument sûrs que l'assassin se trouve à bord.

Il fit un pas de côté pour s'asseoir sur l'écoutille. Le surbau projetait une ombre très profonde sur le pont. Il sembla y pénétrer comme dans un fossé.

— Ma-ma !

Le piaillement résonna hideusement sous ses pieds. Il poussa une exclamation étouffée et fit un bond.

— Miséricorde, qu'ai-je fait ? s'écria le père Jourdain.

— De toute évidence, répliqua Alleyn, vous avez marché sur Esmeralda.

Il se baissa. Ses doigts frôlèrent la dentelle, la surface dure et inanimée, et aussi autre chose.

— Ne bougez pas, fit-il. Un instant.

Il portait sur lui une petite lampe de poche de la taille d'un stylo. Le faisceau lumineux se braqua sur le sol comme une réplique miniature de la torche de l'agent Moir.

— L'ai-je cassée ? s'enquit le père Jourdain anxieusement.

— Elle était déjà cassée. Regardez.

Elle l'était, en effet. La tête avait été tordue si loin et avec une violence telle qu'Esmeralda souriait à présent par-dessus son épaule gauche, à un angle tout à fait invraisemblable. La mantille de dentelle noire était étroitement nouée autour de son cou, et sa poitrine rigide était parsemée de perles émeraude auxquelles se mêlait une seule jacinthe.

— Votre vœu a été exaucé, dit Alleyn. Il est bel et bien à bord.

IV

Le capitaine Bannerman passa ses doigts dans sa chevelure couleur de sable et se leva de la table de son salon.

— Il est deux heures et demie, énonça-t-il, et malgré tout ce que j'ai descendu hier soir, c'est comme si je n'avais rien bu. J'ai besoin de me rincer le gosier, et je vous conseille, gentlemen, d'en faire autant.

Il posa bruyamment une bouteille de whisky et quatre verres sur la table, prenant bien soin de ne pas toucher l'objet volumineux qui s'y trouvait, recouvert d'un journal.

— Eau ? Soda ? Ou bien sec ? demanda-t-il.

Alleyn et le père Jourdain choisirent le soda, et Tim Makepiece, l'eau. Le capitaine prit son whisky sec.

— Vous savez, dit Tim, je n'arrive pas à m'y faire, à cette histoire. Franchement, cela paraît incroyable.

— Moi, je n'y crois pas, rétorqua le capitaine. La poupée, c'était une blague. Une blague vicieuse, inacceptable, remarquez. Mais une blague. Je veux bien être pendu si on me fait gober la présence de Jack l'Eventreur à bord. Non mais !

— Non, non, marmonna le père Jourdain. Je ne suis pas de votre avis. Alleyn ?

— L'hypothèse d'une blague n'est certainement pas exclue, répondit Alleyn. Compte tenu de la personne, et de toutes ces discussions sur les crimes en question et les circonstances annexes.

— Vous voyez ! fit le capitaine Bannerman, triomphant. Moi, je vous dis qu'il ne faut pas chercher bien loin. Dale est un grand spécialiste de ce genre de blagues. Il l'a reconnu lui-même : c'est son grand truc. Je vous parie ce que vous voudrez...

— Non, non ! protesta le père Jourdain. Je ne suis pas d'accord. Jamais il n'aurait commis une chose aussi immonde. Non.

— Je partage votre opinion, dit Alleyn. Je pense, littéralement, que ce n'est pas de la blague.

— Vous avez tous dû remarquer, fit Tim lentement, que... enfin, que M. McAngus portait une jacinthe à sa boutonnière.

Le capitaine et le père Jourdain s'exclamèrent, mais Alleyn répliqua :

— Et qu'elle est tombée quand il s'est cogné à M. Merryman. Lequel M. Merryman l'a ramassée et l'a jetée sur le pont.

— Ah ! triompha le capitaine. Vous voyez ! A quoi cela vous avance-t-il ?

— Où, demanda Tim, a-t-elle laissé la poupée ?

— Sur l'écoutille. Elle l'a posée là quand elle a eu son télégramme, et ensuite, elle a manifestement oublié de la récupérer. C'était juste au-dessus de l'endroit où nous l'avons retrouvée, et à un mètre de là où Merryman a jeté la jacinthe : tout colle impeccablement.

Il se tourna vers Tim.

— Vous et Miss Carmichael avez été les premiers à quitter le groupe. Il me semble que vous vous êtes dirigés à tribord, est-ce exact ?

Tim rosit et hocha la tête.

— Euh... oui.

— Cela ne vous ennuie pas de me dire *précisément* où vous êtes allés ?

— Euh... non. Bien sûr que non. J'étais... où, déjà ? C'était un peu plus loin que la porte qui mène vers les cabines des passagers. Il y a un banc par là.

— Et vous y êtes restés... combien de temps, selon vous ?

— Eh bien... euh...

— Jusqu'à ce que le groupe sur le pont se soit dispersé ?

— Mon Dieu, oui ! oui.

— Avez-vous remarqué si l'un d'eux est rentré, ou, qui plus est, ressorti ensuite par cette porte ?

— Euh... non. Non.

— Les gentlemen de votre acabit, observa Alleyn placidement, font d'excellents témoins jusqu'au jour où ils tombent amoureux. Après, c'est une vraie hécatombe.

— Non, mais, dites donc !

— Peu importe. Je crois savoir comment ils se sont dispersés. M. Merryman, qui occupe la première cabine à gauche, à tribord, et dont les hublots donnent de ce côté, est entré par la porte qui était près de vous. Il a été suivi de M. McAngus dont la cabine se trouve en face. Les autres se sont tous éloignés dans la direction opposée et ont dû regagner leurs quartiers par l'entrée correspondante à bâbord, à l'exception de Mme Dillington-Blick et d'Aubyn Dale, qui se sont rendus au salon par les portes vitrées. J'ai eu une brève conversation avec le capitaine Bannerman, après quoi il est remonté sur la passerelle. J'ai ensuite marché avec le père Jourdain jusqu'à la poupe, ou l'arrière, ou ce que vous voudrez, du navire, là où il y a une terrasse et où on ne peut rien voir. C'est à ce moment-là que quelqu'un a dû revenir et tordre le cou à Esmeralda.

— Comment faites-vous pour vous rappeler tout ça ? s'enquit le capitaine Bannerman sur un ton belliqueux.

— Bonté divine, je suis en service.

Alleyn se tourna vers le père Jourdain.

— Tout a été terminé avant que nous ne rebroussions chemin par tribord.

— Ah bon ?

— Souvenez-vous, nous avons entendu quelqu'un chanter *La Poupée cassée*.

Le père Jourdain se passa une main sur les yeux.

— C'est atroce, franchement atroce.

— Il chante toujours quand il a fini, semble-t-il.

— Nous l'avons entendu, fit Tim brusquement. Jemima et moi. Ce n'était pas très loin. De l'autre côté. Nous avons cru que c'était un matelot, mais cela ressemblait davantage à un enfant de chœur.

— Oh, je vous en prie ! lâcha le père Jourdain. Pardonnez-moi, ajouta-t-il immédiatement. C'était stupide de ma part.

— Tiens ! s'interposa le capitaine, pointant un doigt carré sur la forme recouverte de papier journal. Ne pourriez-vous pas essayer le coup des empreintes digitales, avec ça ? Hein ?

Alleyn répondit qu'il allait bien sûr essayer, mais qu'il ne fallait pas s'attendre à un miracle car leur homme était censé porter des gants. Il ôta tout doucement le journal, et Esmeralda apparut devant eux, incroyablement grande, la tête comme luxée, ricanant par-dessus son épaule. De toute façon, indiqua Alleyn, la mantille avait été nouée si étroitement autour du cou que, s'il y avait eu des empreintes, elles auraient été effacées.

— C'est l'œuvre d'un droitier, ajouta-t-il. Mais comme nous n'avons pas de gaucher parmi les passagers, cela ne représente pas vraiment une révélation.

Il desserra la dentelle noire, exhibant partiellement le cou de plastique rose.

— Il a d'abord essayé le collier, mais il n'a jamais eu de chance de ce côté-là. Les colliers se sont toujours cassés. Vous pouvez apercevoir les marques dans la peinture.

Il laissa retomber le journal sur la poupée et regarda Tim Makepiece.

— Ces choses-là sont de votre ressort, non ?

— Si le problème n'était pas aussi urgent, répliqua Tim, ce serait drôlement intéressant. Ça l'est toujours. On dirait un classique du genre. La réitération, le facteur temps... au fait, la poupée, elle, ne rentre pas du tout dans ce schéma.

— Non, opina Alleyn. Elle est complètement en dehors. Il reste encore six jours. D'après vous, cela porte-t-il un coup à l'hypothèse temporelle ?

— A première vue... non, je ne le pense pas ; bien qu'il ne faille jamais affirmer catégoriquement ce genre de choses. Mais la poupée étant inanimée... à mon avis, c'était une sorte d'extra.

— Un jeu d'esprit ?

— Oui. Comme un champion de courses d'automobiles qui s'amuserait avec une voiture jouet. Cela n'intervient pas dans le programme habituel. C'est mon opinion. Ah, si seulement on pouvait le faire parler !

— Vous pouvez toujours essayer de les faire parler, tous autant qu'ils sont, dit le capitaine Bannerman, sardonique. Il n'y a pas de mal à essayer.

— La question, fit Alleyn, est de savoir ce que nous allons faire maintenant. A mon avis, nous avons trois solutions possibles. A : Nous pouvons mettre tout le monde au courant de la situation et mener une enquête de routine, mais j'ai peur que cela ne nous avance à rien. Je pourrais, bien sûr, leur demander des alibis pour les autres dates ; mais notre homme en aura certainement un, qu'il sera impossible de vérifier dans l'immédiat. A propos, nous savons que Cuddy n'a pas d'alibi dans le second cas.

— Ah bon ? dit le capitaine d'une voix atone.

— Oui. Il est allé se promener après avoir porté son bouquet de noces d'argent à l'hôpital.

— Mon Dieu ! fit Tim doucement.

— Par ailleurs, une enquête signifierait que notre homme serait averti et que, malgré tous les soucis que cela pourrait lui causer, il descendrait à terre avant la fin du voyage. Par conséquent, moi, je n'arrêterai personne ; et à l'autre bout du monde, d'autres femmes vont mourir étranglées. B : Nous pouvons mettre en garde les dames en aparté, et je vous laisse deviner le genre de discrétion sur lequel nous pouvons compter après avoir prévenu Mme Cuddy. C : Nous pouvons mettre dans la confidence ceux de vos officiers supérieurs que vous jugerez bon de désigner, former une sorte de comité de surveillance et tenter, au moyen d'investigations déguisées, de recueillir davantage de renseignements avant de passer à l'action.

— Ce qui est la seule solution que je suis prêt à sanctionner, déclara le capitaine Bannerman. C'est ça ou rien.

Alleyn le regarda d'un air songeur.

— Cela tombe bien, répliqua-t-il, car pour l'instant, c'est apparemment la seule attitude réaliste.

— Nous avons donc quatre suspects à surveiller, dit Tim après une pause.

— Quatre ? répéta Alleyn. Tout le monde dit quatre. Il se peut que vous ayez raison, bien sûr. Moi, je suis presque enclin à réduire le champ d'action, prudemment, vous savez, très prudemment. Il me semble qu'au moins l'un de ces quatre est en règle.

Ses compagnons le fixèrent, interloqués.

— Pourrions-nous savoir lequel ? demanda le père Jourdain.

Alleyn le leur dit.

— Ciel, que je suis bête ! fit le prêtre. Mais oui, évidemment.

— Il en reste deux, reprit Alleyn avec un air d'excuse, sur lesquels nous disposons de certains indices. Ce ne sont pas des certitudes, objecterez-vous, et pourtant, je suis prêt à les adopter comme hypothèses de travail.

— Mais dites donc ! déclara Tim. Cela signifie que...

Le capitaine Bannerman lui coupa la parole.

— Vous n'allez pas nous dire, là, tranquillement, rugit-il, que vous savez... malédiction !... que vous connaissez le coupable ?

— Je n'en suis pas sûr. Pas suffisamment en tout cas, mais je pense que si.

Après un long silence, le père Jourdain questionna :

— Eh bien... une fois de plus, allons-nous savoir qui c'est ? Et pourquoi ?

Alleyn ne répondit pas tout de suite. Il regarda le visage du capitaine, rouge d'incrédulité, puis les deux autres, sceptiques, légèrement piqués peut-être.

— A mon avis, répliqua-t-il enfin, il est préférable que vous l'ignoriez.

V

Lorsque, finalement, il alla se coucher, Alleyn fut incapable de trouver le sommeil. Il écouta les vibrations familières du navire, semblant distinguer au-delà le son d'une voix grêle se lamentant sur le sort de la poupée cassée. Lorsqu'il fermait les yeux, il retrouvait aussitôt la figure du capitaine Bannerman, congestionnée d'entêtement, stupide et intraitable, ou alors Esmeralda, ricanant pardessus son épaule. Et, au moment même où il se disait que c'était le début d'un rêve, il se sentit à nouveau pleinement éveillé. Il chercha un exercice quelconque pour discipliner ses pensées et se souvint du plain-chant de Miss Abbott. Et si M. Merryman lui ordonnait de le transposer en anglais ?

Eloigne de nous les mauvais rêves
Et les fantômes de la nuit,
Garde à nos corps toute leur pureté,
Protège-nous de l'ennemi.

— Non ! Non ! NON ! hurla M. Merryman, s'approchant de lui et lui tendant une carte d'embarquement. Vous avez complètement déformé ce poème. Mes hommages au capitaine et dites-lui de parier sur les six meilleurs.

Puis M. Merryman ouvrit une bouche énorme, se transforma en M. Cuddy et sauta par-dessus bord. Alleyn se mit à escalader une échelle de corde avec Mme Dillington-Blick sur le dos et, ainsi chargé, il sombra enfin dans un sommeil de plomb.

7

Après Las Palmas

I

Les passagers avaient coutume de se retrouver au salon vers les 11 heures autour d'une tasse de café. Le lendemain de l'escale à Las Palmas, ce rituel marqua la première apparition de Mme Dillington-Blick et d'Aubyn Dale, qui, ni l'un ni l'autre, n'étaient présents au petit déjeuner. Un vent faible et amollissant soufflait ce jour-là, et le café qu'on leur servit était glacé.

Alleyn avait choisi ce moment précis pour rendre à Mme Dillington-Blick le corps mutilé d'Esmeralda. Elle avait déjà envoyé Dennis chercher la poupée et se montra aussi énervée qu'une femme qui a bon caractère puisse l'être, lorsqu'il rentra bredouille. Alleyn lui expliqua que tard dans la soirée, lui et le père Jourdain avaient découvert Esmeralda gisant sur le pont. Et il désigna le paquet enveloppé de papier journal qu'il avait posé à un bout de la table.

Il le fit au moment où tous les hommes et Miss Abbott étaient rassemblés autour du café. Mme Cuddy, Mme Dillington-Blick et Jemima avaient institué une petite cérémonie au cours de laquelle elles se laissaient servir par les gentlemen. Miss Abbott, elle, prenait invariablement sa place dans la file d'attente, et aucun homme n'avait eu l'audace de remettre ce fait en cause.

Avec la complicité du père Jourdain et de Tim Makepiece, Alleyn découvrit Esmeralda à l'instant même où

Aubyn Dale, MM. Merryman, Cuddy et McAngus étaient juste à côté de la table.

— La voici, dit-il, mais je crains qu'elle n'offre un spectacle assez pitoyable.

D'un mouvement preste, il enleva le papier journal. Mme Dillington-Blick poussa un cri.

Esmeralda gisait sur le dos, la tête complètement tordue, avec les perles et la jacinthe morte bien en place.

Le cri de sa propriétaire fut suivi d'un silence absolu, puis d'un violent juron proféré par M. Merryman.

Presque aussitôt, Miss Abbott s'exclama :

— Attention !

Sa tasse de café glacé s'était renversée, et son contenu inonda les mains de M. Merryman.

S'humectant les lèvres, Miss Abbott déclara :

— Vous m'avez donné un coup sur le bras, monsieur Merryman.

— Chère madame, je n'ai rien fait de tel ! protesta-t-il, secouant rageusement ses mains.

Des gouttes de café glacé volèrent dans tous les sens. L'une d'elles atterrit sur le nez de M. Cuddy. Mais il ne parut pas s'en apercevoir. Un demi-sourire aux lèvres, il contemplait Esmeralda en faisant lentement tournoyer ses pouces l'un autour de l'autre.

— Pourquoi avoir fait cela ? questionna Aubyn Dale d'une voix forte. C'est écœurant.

D'un geste brusque, il balaya la jacinthe de la poitrine de la poupée. Les perles se répandirent bruyamment autour de la table. Dale redressa la tête au sourire étincelant.

— Elle a repris son air normal, n'est-ce pas ? murmura M. McAngus avec douceur. Peut-être est-il possible de la réparer.

— Je ne comprends pas, fit Dale, courroucé, à l'adresse d'Alleyn. Pourquoi avez-vous fait cela ?

— Fait quoi, au juste ?

— Vous l'avez mise là, comme... comme...

— Comme l'une de ces pauvres filles, dit avec satisfaction Mme Cuddy. Fleurs, perles, et tout : vous nous avez fait une de ces peurs.

— La poupée, répondit Alleyn, se trouve exactement dans l'état où nous l'avons découverte, le père Jourdain et moi, avec la jacinthe et tout le reste. Je suis navré de vous avoir fait peur.

Mme Dillington-Blick s'était rapprochée de la table. C'était la première fois, pensa Alleyn, qu'il la voyait sans même l'ombre d'un sourire.

— Elle était comme ça ? fit-elle. Pourquoi ? Que s'est-il passé ?

— Ne vous inquiétez pas, Ruby chérie, dit Dale. Quelqu'un a dû marcher dessus et casser le collier... ainsi que le cou.

— C'est moi qui ai marché sur elle, fit le père Jourdain. Je regrette infiniment, madame Dillington-Blick, mais elle était étendue sur le pont, complètement dans le noir.

— Vous voyez ! s'exclama Dale.

Il croisa le regard d'Alleyn et retrouva un peu de cordialité professionnelle.

— Désolé, mon vieux. Je ne cherchais pas à provoquer une scène. Vous avez ramassé la poupée telle quelle. Vous ne m'en voulez pas trop, j'espère ?

— Pas le moins du monde, répondit Alleyn poliment.

— Oui, mais tout de même, dit Mme Cuddy, c'est drôle, le coup des fleurs. N'est-ce pas, chéri ?

— C'est vrai, ma chérie. Très drôle.

— Que ce soit une jacinthe, et tout. Tu parles d'une coïncidence !

— Eh oui, sourit M. Cuddy. C'est drôle.

M. Merryman, qui s'essuyait fébrilement les mains avec son mouchoir, poussa soudain un cri de détresse.

— J'ai eu la folie de penser, se lamenta-t-il, qu'en effectuant ce voyage, j'échapperais, même brièvement, au vocabulaire inénarrable et indescriptiblement relâché des cancres d'école. « Drôle ! Drôle ! » Voudriez-vous avoir la bonté, mon brave Cuddy, de nous éclairer ? De quel point de vue considérez-vous comme cocasse, amusante ou divertissante la découverte d'une jacinthe flétrie sur le sein de ce pantin désarticulé ? Pour ma part, ajouta M. Merryman avec une certaine violence, je trouve la corrélation manifeste tout à fait répugnante. Et la conclusion inévitable que moi-même, je suis, de manière hypothétique du moins, responsable de sa présence, ne fait qu'ajouter à mon dégoût. « Drôle ! », acheva M. Merryman avec fureur en levant les bras au ciel.

Les Cuddy le contemplaient avec une rancune naissante.

— Mais oui, bien sûr, déclara M. McAngus avec entrain. J'avais complètement oublié. C'était *ma* jacinthe. Vous l'avez prise, vous souvenez-vous ? Au moment de notre petite collision. Puis vous l'avez jetée.

— Je ne l'ai pas « prise ».

— Accidentellement, bien sûr. Je veux dire accidentellement.

M. McAngus se pencha sur la poupée. Ses doigts noueux et rougeâtres manipulèrent le cou disloqué.

— Je suis *sûr* qu'elle peut être réparée.

— Vous savez, fit Mme Dillington-Blick d'un ton contraint... j'espère que vous me pardonnerez, monsieur McAngus — je dois certainement être très bête —, mais vous savez, je ne ressens plus tout à fait la même chose pour Esmeralda. Je ne tiens pas vraiment à la faire réparer, ou, en tout cas, pas pour moi. Peut-être pouvons-nous trouver une petite fille... vous avez peut-être une nièce...

Sa voix mourut dans un murmure contrit.

Avec une courtoisie empressée qui se mariait très mal à l'expression de son regard, M. McAngus répondit :

— Mais certainement. Je comprends parfaitement.

Ses mains serraient toujours le cou de la poupée. Il les regarda, parut se ressaisir et se détourna.

— Je comprends parfaitement, répéta-t-il, allumant une cigarette médicinale.

Infatigable comme un chœur grec, Mme Cuddy déclara :

— N'empêche, c'est quand même drôle.

M. Merryman laissa échapper un cri étranglé, mais elle poursuivit avidement :

— La façon dont nous avons parlé de tous ces meurtres. Vous savez bien. Et puis le télégramme de l'ami de Mme Blick à propos de la fille qui devait livrer les fleurs et qui a été assassinée. Et les jacinthes qui n'arrêtent pas d'apparaître partout. On croirait presque que c'est intentionnel, vraiment.

Selon son habitude, elle dévisagea sans ciller Mme Dillington-Blick.

— Pas étonnant que cela vous fasse un drôle d'effet, vu que la poupée est habillée comme vous. Cela aurait pu être *vous*, étendue là, pas vrai, madame Blick ?

Miss Abbott frappa dans ses grandes mains.

— Pour l'amour du ciel ! s'exclama-t-elle. Faut-il que nous écoutions tout cela ? Personne ne peut nous débarrasser de cette chose ?

— Si, bien sûr, répondit Alleyn, recouvrant la poupée de papier journal.

Il prit le paquet encombrant et l'emporta dans sa cabine.

II

« Comme toujours, écrivit-il à sa femme, tu me manques terriblement. Je n'arrive pas... »

Il fit une pause et regarda sans les voir les objets qui peuplaient sa cabine. Une fois de plus, il repensa au fait inévitable que, malgré son long entraînement qui lui permettait d'enregistrer toutes les particularités d'un visage humain avec une précision minutieuse, sa mémoire lui faisait défaut dès qu'il tentait d'évoquer le visage de Troy. Finalement, sa photo ne lui était pas d'un grand secours. Elle lui rappelait simplement les traits connus qu'il ne parvenait pas à visualiser : ce n'était qu'une carte de son visage. Il le mentionna dans sa lettre, soigneusement, mot après mot ; puis il aborda l'affaire en cours, décrivant en détail tout ce qui s'était passé depuis sa dernière lettre postée à Las Palmas :

« ... voilà qui te donne une idée de la nature du problème. Je suis à des milliers de kilomètres de l'étape à partir de laquelle on peut seulement commencer à envisager une arrestation. Tout ce que j'ai pu faire, c'est réduire le champ d'investigation. Es-tu d'accord avec moi ? As-tu arrêté ton choix sur le plus plausible de tous ? Je suis sûr que oui. Mon histoire n'est qu'un secret de Polichinelle, ce qui doit être l'ultime déformation d'un esprit policier.

En attendant, nous avons mis au point un plan d'action purement défensif. Le second, le maître d'équipage et l'ingénieur en chef sont désormais dans la confidence. Tout comme le capitaine, ils pensent qu'il s'agit d'une blague et que notre homme ne peut pas se trouver à bord. Mais ils ont accepté de jouer le jeu, ravis de garder un œil vigilant sur les dames, auxquelles on a dit, à propos, qu'il y avait eu des vols à bord et qu'elles feraient bien de verrouiller leurs portes à toute heure du jour et de la nuit. On a spécifié, cependant, que Dennis, cet étrange steward grassouillet, tu sais, était au-dessus de tout soupçon.

De presque tous les points de vue, reprit Alleyn après une pause, ces affaires-là sont les pires du genre. Il est difficile de se débarrasser de la conviction que la justice est désespérément inadaptée à ces cas. On se demande quelles sortes d'horreurs sont à l'œuvre derrière la façade d'un visage banal, d'un comportement plus ou moins ordinaire. *Où* est la vérité ? Avec un psychiatre, un prêtre et un policier sur place, nous disposons de tous les ingrédients d'une pièce de Pirandello, ne trouves-tu pas ? Jourdain et Makepiece vont arriver d'un instant à l'autre, et j'aurai certainement droit à deux avis professionnels diamétralement opposés. En fait... »

On frappa à la porte, Alleyn ajouta à la hâte :

« ... les voici. Au revoir, ma chérie. »

— Entrez ! cria-t-il.

Le père Jourdain portait un costume de couleur claire, une chemise blanche et une cravate noire. Ce changement vestimentaire l'avait rendu méconnaissable.

— Je n'ai vraiment pas le sentiment, déclara-t-il, que je dois subir la mortification d'un col d'ecclésiastique sous les tropiques. Je le mettrai à l'heure du dîner, et, dimanche, je transpirerai dans ma soutane des grands jours. Mais la vue de vos élégantes tenues tropicales, à vous deux, a été trop pour moi. J'ai acheté ça à Las Palmas, et, dans des circonstances plus gaies, j'aurais eu un immense plaisir à le porter.

Ils s'assirent et regardèrent Alleyn avec un air d'attente. Aussi sincèrement qu'ils pussent déplorer la présence d'un maniaque homicide à bord de leur bateau, pensa-t-il, la situation devait les stimuler d'une manière qui n'était pas entièrement désagréable. Tous deux étaient des hommes énergiques et curieux, et chacun à sa façon portait un intérêt professionnel à la question.

— Alors, dit-il quand ils se furent installés. Quelles sont vos impressions après l'opération Esmeralda ?

Ils s'accordaient à penser que rien de ce qui s'était produit ne contredisait la théorie d'Alleyn. Les réactions devant la poupée correspondaient exactement à ce qu'il avait prévu.

— L'ennui, ajouta le père Jourdain, est que quand on cherche à déceler un comportement bizarre, on le voit absolument partout. J'ai trouvé, j'avoue, l'éclat de Dale, la jubilation ouverte des Cuddy, la pédanterie insupportable de Merryman et les manipulations de McAngus également inquiétants. Evidemment, fit-il après une pause, la question ne se pose pas, mais même la pauvre Miss Abbott s'est conduite, il m'a semblé, avec une certaine extravagance.

— Pourquoi, demanda Alleyn, l'appelez-vous « la pauvre Miss Abbott » ?

— Ah, mon cher Alleyn ! Je pense que vous le savez très bien. Le problème de la vieille fille malheureuse se pose constamment dans mon métier.

Tim émit un grognement inintelligible.

— Oui, acquiesça Alleyn, de toute évidence, elle *est* malheureuse.

Il regarda Tim.

— Que signifie cette onomatopée approbatrice ?

— Ce n'est pas Miss Abbott qui nous intéresse pour le moment, répliqua Tim impatiemment, mais j'ai voulu dire que moi aussi, j'ai reconnu le genre, bien que mon diagnostic puisse ne pas enchanter le père Jourdain.

— Vraiment ? dit le père Jourdain. J'aimerais l'entendre quand même.

— Non, sérieusement, fit Tim rapidement. Je ne veux pas vous ennuyer, et, de toute façon, on n'a pas à se prononcer à partir d'impressions superficielles. Simplement, à première vue, c'est l'exemple classique de la femme dépourvue d'attraction sexuelle et qui n'a pas réussi à compenser de manière satisfaisante.

Alleyn leva les yeux de ses doigts entrelacés.

— D'après vous, cela ne s'appliquerait-il pas au type d'assassin auquel nous avons affaire ?

— Indiscutablement, je dirais. Ces cas-là nous ramènent toujours à quelque drame survenu dans l'enfance, où la bande habituelle — la peur, la frustration et la jalousie — a joué un rôle prépondérant. C'est valable pour la plupart des déviations psychologiques. Tenez, en tant que psychothérapeute, j'aimerais avoir l'occasion de découvrir pourquoi les jacinthes rendent M. Cuddy malade ; à mon avis, la réponse doit se trouver dans quelque incident qui peut être complètement enfoui dans l'inconscient et n'avoir aucun rapport logique avec les jacinthes. Dans le cas d'Aubyn Dale, je voudrais bien remonter jusqu'à la première cause de son amour pour les farces. Tandis que si j'avais à soigner M. Merryman, je chercherais avant tout la raison de son irritabilité chronique.

— La dyspepsie, cela ne vous suffit pas ? demanda Alleyn. Il passe son temps à sucer des pastilles de menthe.

— Tous les hommes qui souffrent de troubles digestifs ne sont pas forcément des misogynes irritables. A mon avis, son indigestion doit être liée à un trouble psychique très ancien.

— Du genre : sa nurse lui avait arraché son hochet favori pour le donner à son papa ?

— Il se peut que vous soyez plus près de la réalité que vous ne le croyez.

— Et Dale et McAngus ?

— Oh, fit Tim. Je ne serais pas surpris que Dale ait atteint un degré assez élevé de sublimation, grâce à sa déplorable téléthérapie. C'est un exhibitionniste qui croit avoir du succès. C'est pourquoi ses deux gaffes en public ont ébranlé son image de marque et provoqué sa « dépression nerveuse ».

— Je ne savais pas qu'il faisait une dépression, remarqua le père Jourdain.

— Il le dit, en tout cas. C'est un terme que les psychothérapeutes n'acceptent pas. Quant à McAngus, c'est quelqu'un de réellement intéressant. Cette timidité, cette distraction, cette façon de se perdre dans ses propres digressions : très caractéristique.

— De quoi ? s'enquit Alleyn.

— D'un cas type. Totalement inhibé. Bourré de frustrations et d'angoisses. Naturellement, il n'a absolument pas conscience de leurs origines. Le fait d'avoir offert cette satanée poupée à Mme D.-B. a été très révélateur. Puisqu'il est vieux garçon.

— Oh là là ! murmura le père Jourdain, ajoutant aussitôt : Ne faites pas attention à moi. Je vous en prie, continuez.

— Alors, dit Alleyn, la thèse du psychiatre concernant ces crimes serait qu'ils ont été provoqués par quelque grave perturbation émotionnelle dont le criminel n'a pas conscience et qu'il est incapable de maîtriser ?

— Absolument.

— Est-ce qu'il en découle que, sur le plan conscient, il peut abhorrer ce qu'il fait, lutter désespérément contre ses pulsions et être empli d'horreur chaque fois qu'il échoue ?

— C'est très probable.

— Oh oui, fit le père Jourdain avec une grande conviction. C'est certain !

Alleyn se tourna vers lui.

— Vous êtes donc d'accord avec Makepiece ?

Le père Jourdain passa une main blanche sur sa somptueuse tignasse brune.

— Je ne doute pas, répondit-il, que Makepiece ait décrit la cause secondaire ainsi que ses conséquences de manière scrupuleuse et scientifique.

— La cause *secondaire* ! s'écria Tim.

— Oui. La peur refoulée, ou la frustration, c'est comme vous voulez. Je crains, ajouta le père Jourdain avec un léger sourire, de ne pas avoir assimilé toute la terminologie. Mais je suis sûr que vous avez raison à propos de tout cela : vous le savez, du reste, en tant que spécialiste. Personnellement, voyez-vous, je considère ce drame et ses manifestations comme... eh bien, comme le *modus operandi* d'une entité infiniment plus dangereuse.

— Je ne vous suis pas, répliqua Tim. Une entité plus dangereuse ?

— Oui. Le diable.

— Je vous demande pardon ?

— Je pense que cette pauvre créature est possédée du démon.

Amusé, Alleyn vit Tim rougir jusqu'à la racine des cheveux, comme si le père Jourdain venait de proférer une énormité inouïe entre gens civilisés.

— Je vois que je vous embarrasse, observa le prêtre.

Tim marmonna que chacun avait droit à son opinion propre.

— J'avoue être un peu perdu, moi aussi, fit Alleyn. Pardonnez-moi, mais entendez-vous littéralement ce que vous venez de dire ? Oui, apparemment oui.

— Tout à fait littéralement. C'est un cas de possession. J'en ai trop vu pour me tromper.

Il y eut une longue pause durant laquelle Alleyn se rappela qu'un tas de personnes intelligentes de par le monde reconnaissait très volontiers l'existence du démon.

— En l'occurrence, dit-il enfin, j'aimerais beaucoup que vous l'exorcisiez.

Parfaitement sérieux, le père Jourdain répliqua que ce n'était pas si facile.

— Mais je continuerai, bien sûr, à prier pour lui.

Tim remua les pieds, alluma une cigarette et, l'air de se raccrocher convulsivement à la première branche venue, demanda à Alleyn ce que la police pensait de ce genre de criminels.

— Après tout, vous êtes censés être des spécialistes.

— Pas du tout, rétorqua Alleyn. Loin de là. Notre travail consiste d'abord, par la grâce de Dieu, à protéger la société, et, accessoirement, à pourchasser les criminels. Mais les individus de ce genre sont pour nous un véritable casse-tête. Ils ne font pas partie d'une catégorie professionnelle précise et n'ont de commun que leur désir de tuer pour le plaisir. Ils peuvent être n'importe quoi dans la vie de tous les jours : ils ne portent pas de signes distinctifs. En règle générale, nous arrivons à mettre la main sur eux, mais ce n'est absolument pas systématique. Ce qu'on cherche avant tout, c'est évidemment une déviation par rapport à une routine. Seulement, s'il n'y a pas de routine connue, si notre homme est un solitaire comme l'était Jack l'Eventreur, alors nos chances diminuent considérablement.

Alleyn se tut un instant, puis ajouta d'une voix changée :

— Quant à savoir pourquoi, fondamentalement, il est ce qu'il est... nous en sommes totalement incapables. Peut-être que si nous le savions, notre métier nous semblerait intolérable.

— Je vois, dit le père Jourdain, que vous êtes, après tout, ouvert à la compassion.

Alleyn trouva cette remarque embarrassante et déplacée.

— La question n'est pas là, répliqua-t-il rapidement. Un officier de police, qui examine les corps des femmes étranglées qui sont mortes dans un crescendo de terreur et de souffrance physique, ne se sent pas disposé à éprouver de la compassion pour l'étrangleur. Il est difficile de se rappeler que lui-même a pu endurer mille tourments pendant ce temps-là. Ce qui n'est, généralement, pas le cas, d'ailleurs. Car le criminel est déjà allé beaucoup trop loin.

— Ne s'agit-il pas, demanda Tim, de savoir si on peut faire quelque chose avant que son obsession n'atteigne le point culminant ?

— Bien sûr que si, acquiesça Alleyn immédiatement. C'est là que vous intervenez, vous autres.

Tim se leva.

— Il est 3 heures. J'ai rendez-vous pour une partie de tennis sur le pont. Quelle est la conduite à adopter ? Une prévenance vigilante ?

— Exactement.

Le père Jourdain se leva à son tour.

— Et moi, je vais faire des mots croisés avec Miss Abbott. Elle a le nouveau Penguin. M. Merryman, lui, préfère les grilles Ximenes.

— Moi-même, je suis un habitué du *Times*, dit Alleyn.

— Il y a un problème, l'après-midi, soupira le père Jourdain. Les dames ont tendance à se retirer dans leurs cabines.

— A titre d'exemple, fit Tim sombrement, supposons que notre homme, c'est Cuddy. Croyez-vous qu'il serait capable d'étrangler Mme Cuddy ?

— Par Jupiter, répondit Alleyn, si j'étais lui, je n'hésiterais pas une seconde. Allez, venez.

L'après-midi, il n'y avait pas beaucoup de coins d'ombre sur le pont, et les passagers se livraient à bien des manœuvres discrètes pour se les garder. Des jalons apparurent, délimitant des concessions. M. Merryman laissa son coussin gonflable et son panama sur le plus beau transat. Les Cuddy se livraient à toutes sortes de transferts et de manipulations quand il n'y avait personne dans les parages. M. McAngus étendit son plaid sur l'un des sièges en bois, mais comme personne d'autre ne les convoitait, son geste n'éveilla aucune inimitié. Aubyn Dale et Mme Dillington-Blick utilisaient leurs propres chaises longues luxueuses, garnies de caoutchouc mousse : ils les avaient installées sur la petite terrasse, qui se trouva ainsi entièrement colonisée par eux. Et, bien que personne n'occupât ces chaises longues avant l'heure du thé, les autres passagers s'abstinrent de les utiliser.

Pendant que Tim, Jemima et deux officiers de seconde classe jouaient au tennis sur le premier pont, Miss Abbott et cinq hommes s'étaient rassemblés dans une zone d'ombre, entre les portes du salon et l'écoutille du milieu. M. Cuddy dormait bruyamment, un *Reader's Digest* sur la figure ; M. McAngus somnolait ; M. Merryman et Alleyn lisaient ; le père Jourdain et Miss Abbott s'acharnaient sur leurs mots croisés. Le tableau était parfaitement paisible. Des phrases décousues et des bribes d'observations fusaient avec l'inconséquence d'un dialogue des poèmes de Verlaine.

Au-dessus de leurs têtes, le capitaine Bannerman prenait l'air sur sa passerelle et, pour passer le temps, observait non sans plaisir Jemima, ravissante dans son jean et sa chemisette rouge. Ainsi qu'il l'avait prévu, elle avait un succès fou auprès des jeunes officiers. Auprès du médecin de bord également, nota le capitaine. Jemima, qui avait dû sentir son regard, leva les yeux et lui adressa un joyeux signe de la main. Non seulement elle était attirante, mais elle était ce qu'il appelait une petite demoiselle simple et gentille, sans chichis : une douce jeune fille, quoi. Vaguement conscient des pensées quelque peu déplacées qu'éveillait en lui cette réflexion, le capitaine décida de songer plutôt à Mme Dillington-Blick, exercice mental qu'il réussit sans difficulté aucune.

Jemima frappa à la volée la balle de son adversaire, rata la sienne et s'écria :

— Zut !

Après quoi, elle éclata de rire. Les jeunes officiers, qui avaient déployé tous les efforts possibles pour la laisser gagner, expédièrent le jeu en deux temps, trois mouvements et regagnèrent à regret leurs postes.

— Oh, Tim, je suis *vraiment* désolée ! dit Jemima. Il faut que vous trouviez un autre partenaire.

— Vous en avez déjà assez de moi ? riposta Tim. Qu'allons-nous faire, maintenant ? Voulez-vous qu'on fasse un simple ?

— Pas vraiment, merci. J'ai besoin d'être soutenue par une personne gentille et tolérante comme vous. Peut-être d'autres auraient-ils envie de jouer. M. McAngus, par exemple. Nous sommes à peu près du même niveau, lui et moi.

— Par bonheur, M. McAngus est en train de faire sa sieste, et vous savez très bien que vous dites n'importe quoi.

— Qui, alors ?

Jemima repoussa nerveusement ses cheveux en arrière et ajouta :

— Après tout, il doit faire trop chaud pour jouer. Si on s'arrêtait ?

Elle regarda le petit groupe réuni à l'ombre. M. Merryman avait interrompu sa lecture et parlait à Alleyn sur un ton de semonce, secouant son index et s'exprimant visiblement avec une certaine chaleur.

— Voilà notre Prof qui recommence, dit Tim. Pauvre Alleyn !

Aussitôt, il eut la sensation que son sang refluait de son corps. Un nombre incalculable de choses lui traversa simultanément l'esprit. Mais l'émotion prédominante était sans doute l'incrédulité : comment lui, Tim Makepiece, un homme responsable, un homme de science, psychiatre, avait-il pu commettre une bévue aussi grossière ? Fallait-il qu'il l'avouât à Alleyn ? Comment allait-il se rattraper vis-à-vis de Jemima ? La voix de la jeune fille le rappela à l'ordre.

— Qu'avez-vous dit ? demanda-t-elle.

— Pauvre Broderick.

— Il s'appelle donc Allan ? Vous en êtes vite arrivés aux prénoms. C'est votre grand copain, maintenant ?

— Je n'emploie pas son prénom devant lui, répondit Tim après une pause. Mais je l'aime bien.

— Moi aussi. Enormément. Nous sommes déjà parvenus à cette conclusion, il y a quelque temps.

Jemima secoua impatiemment la tête.

— De toute façon, ce n'est pas lui, le coupable. J'en suis absolument convaincue.

Cloué sur place, Tim finit par s'humecter les lèvres.

— Que voulez-vous dire ? fit-il. Quel coupable ?

— Ça va, Tim ?

— A merveille.

— Vous avez l'air bizarre.

— C'est la chaleur. Allez, venez par là.

Il lui prit le bras et l'entraîna sur la petite terrasse. Là, il l'installa sur le somptueux repose-pied de la chaise longue de Mme Dillington-Blick et se percha lui-même sur celui d'Aubyn Dale.

— Quel coupable ? répéta-t-il.

Jemima ouvrit de grands yeux.

— Ce n'est pas la peine, vous savez, d'en faire une affaire d'Etat, dit-elle. Il se peut très bien que nous ne pensions pas la même chose.

— A propos de *quoi* ?

— De cette histoire avec la poupée de Mme D.-B. Je trouve cet acte absolument odieux, et peu m'importe ce qu'en disent les autres. C'était fait exprès. Le simple fait d'avoir marché dessus n'aurait pas donné ce résultat. Et la jacinthe sur sa poitrine : à mon avis, c'est franchement minable.

Tim se baissa et entreprit laborieusement de renouer son lacet. Lorsqu'il finit par se redresser, Jemima demanda :

— Vous êtes sûr que vous allez bien ? Vous changez sans cesse de couleur, comme un caméléon.

— Comment suis-je, maintenant ?

— Cramoisi.

— C'est le fait de m'être penché. Je suis d'accord avec vous, à propos de la poupée. Ce devait être un matelot saoul.

— Il n'y avait pas de matelots saouls dans les parages. Savez-vous à qui je pense, moi ?

— Qui ?

— M. Cuddy.

— Vraiment, Jem ? Pourquoi ?

— Il n'a pas arrêté de ricaner pendant que M. Broderick nous montrait la poupée.

— Il est affligé d'un rictus chronique. Qui ne quitte jamais son visage.

— Tout de même...

Jemima jeta un rapide coup d'œil sur Tim et se détourna aussitôt.

— Moi, marmonna-t-elle, je trouve que c'est un S.A.C.

— Un quoi ?

— Un Sale Vieux Croûton. Je vous avoue franchement que cela ne me plairait pas du tout de me retrouver seule avec lui sur le pont, après la tombée de la nuit.

Tim répliqua à la hâte qu'elle devait s'assurer que cela n'arrivât jamais.

— Emmenez-moi avec vous, pour plus de sécurité, fit-il. Je suis un être tout à fait digne de confiance.

Jemima lui sourit d'un air absent. Elle semblait être partagée au sujet de ce qu'elle allait dire après.

— Qu'y a-t-il ? s'enquit Tim.

— Rien. Honnêtement, rien. Simplement... je ne sais pas... c'est depuis que Dennis a apporté les jacinthes de Mme D.-B. au salon, le deuxième jour de la traversée. Nous avons un mal fou à nous débarrasser de ces meurtres horribles. Tout le monde en parle. Cette discussion sur les alibis le soir avant Las Palmas, quand Miss Abbott a craqué. Encore que *ses* ennuis n'avaient rien à voir avec cette histoire, la pauvre. Puis cette épouvantable affaire de la fille qui devait livrer les fleurs à Mme D.-B. et qui a été étranglée, elle aussi ; et maintenant, la poupée. Vous allez me prendre pour une cinglée, ajouta Jemima, mais tout cela m'a un peu perturbée. Juste à l'instant, je me suis surprise à penser : « Ce serait affreux si l'Assassin aux Fleurs se trouvait à bord. »

Tim avait levé la main en signe d'avertissement, mais l'ombre d'une silhouette masculine était déjà tombée sur le pont et sur Jemima.

— Ma chère enfant ! dit Aubyn Dale. Comment peut-on nourrir des idées aussi *pathologiquement* morbides ?

III

Tim et Jemima se levèrent.

— Je crains que nous n'ayons envahi votre territoire, fit Tim machinalement, espérant fournir ainsi une explication à l'embarras qu'ils avaient pu manifester.

— Mon cher garçon ! s'écria Dale. Je vous en prie, vous pouvez utiliser tout ce bazar quand bon vous semble, en ce qui me concerne. Madame sera enchantée également, j'en suis sûr.

Il avait les bras chargés de coussins et de couvertures, qu'il entreprit de disposer sur les chaises longues.

— Madame a l'habitude d'apparaître à l'heure du thé, annonça-t-il.

Il battit un coussin avec l'aplomb du domestique dans *La Marraine de Charley* et le remit en place.

— Et voilà !

Se redressant, il tira une pipe de sa poche, la serra entre ses dents d'un air viril et considéra paternellement Jemima de haut en bas.

— Quant à vous, jeune fille, dit-il, penchant comiquement la tête de côté, vous avez une imagination beaucoup trop fertile. Non ?

En cet instant, il ressemblait tant à son image télévisée, que, malgré son tumulte intérieur, Tim eut envie de siffler l'air de « Vos petits problèmes de tous les jours ». Au lieu de quoi, il s'empressa de répondre :

— Ce n'est pas si morbide que cela en a l'air. Jemima et moi discutions du pari à propos des alibis, ce qui nous a amenés aux spéculations inévitables sur cet individu aux fleurs.

— Hum, grommela Dale en signe d'acquiescement, les yeux toujours rivés sur Jemima. *Je vois.*

Il grimaça de manière extravagante.

— Vous savez, Jemima, j'ai l'impression que nous avons largement épuisé le sujet en question. Après tout, ce n'est pas le plus agréable qui soit, n'est-ce pas ? Qu'en pensez-vous ? Hein ?

Rose de confusion, Jemima répliqua sèchement :

— Vous avez parfaitement raison.

— Brave petite, fit Dale, la gratifiant d'une caresse sur l'épaule.

Marmonnant qu'ils allaient prendre le thé, Tim entraîna Jemima d'une main ferme à tribord. Ce fut un soulagement pour lui que de donner libre cours à sa colère.

— Mon Dieu, quel type épouvantable ! fulmina-t-il. Cette inénarrable cordialité ! Cette ineffable probité ! Cette bonne foi complètement bidon !

— Peu importe, dit Jemima. Il doit être obligé de faire ça pour ne pas perdre la main. Et, bien que je n'aie pas très envie de le reconnaître, au fond, c'est lui qui avait raison. J'ai sûrement une imagination trop fertile.

Tim se pencha sur elle et inclina la tête de côté dans une imitation tout à fait passable d'Aubyn Dale.

— Brave petite, énonça-t-il mielleusement en lui tapotant l'épaule.

Cette saillie produisit l'effet escompté, et Jemima se ragaillardit.

— Evidemment, déclara-t-elle, je ne pensais pas pour de bon que nous avions embarqué un assassin : cela m'a juste pris comme ça.

Elle leva les yeux sur Tim.

— Jemima ! fit-il, lui prenant les mains.

— Non, dit-elle précipitamment. Non, je vous en prie.

— Je vous demande pardon.

— Il n'y a absolument pas de quoi. Ne faites pas attention. Allons bavarder avec Prof.

Ils trouvèrent M. Merryman en pleine conférence. Il avait découvert le livre de Jemima, *Les Auteurs élisabéthains*, qu'elle avait laissé sur son siège, et sur lequel il était apparemment en train de faire un exposé. L'ouvrage était signé du nom d'un éminent spécialiste, mais qui, de toute évidence, n'avait pas trouvé grâce aux yeux de M. Merryman. Il avait pris comme témoins Alleyn, le père Jourdain et Miss Abbott, tandis que MM. McAngus et Cuddy écoutaient, l'un avec admiration, l'autre avec son air coutumier de l'ignorant-et-fier-de-l'être.

Jemima et Tim s'assirent sur le pont ; M. Merryman les accepta comme s'ils étaient arrivés en retard en classe, mais avec un mot d'excuse valable. Jetant un coup d'œil dans leur direction, Alleyn espéra fugitivement qu'il ne s'agissait pas entre eux d'un simple flirt de voyage. Après tout, lui-même n'était-il pas tombé éperdument amoureux au cours de son retour des antipodes ? Il reporta son attention sur le sujet de la discussion.

— Je ne comprends *vraiment* pas, disait le père Jourdain, comment vous pouvez placer *La Duchesse d'Amalfi* au-dessus de *Hamlet* ou de *Macbeth.*

— Ou bien pourquoi vous trouvez *Othello* bien meilleur que tout le reste, aboya Miss Abbott.

M. Merryman fouilla la poche de son veston à la recherche d'une pastille de menthe, faisant remarquer sur un ton présomptueux qu'il était impossible de parler de canons de bon goût où les rudiments de celui-ci faisaient manifestement défaut. Puis, pour édifier son auditoire indocile, il passa à la moulinette *Hamlet* et *Macbeth. Hamlet*, décréta-t-il, n'était qu'un remake faible, inconsistant et redondant de quelque absurde mélodrame allemand ; rien d'étonnant à ce que Hamlet fût incapable de prendre une décision, ajouta M. Merryman, puisque son auteur était lui-même victime d'une indécision chronique. Quant à Macbeth, ce n'était qu'un gaffeur à l'esprit brouillé. Si on enlevait la langue, que restait-il ? Une apologie du défaitisme, d'une maladresse affligeante.

— *A quoâ bon, tout cela ? Pourquoâ rien ?* cita M. Merryman dans un cockney pédant, enfournant la pastille de menthe dans sa bouche.

— Shakespeare, je n'y connais rien... commença M. Cuddy.

Mais il ne put terminer.

— C'est déjà quelque chose, déclara M. Merryman, que de reconnaître son infirmité. Mais permettez-moi de vous donner un conseil : évitez de vous casser la tête sur *Macbeth.*

— Il y a tout de même la langue, objecta Alleyn.

— Je ne me souviens pas avoir affirmé, rétorqua M. Merryman, que cet homme manquait de vocabulaire.

Et il se lança dans l'éloge de la structure classique d'*Othello*, du style inéluctable de *La Duchesse d'Amalfi* de Webster, et, curieusement, de l'admirable intégrité de *Titus Andronicus*. Comme après réflexion, il concéda que la scène finale de *Lear* était « honorable ».

M. McAngus, qui avait à plusieurs reprises émis des interjections plaintives, se mêla à la conversation avec une énergie inattendue.

— Moi, fit-il, je trouve que *Othello* est presque gâché par ce passage vers la fin où Desdémone ressuscite, parle, et ensuite finit quand même par mourir. Une femme correctement étranglée aurait été incapable de faire cela. C'est complètement ridicule.

— Qu'en pense la faculté ? demanda Alleyn à Tim.

— La question de la vraisemblance physiologique, s'interposa M. Merryman avec des intonations de père Fouettard, ne se pose guère. Il s'agit d'une convention qu'il faut accepter. Du point de vue artistique, il convient qu'elle soit étranglée et qu'elle reparle ensuite. Par conséquent, elle reparle.

— Ecoutons quand même l'opinion d'un spécialiste, dit Alleyn en regardant Tim.

— A mon avis, ce n'est pas totalement impossible, répliqua Tim. Evidemment, une comédienne ne peut pas reproduire son état physique, et, si elle le pouvait, ce serait inacceptable. Peut-être, dirais-je, qu'il ne l'avait pas tuée instantanément ; elle serait donc revenue à elle et aurait tenté de parler.

— Mais, docteur, protesta timidement M. McAngus, j'ai dit « correctement ». Correctement étranglée, vous savez.

— Ne trouve-t-on pas dans le texte l'indication qu'elle a été étouffée ? remarqua Miss Abbott.

— Le texte ! s'exclama M. Merryman, levant les bras au ciel. Quel texte, je vous le demande ? Quel texte ?

Cette fois, ce fut un réquisitoire général contre les diverses éditions de Shakespeare, suivi d'un jugement extrêmement dogmatique sur la représentation de ses pièces. La seule manière supportable, déclara M. Merryman, était celle des élisabéthains eux-mêmes. Les planches nues. De jeunes garçons en guise d'interprètes. Il s'avéra que M. Merryman avait lui-même monté des pièces dans son école d'après cette méthode. Ils eurent droit à un discours sur l'art déclamatoire, les costumes et le maquillage. Le tout avait été débité sur un ton tellement prétentieux qu'il l'emporta sur quelque intérêt que l'exposé de M. Merryman eût pu susciter chez son public hétéroclite. Le regard de M. McAngus devint vitreux. Le père Jourdain paraissait résigné, et Miss Abbott, impatientée. Jemima contemplait le pont, et Tim contemplait Jemima. Alleyn, qui avait remarqué tout cela, conservait seul un semblant d'attention respectueuse.

Il avait également remarqué que M. Cuddy avait l'air d'un homme dépouillé de sa proie légitime. De toute évidence, il cherchait à placer son mot depuis le début de la discussion. Sa voix finit par s'élever, peu mélodieuse :

— C'est quand même drôle, observa-t-il à la cantonade, que la conversation n'arrête pas de tourner autour des dames à qui on a tordu le cou. Mme Cuddy l'a déjà relevé. Une drôle de coïncidence, qu'elle a dit.

M. Merryman ouvrit la bouche, la referma, puis l'ouvrit à nouveau, mais à cet instant Jemima s'écria violemment :

— Moi, je trouve cela vraiment ignoble ! J'ai horreur de cela !

Tim posa sa main sur la sienne.

— Je regrette, ajouta Jemima, mais c'est ignoble quand même. Peu importe *la façon* dont Desdémone est morte. Othello n'est pas un cas clinique. Shakespeare n'était pas une espèce d'existentialiste minable : c'est un drame de simplicité et... et de générosité de cœur, anéanties par un vulgaire petit arriviste. En tout cas, marmonna Jemima en rosissant, c'est ce que je pense, moi, et on a bien le droit de dire ce qu'on pense, non ?

— Entièrement d'accord avec vous, répondit Alleyn chaleureusement, et qui plus est, c'est vous qui avez raison.

Jemima lui lança un regard reconnaissant.

Sans cesser de sourire, M. Cuddy déclara :

— Je ne voulais contrarier personne, moi.

— Eh bien, c'est fait, riposta sèchement Miss Abbott. Et vous le savez maintenant.

— Je vous remercie, dit M. Cuddy.

Le père Jourdain se leva.

— C'est l'heure du thé, annonça-t-il. On y va ? Je propose, fit-il en souriant à Jemima, de suivre le conseil de la plus jeune et la plus avisée d'entre nous et d'abandonner ce sujet un peu ragoûtant. Qu'en pensez-vous ?

Tout le monde l'approuva, à l'exception de M. Cuddy, et ils allèrent prendre le thé.

« Mais le plus curieux, écrivit Alleyn à sa femme ce soir-là, est que quoi qu'ils fassent pour éviter de parler de meurtres, on y revient toujours immanquablement. Sans vouloir jouer les pédants, j'ai vraiment l'impression que la présence de notre oiseau à bord engendre une sorte d'émanation. Et, sans s'en rendre compte, les autres se laissent contaminer. Ce soir, par exemple, après que les femmes sont allées se coucher — de bonne heure, à mon grand soulagement — les hommes ont remis le sujet sur le tapis, une fois de plus. Cuddy, Jourdain et Merryman adorent les romans policiers et le genre de littérature qui prétend traiter des "grandes affaires criminelles". Il se trouve que deux ou trois volumes de cette série figurent dans la petite bibliothèque de bord : il y a là *Les Wainwright* dans l'admirable collection des « Procès Célèbres », un ouvrage assez fantaisiste sur le Yard et un autre, intitulé *Tout ce qu'il aime*. Ce dernier est inspiré, bien sûr, de *La Ballade de la geôle de Reading*, et je te laisse deviner son contenu.

Ce soir, donc, M. Merryman étant là, il y a eu naturellement une dispute. Franchement, je n'ai jamais vu un individu aussi hargneux, arrogant et querelleur. Apparemment, Cuddy avait mis la main sur *Tout ce qu'il aime*, qu'il feuilletait dans un coin du salon. Merryman l'a repéré et a déclaré aussitôt qu'il avait commencé ce livre le premier. Cuddy a répondu qu'il l'avait pris sur une étagère, et que les livres étaient là pour tout le monde. Aucun des deux ne voulait céder. Finalement, McAngus annonça qu'il possédait un exemplaire du *Procès de Neil Cream* et il a réussi à apaiser Merryman en proposant de le lui prêter. Merryman semble faire partie de ces fanatiques qui croient à la confession inachevée de Cream. En un sens, la paix a été ainsi rétablie, bien que nous ayons eu droit à une nouvelle discussion interminable à propos de ce que Cuddy appellerait la maniaquerie sexuelle. Dale débordait de toutes sortes d'hypothèses de second ordre. McAngus s'est joint à la conversation avec une délectation terrifiée. Makepiece parlait du point de vue de la psychiatrie, et Jourdain, du point de vue de la religion. Merryman, lui, contredisait tout le monde. Bien entendu, je suis pour ce genre de discussions. Elles offrent la chance unique d'écouter l'homme qu'on doit arrêter discourir sur le crime dont on va l'accuser un jour ou l'autre.

Les réactions ont été les suivantes :

McAngus s'exclame sans cesse, assure que ce sujet est trop horrible pour qu'on s'y attarde, mais néanmoins est incapable de partir quand on l'aborde. Il se trompe dans les faits, confond les noms et les dates si obstinément qu'on croirait qu'il le fait exprès et se heurte en permanence à Merryman, qui passe son temps à lui couper le sifflet.

Cuddy est totalement passionné. Il reprend tous les détails, se référant sans cesse à Jack l'Eventreur, décrivant les horreurs rituelles et s'interrogeant sur leur signification possible.

Merryman est, évidemment, autoritaire, didactique et raisonneur. Il est, intellectuellement, bien supérieur aux autres ; il connaît bien la situation, ne s'embrouille jamais dans les faits et ne perd pas une seule occasion de fustiger la police. D'après lui, elle n'arrêtera jamais le coupable ; et cette idée a l'air de l'enchanter (ha, ha ! si seulement il savait, ricana Hawkshaw, le grand détective).

Tout comme McAngus, Dale prend soin de proclamer sa répugnance, mais il dit s'intéresser à ce qu'il appelle "la psychologie du sadique homicide". Il parle comme un article de l'un de nos quotidiens populaires et aussi, bien sûr, comme un très gentil garçon de la télévision. Pauvre malheureux ! rabâche-t-il. Pauvres, pauvres femmes, pauvres tous ! Que tout cela est triste !

En attendant, son humeur badine l'a poussé à coudre en une seule pièce le pyjama de M. Merryman et à placer une femme factice, fabriquée avec l'une des impressionnantes chemises de nuit de Mme D.-B., dans le lit de M. McAngus. Ces joyeuses farces le classent ainsi lui-même parmi les victimes potentielles. La réaction de Merryman a été d'aller voir le capitaine en personne, tandis que McAngus s'est conduit comme un cas type pris dans un manuel de Freud.

Les voilà donc, nos quatre favoris dans la course à l'homicide. Comme je te l'ai dit, je penche pour un en particulier, et, ayant exposé les faits bruts dans la plus pure tradition, je te laisse, ma chérie adorée, à tes propres déductions. N'oublie pas, cependant, que le capitaine et consorts ont peut-être raison et qu'il n'y a pas d'assassin à bord... non, mais !

Bonne nuit, ma chérie. Ne manque surtout pas notre prochain épisode de ce passionnant feuilleton. »

Alleyn rangea sa lettre, traça distraitement, pendant quelques minutes, des gribouillis sur son papier buvard, puis décida d'aller se dégourdir les jambes.

Le pont inférieur était désert. Il en fit six fois le tour et, après avoir échangé quelques mots avec le radio, assis, solitaire, dans sa guérite à tribord, il résolut d'aller se coucher. Sur le chemin du retour, il passa devant la cabine du père Jourdain. Subitement, il vit la poignée tourner, et la porte s'entrouvrir. Puis il entendit la voix du prêtre.

— Mais bien sûr. Venez me voir quand vous voulez. Je suis là pour ça, vous savez.

Une voix rauque de femme répondit quelque chose d'indistinct.

— Je crois, dit le père Jourdain, que vous devriez chasser tout cela de votre esprit et vous en tenir à votre devoir. Faites votre pénitence, venez demain à la messe et pensez à ce que je vous ai proposé. Partez maintenant, allez prier. Que Dieu vous bénisse, mon enfant. Bonne nuit.

Alleyn accéléra le pas et atteignit l'escalier avant que Miss Abbott n'eût le temps de l'apercevoir.

8

Dimanche 10

I

Le lendemain, dimanche, avec la permission du capitaine, le père Jourdain célébra l'Eucharistie au salon, à 7 heures du matin. Parmi les passagers, on vit à la messe Miss Abbott, Jemima, M. McAngus, et, curieusement, M. Merryman. Un officier supérieur, deux officiers de seconde classe, le radio et Dennis représentaient l'équipage. Alleyn, qui regardait et écoutait au fond de la pièce, éprouva, une fois de plus, une pointe de regret à l'idée de son incapacité de croire.

A la fin du service, le petit groupe de passagers sortit sur le pont. Le père Jourdain les y rejoignit : il portait, ainsi qu'il l'avait promis, sa « soutane des grands jours ». Il était magnifique, vêtu de la sorte, la brise légère jouant dans sa somptueuse crinière. Miss Abbott, qui se tenait à l'écart selon son habitude, le contemplait, remarqua Alleyn, avec une expression de déférence bourrue. Une ambiance de dimanche matin semblait régner à bord. Même M. Merryman était calme et songeur, tandis que M. McAngus qui, tout comme Miss Abbott, avait participé à la liturgie en vieil habitué, était tout étourdi et exalté. Il félicita Jemima de son apparence, exécutant devant elle son petit pas chassé, la tête sur le côté. Les cheveux roussâtres de M. McAngus avaient poussé dans sa nuque, et quelque chose de fâcheux lui était apparemment arrivé aux tempes et sur le front. Mais comme il portait toujours son feutre dehors, et quelquefois même au salon, cela ne se voyait pas trop.

Jemima répondit gaiement à ses compliments inoffensifs et se tourna vers Alleyn.

— Vous, je ne m'attendais pas à vous voir debout de si bonne heure, déclara-t-elle.

— Et pourquoi donc ?

— Vous êtes resté dehors si tard ! A arpenter le pont, perdu dans vos pensées ! le taquina-t-elle.

— Fort bien, répliqua Alleyn, mais puis-je vous demander ce que vous faisiez vous-même, à cette heure indue ? De quel point stratégique avez-vous mené vos observations ?

Jemima rougit.

— Oh, fit-elle d'un air extrêmement détaché, j'étais assise par là, sur la terrasse. Nous n'avons pas voulu vous déranger : vous paraissiez si grave, si concentré !

Elle s'empourpra encore plus et, jetant un coup d'œil sur les autres, qui étaient attroupés autour du père Jourdain, elle ajouta rapidement :

— Tim Makepiece et moi étions en train de parler de la littérature élisabéthaine.

— Vous ne deviez pas en parler très fort, observa Alleyn paisiblement.

— Je...

Jemima leva les yeux sur lui.

— Il ne s'agit pas d'un flirt de croisière, entre Tim et moi. Du moins... du moins, je ne le pense pas.

— Pas un flirt ? répéta Alleyn en souriant.

— Ni rien d'autre. Oh là là ! dit Jemima impulsivement. Je suis dans une de ces mélasses !

— Voulez-vous m'en parler, de votre mélasse ?

Jemima passa son bras dans le sien. « J'ai atteint un âge, songea Alleyn, où les charmantes jeunes filles me prennent le bras. » Ils longèrent le pont.

— Depuis combien de temps, demanda Jemima, avons-nous largué les amarres ? C'est vraiment le cas de le dire, ajouta-t-elle.

— Depuis six jours.

— Vous voyez ! Six jours ! C'est complètement ridicule. Comment voulez-vous qu'on puisse être fixé sur ses sentiments, au bout de six jours ? Cela ne s'est jamais vu.

Alleyn fit remarquer qu'à lui, une seule journée avait suffi.

— Même moins que cela, dit-il. Un simple coup d'œil.

— *Vraiment* ? Et cela vous est resté ?

— De manière indélébile. Mais elle, il lui a fallu beaucoup plus de temps.

— Ah bon ? Parce que... ?

— Nous sommes *très* heureux ensemble, je vous remercie.

— C'est merveilleux, soupira Jemima.

— Toutefois, ajouta-t-il précipitamment, il n'est absolument pas question de vous pousser à vous engager à la légère.

— Ne vous inquiétez pas pour ça, répondit-elle avec feu. Je me suis déjà cassé les dents là-dessus, quelque chose de bien.

— Ah oui ?

— Le soir de notre départ devait être celui de mon mariage ; seulement, il m'a laissée tomber trois jours avant. Je me suis sauvée, et ce sont mes malheureux parents qui ont dû essuyer les plâtres. Inutile de le dire, je ne me suis pas franchement montrée à la hauteur, fit Jemima d'une voix vibrante et mal assurée.

— A mon avis, vos parents ont sûrement été ravis de se débarrasser de vous. Ce doit être plus facile pour eux de ne pas vous avoir sur les bras, en train de défaillir toutes les deux minutes.

Ils étaient arrivés à l'extrémité du pont et s'étaient arrêtés près de la petite terrasse. Jemima avoua confusément que le fait d'aller à l'église la rendait toujours bavarde et écervelée : c'était sans doute la raison pour laquelle elle se montrait aussi communicative.

— La chaleur y est peut-être aussi pour quelque chose, observa Alleyn.

— C'est possible. On dit toujours que les gens deviennent très insouciants sous les tropiques. Mais au fond, tout cela est votre faute. L'autre soir, je disais à Tim que si j'étais vraiment dans le pétrin, c'est avec vous que j'aurais envie de m'épancher. Il était tout à fait de mon avis. Et voilà, étrangement, c'est chose faite. Je suis en train de m'épancher.

— C'est un grand honneur pour moi. Etes-vous dans le pétrin ?

— Pas réellement, je pense. Il faut simplement que je garde les pieds sur terre. Et que je veille à ce que ce soit son cas également. Parce que, quoi que vous disiez, je ne vois pas comment il pourrait en être sûr au bout de six jours.

Alleyn répondit que les gens se voyaient plus en six jours de traversée qu'en plusieurs semaines à terre, mais dans des circonstances moins réalistes, prit-il soin d'ajouter. Jemima en convint volontiers. Il y avait des drôles de choses qui vous arrivaient en mer, annonça-t-elle solennellement. Elle-même, par exemple, fit-elle avec un touchant égoïsme. Elle avait des idées bizarres qui lui traversaient l'esprit. Après une brève hésitation, et avec l'air d'un enfant qui se résout à avouer une peur irrationnelle, elle déclara rapidement :

— J'ai même failli me mettre dans la tête que l'Assassin aux Fleurs se trouvait à bord. Vous vous rendez compte !

Le fait d'accueillir une nouvelle inattendue avec une mine totalement impassible faisait partie de l'entraînement qu'Alleyn avait reçu dans la police. Une fois de plus, celui-ci s'avéra précieux.

— Je me demande, dit-il, où vous êtes allée pêcher ça.

Jemima répéta l'explication qu'elle avait déjà donnée à Tim la veille.

— Naturellement, il pense que c'est idiot, tout comme vous-même et comme le T.G.G.

— Qui est-ce, le T.G.G. ? demanda Alleyn.

— C'est le nom que nous avons donné à Dale. Très Gentil Garçon. Ce qui, honnêtement, n'est pas très gentil de notre part.

— Cela ne vous a pas empêchée de lui révéler votre crainte fantasque, pourtant.

— Il m'a entendue. Nous étions en train de « squatter » leurs fauteuils luxueux quand il est arrivé avec des coussins et un air paternel.

— Et maintenant, à la lumière du jour, votre fantôme s'est évanoui ?

D'un coup de pied, Jemima envoya un objet minuscule dans le dalot.

— Pas vraiment, marmonna-t-elle.

— Ah ?

— En fait, oui. Seulement, il s'est passé quelque chose hier soir, après que je me fus couchée. C'est certainement sans importance, mais moi, ça m'a encore donné des idées. Ma cabine se trouve sur la gauche, et le hublot est en face de mon lit. Vous connaissez ce moment de béatitude quand on ne sait pas si on est éveillé ou si on dort, une sorte de flottement ? Eh bien, j'en étais là, les yeux fermés, flottant sur mon petit nuage. Tout à coup, je me suis retrouvée éveillée d'un bond, en train de fixer le hublot.

Jemima déglutit avec effort.

— Dehors, il y avait la lune. Je l'avais vue, avant de fermer les yeux : elle regardait à l'intérieur, disparaissait, laissant place aux étoiles, puis reparaissait à nouveau. C'était très beau ! Eh bien, quand j'ai rouvert les yeux et regardé le hublot... j'ai vu quelqu'un qui m'observait de l'extérieur.

— Vous en êtes absolument sûre, je suppose ? fit Alleyn après une pause.

— Oh oui ! Il était là, cachant la lune et les étoiles, et emplissant mon hublot de sa tête.

— Savez-vous qui c'était ?

— Je n'en ai pas la moindre idée. Quelqu'un avec un chapeau, mais je n'ai vu que la forme. Cela a duré une seconde. J'ai crié — ce n'était pas follement original, comme entrée en matière — « Qui est là ? » et aussitôt... ça a disparu. Je veux dire que cela s'est évanoui en un éclair. Il a dû se baisser et filer. La lune est revenue, et moi, je me suis retrouvée à penser, complètement affolée : « Et si l'Assassin aux Fleurs était à bord ? Si jamais, une fois que tout le monde était couché, il rôdait aux alentours comme le spectre de Madian, ou est-ce Gédéon, dans ce superbe cantique ? » Vous voyez, je n'ai pas vraiment réussi à me raisonner.

— En avez-vous parlé à Makepiece ?

— Je ne l'ai pas revu. Il ne va pas à l'église.

— Oui, bien sûr. Peut-être était-ce Aubyn Dale, en train de jouer les lutins.

— Cela ne m'est pas venu à l'esprit. Croyez-vous qu'il ait pu pousser le mauvais goût jusque-là ?

— Logiquement, après cela, vous auriez dû trouver une araignée en plastique sur votre oreiller. Vous pensez bien à fermer votre porte à clé ? La nuit comme le jour ?

— Oui. On nous a avertis qu'il y avait eu des vols. Ah, mais ! s'écria Jemima. Vous croyez que c'était lui ? Le voleur ? Pourquoi n'y ai-je pas pensé plus tôt ? Espérait-il pêcher quelque chose par le hublot, d'après vous ?

— Ce ne serait pas la première fois, répondit Alleyn.

Le gong résonna, annonçant le petit déjeuner.

— En tout cas, c'est fini, dit Jemima gaiement.

— Ecoutez, dit Alleyn après une pause. Compte tenu de ce que vous venez de me raconter, je vous conseille de tirer les rideaux le soir. Et, puisqu'il y a un individu peu recommandable parmi les membres de l'équipage, à votre place, j'éviterais de me promener seule à la nuit tombée. Il pourrait chercher à vous importuner.

— O.K., fit Jemima, mais quelle barbe ! A propos, vous feriez bien de donner ce conseil à Mme D.-B. C'est elle qui se promène — ou plutôt qui danse — sur le pont au clair de la lune.

Jemima sourit à ce souvenir.

— Je la trouve formidable. Tant de joie de vivre à son âge, c'est fabuleux.

Alleyn se demanda à quel point Mme Dillington-Blick eût apprécié un tel compliment, et aussi combien de surprises Jemima allait lui réserver.

— Ah bon, fit-il, elle danse au clair de lune ? Avec qui ?

— Toute seule.

— Ne me dites pas qu'elle folâtre sur le pont... avec tous ses kilos !

— Je l'ai vue sur le pont inférieur, à l'avant du bateau. Et le poids n'a rien à voir là-dedans.

— Expliquez-vous.

— Ça va être une nouvelle histoire nocturne... en fait, il s'agit de la nuit précédente. Il faisait horriblement chaud. Tim et moi sommes restés dehors assez longtemps, pas pour batifoler, une fois de plus, mais pour une longue polémique embrouillée. Quand je suis allée dans ma cabine, l'air y était trop confiné, et je savais que je ne dormirais pas à cause de cette discussion. Alors je me suis approchée des fenêtres qui donnent sur le pont inférieur — cela s'appelle le faux-pont avant, je crois — en me demandant si j'aurais le courage de descendre et d'aller jusqu'à la proue, un endroit que j'aime bien. Pendant que je réfléchissais en regardant le faux-pont plein d'ombres, une porte s'est ouverte juste au-dessous de moi, projetant un carré de lumière sur le pont.

Le visage gai et animé de Jemima s'assombrit légèrement.

— Au début, cela m'a fait un drôle d'effet. Voyez-vous, une ombre est apparue au milieu du carré de lumière. Et... enfin, on aurait dit que la poupée, Esmeralda, était devenue vivante. Il y avait la mantille, l'éventail, la grande jupe en dentelle, tout. J'avoue que cela a contribué à mes idées sinistres, à propos de cet assassin. En tout cas, j'ai eu un choc.

— Il y a de quoi, acquiesça Alleyn. Et après ?

— Eh bien, quelqu'un a refermé la porte, et la lumière a disparu. Alors, bien sûr, j'ai compris qui c'était. Elle se tenait là, toute seule, et moi je la regardais d'en haut. Puis c'est arrivé. La lune s'était levée, et, juste à ce moment-là, elle a éclairé le pont. Tous ces engins recouverts jetaient des ombres noires, et le clair de lune au milieu de tout ça, c'était vraiment fascinant. Elle est sortie en courant et en s'éventant et elle s'est mise à pirouetter, à faire des petites révérences et même quelques pas glissés en arrière, comme on en fait avec les castagnettes dans *Les Gondoliers*. Il me semble qu'elle avait rabattu la mantille sur son visage. C'était très bizarre à voir.

— En effet. Mais êtes-vous sûre qu'il s'agissait de Mme D.-B. ?

— Evidemment. Qui voulez-vous que ce soit ? Et, figurez-vous, j'ai trouvé cela assez touchant. Pas vous ? Elle n'est restée que quelques minutes, puis elle est rentrée en courant. J'ai entendu des voix d'hommes, des rires, et voilà, ça a été fini. N'est-ce pas stupéfiant ? demanda Jemima.

— Ahurissant. Bien qu'on ait déjà entendu parler des danses d'éléphants au fin fond de la jungle.

— Elle est aussi légère qu'une plume sur ses talons, déclara Jemima avec indignation. Comme tous les gros, vous savez. Ils dansent comme des fées. Mais vous devriez quand même la mettre en garde contre le voleur. Seulement, je vous en prie, ne lui dites pas que je vous ai parlé de son escapade au clair de lune. Curieusement, je me suis sentie comme une intruse.

— C'est promis, l'assura-t-il. En attendant, il ne faut plus entreprendre de promenades solitaires. Parlez-en à Makepiece : vous verrez, s'il n'est pas d'accord avec moi.

— Oh, lui, affirma Jemima, il sera certainement d'accord.

Et une fossette se creusa au coin de sa bouche.

Le groupe autour du père Jourdain s'était rapproché.

— Le petit déjeuner ! appela M. McAngus.

— J'arrive ! répondit Jemima.

Elle les rejoignit, se retourna et, plissant les yeux, cria à l'intention d'Alleyn :

— Vous avez été très gentil. Merci... Allan.

Avant qu'il n'ouvrît la bouche, elle s'était déjà éloignée avec les autres en direction de la salle à manger.

II

Au cours du petit déjeuner, Tim essaya vainement de capter le regard d'Alleyn. Quand ce dernier sortit, Tim l'attendait dans le couloir.

— J'ai trouvé les livres dont je vous ai parlé, annonça-t-il avec une fausse cordialité. Voulez-vous venir chez moi ou préférez-vous que je vous les apporte ?

— Apportez-les dans ma cabine, répliqua Alleyn.

Il monta directement. Cinq minutes après, on frappa à sa porte, et Tim fit son apparition, chargé de manuels inutiles.

— Il y a quelque chose que je dois vous dire, déclara-t-il.

— Jemima Carmichael se demande si l'Assassin aux Fleurs se trouve à bord, et Aubyn Dale le sait.

— Comment diable avez-vous appris cela ? s'exclama Tim.

— C'est elle qui me l'a dit.

— Oh !

— Je me demande d'ailleurs pourquoi ça n'a pas été vous.

— Je n'ai pas eu le temps, avant le dîner. J'ai voulu le faire après, mais vous étiez coincé au salon avec la D.-B. et Dale, et plus tard... eh bien...

— Vous avez discuté de la littérature élisabéthaine sur la terrasse.

— C'est exact.

— Très bien. A quel moment avez-vous donné mon nom à Miss Carmichael ?

— Bon sang, ce n'est pas aussi dramatique que vous le croyez. C'est... elle aussi qui vous l'a dit ?

— Elle l'a simplement crié devant tout le monde tandis que nous nous rendions à la salle à manger.

— Elle pense que c'est votre prénom : Allan.

— Pourquoi ?

Tim le lui expliqua.

— J'ai franchement honte de moi, conclut-il. Cela m'a échappé malgré moi. Jamais je n'aurais cru que je pouvais commettre une bourde pareille.

— Moi non plus. Tout cela à cause de ce stratagème absurde. Un faux nom ! De là à la fausse barbe, il n'y a qu'un pas à franchir, mais quelquefois, on ne peut pas l'éviter.

— Elle n'a pas la moindre idée de votre identité, bien sûr.

— C'est déjà quelque chose. A propos, elle vous parlera d'un incident qui s'est produit cette nuit. Vous conviendrez, je pense, que c'est sérieux. J'ai laissé entendre que le coupable était notre voleur mythique, et je vous conseille d'adopter cette version.

— Mais qu'est-il arrivé, à la fin ?

— Un voyeur, voilà ce qui est arrivé. Elle vous le racontera. Elle vous décrira aussi peut-être comment Mme Dillington-Blick entre en transe au milieu des mâts au clair de lune.

— *Quoi !*

— Je vais voir le capitaine. Le père Jourdain m'y rejoint ; à mon avis, vous feriez bien de venir également. Autant que vous soyez au courant.

— Bien entendu. Si on ne m'expulse pas dans les ténèbres extérieures.

— Oh, fit Alleyn, nous vous laisserons encore une chance.

— Désolé pour ma gaffe, Alleyn.

— Mon nom est Broderick.

— Pardonnez-moi.

— Cette enfant est adorable. Cela ne me regarde nullement, mais j'espère que vous n'allez pas commettre une bêtise. Elle a déjà reçu un sale coup, et il vaut mieux lui en épargner un autre.

— Décidément, observa Tim, elle a l'air de se confier à vous bien plus facilement qu'à moi.

— L'âge mûr a ses avantages.

— Pour moi, c'est tout ce qu'il y a de plus sérieux.

— Sûr ?

— Absolument. Je voudrais pouvoir être aussi sûr d'elle.

— En tout cas... veillez bien sur elle.

— C'est là mon intention, répondit Tim.

Sur ce, ils allèrent trouver le père Jourdain et se rendirent ensemble chez le capitaine.

Leur entrevue ne fut pas des plus faciles. Que le capitaine Bannerman fût une tête de mule, Alleyn l'eût compris même s'il ne s'était pas entretenu avec les membres de la compagnie Cape Line avant son départ.

— C'est un vieux c... entêté, avait remarqué l'un des responsables. Si jamais il vous a dans le nez, il vous empoisonnera l'existence à coup sûr. Il boit comme un trou, ce qui n'arrange pas son caractère. Mais tant que vous êtes en bons termes avec lui, il sera O.K.

Jusque-là, se dit Alleyn, il avait réussi à suivre la consigne, mais dès qu'il aborda l'épisode de la silhouette au clair de lune, aperçue par Jemima le vendredi soir, il sentit le vent tourner. Ayant donné sa propre interprétation des faits, il suggéra de prendre des mesures afin de s'assurer que cela ne se reproduisît plus. Et là, il se heurta à un refus catégorique. Il leur parla ensuite de l'homme entrevu derrière le hublot de Jemima. Le capitaine rétorqua aussitôt qu'il allait donner l'ordre à l'officier de quart d'agir en conséquence. Il ajouta que cela n'avait pas grande importance et que souvent, les gens se comportaient bizarrement sous les tropiques, remarque dont Alleyn commençait à se lasser. Il tenta de fournir une explication plus sérieuse mais ne rencontra que de l'incrédulité.

Quant à l'épisode Dillington-Blick, le capitaine affirma qu'il n'avait pas la moindre intention d'intervenir, ni même de s'informer davantage. Ils eurent droit à une tirade sur l'atteinte au pouvoir du commandant de bord en mer, prononcée sur un ton de plus en plus enflammée. Il y avait des restrictions. Des syndicats. Même les passagers avaient désormais des droits, ajouta-t-il à regret. Mais comme ce qui s'était passé ne représentait en aucune façon une violation du règlement, le capitaine n'allait certainement pas s'en mêler et il priait Alleyn d'en prendre acte. Car il n'allait pas le répéter trente-six fois.

Les mains dans les poches, il contemplait l'horizon, posté devant le hublot. Même sa nuque avait une expression entêtée. Ses trois visiteurs échangèrent un regard.

— Ce type n'est pas à bord de mon navire ! annonça le capitaine d'une voix retentissante, sans se retourner. Aussi sûr que vous, vous y êtes. Ça fait vingt ans que j'exerce mes fonctions de commandant pour le compte de la compagnie, et je repère du premier coup d'œil les types qui risquent de me chercher noise en mer. Une fois, cela m'est arrivé d'embarquer un assassin comme chauffeur ; eh bien, dès que je l'ai vu, j'ai su tout de suite que c'était quelqu'un de louche. Je ne me trompe jamais. Or, j'ai observé tout ce petit monde. Je les ai observés de très près. Aucun d'entre eux n'a l'air d'un assassin, aucun.

Il pivota lentement sur lui-même et s'avança vers Alleyn. Son visage, rouge écrevisse, reflétait une suffisance puérile.

— Vous vous fatiguez pour rien, déclara-t-il, répandant autour de lui des effluves de whisky.

Puis il sortit son poing velu et moucheté de sa poche et, avec une violence inattendue, l'abattit sur la table.

— Ces choses-là n'arrivent pas sur mon bateau !

— Puis-je me permettre juste une suggestion ? hasarda Alleyn. Je ne vous l'aurais pas soumise si, à mes yeux, elle n'était pas d'une importance capitale. Il se peut très bien que vous ayez raison, et que, après tout, notre homme ne soit pas à bord. Mais supposons, monsieur, qu'en dépit de vos impressions, il s'y trouve quand même.

Alleyn désigna le calendrier sur le bureau du capitaine.

— Dimanche 10 février, fit-il. S'il est là, il nous reste quatre jours avant l'échéance présumée. Ne devrions-nous pas prendre toutes les mesures possibles pour l'empêcher de passer à l'acte ? Je sais parfaitement que ma proposition peut paraître saugrenue, grotesque ou tirée par les cheveux. Il s'agit de se prémunir contre un danger qui n'existe peut-être pas. Mais n'est-il pas mieux...

Il regarda le front buté de son interlocuteur et faillit tendre les bras vers lui.

— ... ne croyez-vous pas, fit Alleyn, désespéré, qu'une certitude vaut mieux que des regrets ?

Le père Jourdain et Tim opinèrent en signe d'assentiment, mais le capitaine les réduisit au silence.

— Ah, ça, c'est le genre de remarque que je fais souvent moi-même. Mais dans le cas présent, la question ne se pose pas. Votre suggestion va à l'encontre de mes principes de commandant ; je la trouve déplacée et je refuse de l'appliquer.

— Si je puis me permettre... commença le père Jourdain.

— Ne vous donnez pas cette peine. C'est mon dernier mot.

— Très bien, monsieur, dit Alleyn. J'espère que c'est vous qui avez raison. Naturellement, nous respecterons vos désirs.

— Je ne veux pas qu'on importune cette dame par des interventions quelconques ou... ou des critiques.

— Je n'avais pas la moindre intention...

— Cela aurait l'air d'une critique, marmonna le capitaine obscurément. Un peu d'entrain n'a jamais fait de mal à personne, ajouta-t-il.

Devant ce chef-d'œuvre en matière de litote, Alleyn se trouva sans voix.

— Merci, monsieur, dit-il enfin, sur un ton qu'il espérait réglementaire.

Et il se dirigea vers la porte, suivi de ses deux compagnons.

— Hep ! s'écria le capitaine.

Ils s'immobilisèrent.

— Je vous offre un verre ?

— Pas pour l'instant, je vous remercie, fit Alleyn.

— Pourquoi ?

— Oh, j'ai pris l'habitude de m'abstenir jusqu'à ce que le soleil ait passé le bout de vergue, si c'est l'expression exacte.

— J'ai remarqué que vous ne buvez pas grand-chose, même après.

— C'est-à-dire que, répondit Alleyn avec un air d'excuse, je suis censé être en service.

— Ah ! Et tout ça pour des prunes. Notez que je n'ai rien contre le principe. Vous obéissez à des ordres comme tout un chacun, et peu importe si c'est du gaspillage de temps et d'argent.

— C'est à peu près cela.

— Et vous, gentlemen ?

— Non, merci, monsieur, répliqua Tim.

— Pour moi non plus, je vous remercie, dit le père Jourdain.

— Vous ne m'en voulez pas, hein ?

Ils s'empressèrent de le rassurer et, après avoir attendu quelques instants, se dirigèrent vers la sortie. Leur dernière image du capitaine fut celle d'une silhouette trapue, s'approchant avec raideur du placard où il gardait ses alcools.

III

Le reste de la journée du dimanche se passa dans le calme et la quiétude. C'était le jour le plus chaud que les passagers avaient connu, et tout le monde se sentait ramolli. Mme Dillington-Blick s'était habillée en blanc, tout comme Aubyn Dale. Allongés sur leurs chaises longues, ils souriaient languissamment aux passants. De temps à autre, on les vit se tenir mollement la main ; par moments, le rire chaud de Mme Dillington-Blick parvenait aux oreilles du reste de la compagnie.

Tim et Jemima passèrent le plus clair de leur temps au bord d'une piscine en toile installée à l'arrière du premier pont. Ils étaient surveillés de près par les époux Cuddy, qui occupaient un poste stratégique à l'extrémité ombragée du pont-promenade, juste sous la terrasse. Plus tard dans l'après-midi, M. Cuddy vint faire trempette, vêtu d'un caleçon passablement sinistre de couleur puce. Son humeur folâtre finit par faire sortir Jemima de l'eau et par plonger Tim dans un état d'extrême agacement.

Assis à sa place habituelle, M. Merryman était absorbé dans l'histoire de Neil Cream ; puis, ayant épuisé la série desdites horreurs, il passa au sort révoltant réservé à toute une kyrielle de dames qui peuplaient les pages de *Tout ce qu'il aime*. De temps en temps, il critiquait le style littéraire de l'ouvrage en question, ainsi que les méthodes policières qui y étaient décrites. Et puisque Alleyn était son voisin le plus proche, il se trouva être la cible de ces remarques désobligeantes. Inévitablement, M. Merryman en revint à l'Assassin aux Fleurs. Alleyn eut le plaisir de s'entendre qualifier de « petit besogneux investi d'une autorité illusoire ».

— Cet Alleyn, renifla M. Merryman, dont la photographie a été publiée dans les journaux... je n'ai jamais vu une physionomie aussi indescriptiblement bête.

— Ah bon ?

— Un vrai scandale, je vous assure, déclara M. Merryman, jubilant. A mon avis, si le criminel inconnu l'a vu, il a dû être grandement réconforté. Moi, je l'aurais été à sa place, honnêtement.

— Vous croyez donc, demanda Alleyn, qu'il existe après tout un art de « découvrir sur le visage les dispositions de l'âme » ?

M. Merryman lui jeta un regard presque approbateur.

— Référence ? s'enquit-il vivement. Contexte ?

— *Macbeth*, I, 4. Duncan, en parlant de Cawdor, répondit Alleyn, se sentant lui-même comme Alice au Pays des Merveilles.

— Parfait. Je vois que vous connaissez les ficelles de ce mélodrame de second ordre. Oui, poursuivit M. Merryman avec une condescendance didactique, il existe indiscutablement des caractéristiques faciales qui peuvent servir d'indices à un observateur averti. Personnellement, je cherche à distinguer au premier coup d'œil un garçon brillant au milieu d'une foule de nullités. Et, croyez-moi, ajouta M. Merryman avec une pointe de sarcasme, l'occasion s'en présente fort rarement.

Alleyn lui demanda si cette théorie pouvait s'appliquer à des catégories plus larges. Par exemple, pensait-il qu'il existait un type de visage criminel ?

— Il me semble avoir lu quelque part, hasarda-t-il, que la police considère qu'il n'y en a pas.

M. Merryman rétorqua, acerbe, que, pour une fois, la police entrevoyait l'ombre d'une évidence.

— Demandez-moi s'il existe des faciès qui révèlent la brutalité et un bas niveau d'intelligence, et je vous répondrai oui. Mais les individus dont il est question, fit-il en levant son livre, n'ont pas besoin de ce genre de signes extérieurs. Le démon qui les possède ne laisse pas sa signature sur leur visage, pour que tous les passants puissent la déchiffrer.

— C'est l'expression même que le père Jourdain a employée dans une discussion similaire, dit Alleyn. Il pense que cet homme doit être possédé d'un démon.

— Vraiment ? C'est, évidemment, un point de vue communément adopté par l'Eglise. A-t-il mentionné les pieds fourchus et le trident ?

— Je ne le crois pas.

Une ombre tomba sur le pont.

— Moi, dit Miss Abbott, je sais que le démon existe. J'en suis convaincue.

Elle se tenait devant eux, le dos au soleil couchant. Son visage était sombre et abattu. Alleyn entreprit de se lever de sa chaise longue, mais elle l'arrêta d'un brusque geste de la main. Puis elle se percha sur l'écoutille, droite comme un piquet, balançant gauchement ses grands pieds chaussés de tennis.

— Comment, interrogea-t-elle, expliquer autrement l'existence de la cruauté ? Dieu permet au diable de nous tourmenter pour suivre ses propres desseins impondérables.

— Ma parole ! observa M. Merryman, étrangement placide. Nous sommes là en plein cœur de l'orthodoxie, dirait-on.

— Vous-même, vous êtes pratiquant, dit Miss Abbott. Vous êtes venu à la messe. Pourquoi riez-vous du diable ?

M. Merryman la contempla par-dessus ses lunettes et, après une longue pause, répondit :

— Ma chère Miss Abbott, si vous parvenez à me convaincre de son existence, je vous assure que je ne considérerai pas le Malin comme un sujet qui prête à rire. Loin de là.

— *Moi*, je ne peux pas le faire, répliqua-t-elle impatiemment. Parlez-en au père Jourdain. Il possède la connaissance et la sagesse, et il saura vous affronter sur votre propre terrain. Vous avez dû trouver grossière ma façon de m'immiscer et de vous seriner toutes ces questions de foi, mais...

Elle avança la mâchoire et poursuivit avec une sorte d'opiniâtreté :

— ... quand j'entends les gens se moquer du démon, je le sens qui s'éveille en moi. Car je le *connais*.

Les autres ne trouvèrent rien à lui répondre. Pesamment, elle se passa une main sur les yeux.

— Excusez-moi. Je n'ai pas l'habitude de m'imposer ainsi. Ce doit être la chaleur.

Aubyn Dale traversa le pont, éblouissant dans son short en peau d'ange, son pull-over incarnat et une paire d'espadrilles exotiques qu'il avait achetées à Las Palmas. Il portait d'immenses lunettes de soleil, et sa tignasse était dans un désordre tout à fait élégant.

— Je vais piquer une tête dans la piscine, annonça-t-il. J'ai juste le temps avant le dîner, et l'eau est absolument exquise. Bien sûr, Madame ne veut même pas en entendre parler. Personne ne vient avec moi ?

M. Merryman se contenta de le toiser. Alleyn répliqua qu'il allait réfléchir. Miss Abbott descendit de l'écoutille et s'éloigna. Dale la suivit du regard en hochant la tête.

— La pauvre ! dit-il. Je suis vraiment triste pour elle. La vie est un supplice pour certaines femmes, ne trouvez-vous pas ?

Il regarda ses interlocuteurs. M. Merryman se replongea ostensiblement dans son livre, et Alleyn acquiesça d'un air neutre.

— J'en vois des milliers, continua Dale, dans mon fabuleux métier. Le club des cœurs solitaires, voilà comment je les appelle. Mentalement, bien sûr.

— Certainement, murmura Alleyn.

— Enfin, regardons les choses en face, quoi. Que peuvent-elles faire, bon sang... avec un physique pareil ? Entrer en religion ? Partir explorer l'Afrique centrale ? On se le demande. Ou bien... je ne sais pas, moi, raisonna Dale, prenant un air philosophe. Il y a bien une solution.

Il sortit sa pipe et la contempla en secouant la tête.

— Enfin !

Et, n'obtenant pas la réaction escomptée, il s'en fut en trillant une ariette raffinée.

Le nez dans son livre, M. Merryman lâcha un mot extrêmement grossier. Quant à Alleyn, il se leva et partit à la recherche de Mme Dillington-Blick.

Il la trouva étendue sur la terrasse, en train de s'éventer : énorme, mais délicieusement appétissante. Malgré lui, il se demanda ce que Henry Moore aurait fait d'elle. Elle l'accueillit avec enthousiasme, gesticulant mollement pour montrer à quel point elle avait chaud. Mais sa robe blanche n'avait pas un seul pli ; un mouchoir de dentelle empesé sortait de son décolleté, et sa chevelure était impeccablement coiffée.

— Vous êtes fraîche comme une rose, dit Alleyn, se perchant sur le repose-pied d'Aubyn Dale. Et quelle robe exquise !

Elle ouvrit comiquement de grands yeux.

— Mon cher !

— D'ailleurs, toutes vos toilettes sont ravissantes. Vous savez les choisir admirablement.

— Que c'est gentil à vous de dire cela ! s'écria-t-elle, ravie.

— Oh, fit Alleyn, se penchant vers elle, mais vous ne vous doutez même pas de la valeur d'un tel compliment. Je suis extrêmement exigeant en matière d'habits féminins.

— Vous m'en direz tant. Et qu'est-ce qui vous plaît dans les miens, au juste ?

— Le fait qu'ils soient suffisamment intelligents pour traduire le charme de celle qui les porte, répliqua Alleyn, se promettant intérieurement de répéter celle-là à Troy.

— Que c'est merveilleusement exprimé ! A l'avenir, je m'habillerai spécialement pour vous, déclara Mme Dillington-Blick.

— Dans ce cas, il faut que je réfléchisse à la tenue dans laquelle j'aimerais vous voir. Tenez, ce soir, par exemple. Puis-je me permettre de suggérer le choix de cette magnifique robe espagnole que vous avez achetée à Las Palmas ?

Il y eut un long silence, pendant lequel elle le gratifia d'un regard oblique.

— Je crains que ce ne soit un peu trop, non ? répondit-elle. On est dimanche soir, vous savez.

— Demain, alors ?

— Ecoutez, pour tout vous avouer, je n'aime plus tellement cette robe. Vous allez me prendre pour une affreuse dinde, mais cette sinistre histoire avec la poupée de ce pauvre, *adorable* M. McAngus m'a franchement coupé l'envie de la porter. C'est bizarre, n'est-ce pas ?

— *Oh !* s'exclama Alleyn, faisant montre d'une déception extrême. *Quel* dommage ! Et quel gâchis !

— Je sais. Mais je n'y peux rien. Quand je revois Esmeralda ressemblant à toutes ces filles assassinées, je n'ai qu'une envie : jeter ma si belle robe par-dessus bord.

— Vous n'avez pas fait cela !

Mme Dillington-Blick s'esclaffa.

— Non, je n'ai pas fait cela.

— Vous ne l'avez pas donnée non plus ?

— Jemima flotterait dedans, et je vois mal Miss Abbott ou Mme Cuddy se transformer en danseuse de flamenco, pas vous ?

Dale passa devant eux, se dirigeant vers la piscine. Il portait maintenant un maillot de Palm Beach, qui le faisait ressembler à une superbe publicité pour un paquebot de luxe.

— Alors, les flemmards ? lança-t-il chaleureusement, avant de descendre lestement sur le pont inférieur.

— Je vais aller me changer, soupira Mme Dillington-Blick.

— Mais vous ne mettrez pas la robe espagnole ?

— Malheureusement, non. Navrée de vous décevoir.

Elle tendit ses petites mains voluptueuses, et Alleyn l'aida docilement à se relever.

— C'est triste, dit-il, de penser que nous n'allons plus jamais la revoir.

— Oh, ça, ce n'est pas si sûr, rétorqua-t-elle, pouffant à nouveau. Je pourrais changer d'avis et retrouver un second souffle.

— Pour danser au clair de lune ?

Elle resta sans bouger pendant quelques instants, puis le gratifia de son sourire le plus dévastateur.

— Qui sait ?

Alleyn la regarda longer le pont et pénétrer par les portes vitrées au salon.

« ... tu conviendras certainement, écrivit-il à sa femme ce soir-là, que de façon indirecte, il s'agit là d'une nouvelle fort alarmante ».

IV

Tandis que le *Cape Farewell* longeait la côte ouest de l'Afrique, il fut pris dans un climat qui mina la résistance des gens qui n'y étaient pas habitués. L'air qui venait de l'intérieur des terres était lénifiant et chargé de vagues impuretés. Une sorte de grisaille qui ressemblait davantage à la poussière qu'aux nuages obscurcissait le soleil, sans atténuer pour autant la force de ses rayons. M. Merryman avait dû succomber à ceux-ci, car il avait tout l'air d'avoir de la fièvre : néanmoins, il refusait catégoriquement de se soigner. Une vague de dysenterie se déclara au sein de l'équipage, frappant également M. Cuddy, qui passait son temps à consulter Tim, et, avec une candeur peu ragoûtante, tous ceux qui voulaient bien lui prêter l'oreille.

Aubyn Dale s'était mis à boire davantage, et cela se voyait. Alleyn, préoccupé, observa la même chose chez le capitaine Bannerman. Le capitaine buvait beaucoup et en permanence ; et, à mesure que le volume de ses libations augmentait, son caractère devenait de plus en plus irascible. A présent, il regimbait à la moindre tentative d'Alleyn pour discuter de l'affaire en cours, répétant rageusement qu'il n'y avait pas de fous homicides à bord de son bateau. Il était devenu maussade, inaccessible et buté comme une bourrique.

M. McAngus, en revanche, se montrait de plus en plus volubile et se perdait continuellement dans un dédale de phrases sans suite.

— Lui, déclara Tim, il souffre de dysenterie verbale.

— L'état de M. McAngus semble endémique, remarqua Alleyn. Les tropiques n'y sont pour rien.

— En tout cas, ils ont dû l'aggraver, observa le père Jourdain avec lassitude. Savez-vous qu'il s'est disputé avec Merryman, hier soir ?

— A propos de quoi ? demanda Alleyn.

— De ces immondes cigarettes médicinales qu'il fume. Merryman a dit que la fumée le rendait malade.

— Il n'a pas entièrement tort, fit Tim. Dieu seul sait quel genre de saloperies elles contiennent.

— Elles empestent le foin humide.

— Allez, dit Alleyn, au travail, gentlemen. Revenons à notre tâche ingrate.

Depuis leur échec auprès du capitaine, ils avaient dressé eux-mêmes un plan de bataille. A la nuit tombée, chacun d'eux devait « filer » une passagère. Tim déclara catégoriquement qu'il prendrait Jemima, et personne ne songea à lui disputer ce droit. Le père Jourdain suggéra qu'Alleyn se chargeât de Mme Dillington-Blick.

— Moi, elle me fait peur, avoua-t-il. J'ai l'impression qu'elle me prend pour un loup déguisé en prêtre. Et si je commence à la suivre partout dans le noir, elle en sera convaincue.

Tim sourit à Alleyn.

— De toute façon, vous avez la touche. Vous vous rendez compte, si vous arrivez à éclipser le roi de la télé ?

— Vous me faites rougir, répliqua Alleyn, caustique, en se tournant vers le père Jourdain. Dans ce cas, vous pourrez en prendre deux : Mme Cuddy ne lâche pas Cuddy d'une semelle, et...

Il s'interrompit.

— Et, d'après vous, la pauvre Katherine Abbott ne court aucun danger.

— Quel est son problème, au juste ? demanda Alleyn, se souvenant des paroles qu'il l'avait entendue prononcer tandis qu'elle quittait le père Jourdain le samedi soir.

Le regard du prêtre était dénué de toute expression.

— Les malheurs de Miss Abbott ne nous concernent guère, à mon avis.

— Oh, fit Alleyn, c'est une sorte de réflexe pour moi que de m'interroger sur le comportement des gens. Quand nous avons eu cette discussion sur les alibis, et qu'on a mentionné l'émission d'Aubyn Dale du 15 janvier, son désarroi m'a paru tout à fait révélateur.

— Moi, je me suis vraiment posé des questions, déclara Tim. Je me suis même demandé, je ne sais pas pourquoi, si elle avait été la victime, et non la spectatrice, ce fameux soir.

— Je pense qu'elle avait été spectatrice.

Le père Jourdain lança un regard perçant à Alleyn et alla se poster devant le hublot.

— Quant à la victime, poursuivit Alleyn, la femme, souvenez-vous, qui a dit à Dale qu'elle ne voulait pas divulguer ses fiançailles de peur de faire de la peine à sa grande amie...

Il se tut.

— Vous n'allez pas insinuer, fit Tim, que cette grande amie, c'était Miss Abbott ?

— Au moins, cela expliquerait sa réaction.

— Qu'est-ce qu'elle fait ? demanda Tim nonchalamment, après un silence. Savez-vous si elle a un métier ?

— Elle travaille pour une maison d'édition musicale, répondit le père Jourdain sans se retourner. C'est une autorité en matière de musique religieuse ancienne, et notamment des chants grégoriens.

— Avec la voix qu'elle a, cela m'étonnerait qu'elle les chante elle-même, observa Tim involontairement.

— Bien au contraire, rétorqua Alleyn. Elle chante, et fort agréablement. Je l'ai entendue le soir où nous avons quitté Las Palmas.

— Elle a une voix très particulière, dit le père Jourdain. Si elle était un homme, ce serait une haute-contre. Je l'ai rencontrée il y a trois semaines à Paris, à un congrès sur la musique religieuse, où elle devait représenter sa maison d'édition. C'était, manifestement, une personne d'importance.

— Ah oui ? murmura Alleyn.

Puis, sur un ton incisif :

— Mais, comme vous l'avez fait remarquer, les affaires de Miss Abbott ne nous concernent pas. Le soleil se couche. Il est temps de regagner nos postes.

Conformément au plan, le 11 et le 12 au soir, Alleyn se consacra exclusivement à Mme Dillington-Blick. Aubyn Dale en fut grandement peiné, Tim, amusé, Jemima, surprise ; quant aux époux Cuddy, ils ouvrirent grands les yeux et les oreilles. Mme Dillington-Blick, elle, était enchantée. « Ma chérie ! écrivit-elle à son amie. J'ai réussi à apprivoiser la Superbe Brute ! N'est-ce pas fantastique ? Rien de *tangible*, jusque-là. Mais une attention *soutenue* ! Et, la lune tropicale étant ce qu'elle est, je sens que quelque chose d'agréable pourrait en résulter. En attendant, je te jure, il me suffit de m'éloigner vers mon accueillante petite terrasse après le dîner pour qu'il surgisse instantanément à mes côtés. A.D. en devient vert, ma chérie ; ce qui fait toujours plaisir. Je suis incorrigible, je sais, mais qu'est-ce qu'on s'amuse ! »

Le 13 au soir, au moment où tout le monde prenait le café, Aubyn Dale décida brusquement de donner une petite réception dans son salon privé. Celui-ci était équipé d'un phonographe sur lequel il se proposait de passer quelques-uns de ses propres disques.

— Vous êtes tous invités, déclara-t-il, royal, en agitant son verre de cognac. Je n'accepterai aucun refus.

Il eût été délicat, en effet, de se désister dans ces circonstances, bien que M. Merryman et Tim en eussent visiblement très envie.

La « suite » s'avéra être un endroit tout à fait imposant. Il y avait un grand nombre de photos signées de la petite amie de Dale et de quelques célébrités, ainsi qu'une photo de Dale lui-même, s'inclinant devant le personnage le plus célèbre de tous. Il y avait une écritoire et un casier à disques en peau de porc. Il y avait aussi des cigarettes turques frappées d'un monogramme, cadeau d'un potentat, expliqua Dale avec une mélancolie juvénile, qui était un de ses fans les plus ardents. Les boissons furent servies presque aussitôt, en abondance. M. McAngus reçut un verre truqué, dont le contenu lui inonda le menton : il en fut moins amusé que le capitaine, les époux Cuddy et Mme Dillington-Blick, bien qu'il l'eût pris avec calme. Aubyn Dale s'excusa avec l'air d'un enfant que l'on vient de gronder et entreprit d'imiter de manière fort convaincante plusieurs de ses collègues, vedettes de la télévision. Ensuite, ils écoutèrent quatre disques, dont un enregistré par Dale lui-même le jour de la fête de l'Empire : il y expliquait comment être large d'esprit tout en restant britannique, en mettant l'accent sur le trait national qu'était la capacité de rire de soi-même.

— Nous en sommes tous fiers, on dirait, marmonna Tim hargneusement à l'adresse de Jemima.

Après le quatrième disque, la plupart des invités furent pris de somnolence tropicale. Miss Abbott s'excusa la première, et tout le monde, à l'exception du capitaine et de Mme Dillington-Blick, suivit son exemple. Jemima, qui avait attrapé un mal de tête dans la pièce surpeuplée, fut heureuse de se retrouver à l'air. Elle s'installa avec Tim à tribord, sous le hublot de M. McAngus. A cet endroit, le pont n'était éclairé que d'une veilleuse.

— Cinq minutes, pas plus, dit Jemima. Après, j'irai me coucher. J'ai la tête en accordéon.

— Avez-vous de l'aspirine ?

— Je n'ai pas le courage de la chercher.

— Je vais vous rapporter quelque chose. Ne bougez pas, d'accord ? fit Tim, constatant que la lumière du hublot de M. McAngus et celle de la veilleuse tombaient sur son siège.

Il pouvait entendre M. McAngus fredonner d'une voix de fausset tandis qu'il se préparait pour la nuit.

— Vous resterez là, n'est-ce pas ? demanda Tim.

— Où voulez-vous que j'aille ? Je n'ai pas du tout l'intention de grimper sur un mât ou de me promener en funambule sur les haubans. Ne pourrait-on pas éteindre cette lumière ? Pas pour créer une ambiance romantique, Tim, je vous assure, ajouta Jemima précipitamment. Il se trouve simplement que je la reçois en plein dans les yeux, c'est tout.

— L'interrupteur est de l'autre côté. Je l'éteindrai en revenant, dit Tim. J'en ai pour deux secondes, Jem.

Après son départ, Jemima s'allongea sur son transat et ferma les yeux, écoutant le bruit des machines, le clapotis de la mer et la voix bourdonnante de M. McAngus. Celle-ci se tut au bout de quelques instants, et, à travers ses paupières closes, Jemima sentit que la lumière avait baissé. « Il a éteint sa lampe, songea-t-elle, reconnaissante, et hissé sa pauvre vieille carcasse sur sa couche vertueuse. » Rouvrant les yeux, elle vit la veilleuse scintiller au-dessus de sa tête.

L'instant d'après, elle s'éteignit également.

« C'est Tim qui revient, pensa Jemima. Il a fait vite. »

A présent, elle se trouvait dans un noir presque complet. Une brise légère jouait dans ses cheveux. Bien qu'elle n'eût pas entendu de bruit de pas, elle sentit soudain une présence derrière elle.

— Tim ? fit-elle.

Deux mains se posèrent sur ses épaules. Elle poussa un petit cri.

— Arrêtez ! Vous m'avez fait sursauter.

Les mains frôlèrent son cou ; elle sentit qu'on tirait sur son collier, qui se tordit et se cassa. Elle agrippa les mains : ce n'étaient pas celles de Tim.

— *Non !* cria-t-elle. *Non ! Tim !*

Les pas s'éloignèrent en courant. Jemima s'extirpa de sa chaise et se précipita dans le tunnel sombre du pont couvert pour se retrouver dans les bras de quelqu'un.

— Tout va bien, dit Alleyn. C'est moi.

V

Tim Makepiece revint quelques secondes plus tard.

Alleyn tenait toujours Jemima dans ses bras. Elle grelottait, bégayait et se cramponnait à lui comme un enfant terrifié.

— Que diable... commença Tim.

Alleyn l'interrompit.

— Est-ce vous qui avez éteint la lumière sur le pont ?

— Non. Jem, chérie...

— N'avez-vous croisé personne ?

— Non. Jem... !

— Bon. Prenez le relais, voulez-vous ? Elle vous expliquera, quand elle aura repris ses esprits.

Il dénoua les bras de la jeune fille.

— On va prendre soin de vous. Voici votre conseiller médical.

Elle se précipita dans les bras de Tim, et Alleyn courut le long du pont.

Il ralluma les lumières et fit le tour, inspectant les passages et les escaliers, regardant derrière les piles de chaises longues pliées et dans tous les recoins. Très vite, il avait compris qu'il arrivait trop tard. Il ne trouva que le silence nocturne des ponts déserts. Sous prétexte d'avoir égaré son agenda avec son passeport et des lettres de créance, il ameuta tous les hommes, y compris M. Cuddy. Dale était toujours habillé et se trouvait dans son salon. Les autres étaient en pyjama et l'accueillirent avec des degrés divers de mauvaise humeur. Brièvement, il mit le père Jourdain au courant de l'incident et s'arrangea avec lui pour se rendre, en compagnie de Tim, chez le capitaine.

Puis il retourna vers la chaise longue de Jemima. Les perles de son collier étaient éparpillées sur le pont et sur le siège de toile. Alleyn les ramassa, se disant qu'*a priori*, il avait fait chou blanc. Mais finalement, il découvrit, accroché au dossier du transat, un fragment broyé et décoloré, qui, lorsqu'il l'approcha de la lumière, s'avéra amplement révélateur. C'était un morceau minuscule d'un pétale de fleur.

Et il dégageait encore une très faible senteur de jacinthe.

9

Jeudi 14

I

— Alors, questionna Alleyn, se penchant vers le capitaine Bannerman. Vous croyez maintenant que cet assassin se trouve à bord ?

Mais tout en le disant, il comprit que la bataille était perdue d'avance : son interlocuteur s'était mis une idée en tête une bonne fois pour toutes, et il n'était guère dans son caractère de reconnaître ses erreurs.

— A d'autres, répliqua le capitaine.

— Je suis atterré d'entendre cela de vous.

Le capitaine vida son verre et le reposa bruyamment sur la table. Il regarda tour à tour Alleyn et le père Jourdain, s'essuya la bouche du revers de sa main et déclara :

— Maintenant que vous vous êtes fourré ça dans le crâne, n'importe quelle broutille vous semble le confirmer. Or que s'est-il passé ? La petite Miss Jemima est assise toute seule dans un transat. Quelqu'un arrive et lui pose les mains sur les épaules. Une blague, quoi. Qu'y a-t-il d'anormal là-dedans ? Ma foi, je n'aurais rien contre...

Il se reprit et continua, le teint plus rubicond que jamais :

— Vous avez dit vous-mêmes qu'elle se faisait des idées, à cause de ces meurtres. Pas étonnant, vu que vous les ramenez sans cesse sur le tapis. Du coup, comme elle a été prise au dépourvu, elle s'est enfuie. Jusque-là, rien de plus normal. Et voilà que vous venez me chanter qu'elle a failli se faire assassiner. Mais avec moi, ça ne marche pas. Il y a quelqu'un qui doit conserver une once de bon sens sur ce bateau, et, ma parole, ce sera le commandant.

— Ce n'est pas seulement cet incident, dit le père Jourdain, c'est toute la série, ainsi qu'Alleyn nous l'a montré, plus que clairement. La carte d'embarquement dans la main de la jeune femme sur le quai. L'épisode de la poupée. Le fait qu'on ait entendu quelqu'un chanter. Le voyeur devant le hublot de Miss Carmichael. Et maintenant, ceci. Quel homme, sachant que nous sommes tous hantés par ces crimes, pourrait lui faire une farce pareille ?

— Et quel homme parmi vous pourrait l'assassiner... hein, je vous le demande ?

Tim, qui était demeuré assis, le visage entre les mains, leva les yeux.

— Même si vous ne croyez pas à cette possibilité, monsieur, fit-il, quel mal y aurait-il à prendre toutes les précautions nécessaires... ?

— Mais qu'avez-vous donc fait pendant tout ce temps, sinon prendre des précautions ? C'est ce que je me tue à vous répéter.

Il pointa son doigt boudiné en direction d'Alleyn.

— Ne les ai-je pas fait causer de leurs alibis parce que vous me l'avez demandé ? N'ai-je pas vérifié pour vous qui était redescendu à terre le soir où nous avons appareillé, même si mon propre matelot m'a pris pour un cinglé ? N'ai-je pas laissé entendre qu'il y avait un type infréquentable dans mon équipage, ce qui n'est pas le cas, tout ça pour obliger les dames à verrouiller leurs portes ? Nom d'un chien, qu'aurais-je pu faire de plus ? Hein, dites-le-moi ?

— Vous pourriez, par exemple, répondit Alleyn instantanément, vous arranger pour que personne ne se promène la nuit sur les ponts déserts en robe espagnole.

— Je vous le répète, je ne veux pas porter atteinte aux droits individuels sur mon bateau.

— Me permettez-vous de vous dire quelque chose à ce sujet, de façon officieuse ?

— Non.

— Accepteriez-vous de faire tomber le masque ? De révéler à tout le monde qui je suis, et pourquoi je suis là ? Il n'y aurait pas d'arrestation, bien sûr, dit Alleyn, mais compte tenu de la menace qui, à mon avis, pèse sur ce bateau, je suis prêt à me reconnaître vaincu. Le feriez-vous ?

— Non.

— Vous n'ignorez pas que demain est la date à laquelle, selon les spécialistes, cet homme pourrait à nouveau passer à l'acte ?

— Il n'est pas sur mon bateau.

— ... et que Miss Carmichael, intervint le père Jourdain, fera naturellement part de ses craintes à ses compagnes ?

— Non, fit Tim.

— Non ?

— Non, dit Alleyn. Elle ne parlera pas, car elle se rend compte que cela pourrait déclencher la panique. C'est une enfant courageuse.

— Elle a subi un choc, déclara Tim, courroucé, s'adressant au capitaine. Un choc qui pourrait avoir des conséquences extrêmement graves. Je ne permettrai pas...

— Vous serez gentil de vous rappeler, docteur Makepiece, que vous faites partie de mon équipage.

— Certainement, monsieur.

Le capitaine regarda hargneusement autour de lui, lâcha une exclamation irritée et rugit :

— Nom de nom, vous n'avez qu'à lui dire de rester au lit toute la journée, et le lendemain aussi. Elle a subi un choc ? Très bien. Cela en fait une de moins. Où est-elle maintenant ?

— Je lui ai donné un Nembutal. Elle dort. Sa porte est verrouillée, et c'est moi qui ai la clé.

— Eh bien, gardez-la, et qu'elle reste chez elle. Le steward lui apportera ses repas. A moins que vous ne le soupçonniez d'être votre maniaque sexuel, fit le capitaine avec un rire rageur.

— Pas dans le sens où vous l'entendez, rétorqua Alleyn.

— En voilà assez ! hurla le capitaine.

— Où est Mme Dillington-Blick ? s'enquit le père Jourdain d'un ton las.

— Au lit, répondit le capitaine, ajoutant précipitamment : Nous avons quitté la « suite » de Dale en même temps, et je l'ai raccompagnée à sa cabine.

— Elles ferment toutes leurs portes, n'est-ce pas ?

— Elle, en tout cas, oui, bougonna le capitaine.

Le père Jourdain se leva.

— Si vous voulez bien m'excuser. Il est tard déjà. Minuit passé.

— Oui.

Alleyn se leva à son tour.

— Nous sommes le 14 février. Bonne nuit, capitaine.

Il s'entretint brièvement avec le père Jourdain et Tim. Ce dernier était fou de rage.

— Espèce de vieil âne bâté, fulminait-il. Avez-vous déjà vu un vieil âne pareil ?

— Bon, bon, ça va, répliqua Alleyn. Nous continuerons à nous débrouiller par nos propres moyens. A propos, l'idée de garder Miss Carmichael au lit pendant vingt-quatre heures n'est pas si mauvaise.

Tim répondit, souverain, qu'il y réfléchirait. Le père Jourdain demanda ce qu'ils pouvaient faire, concernant les autres femmes. Ne pouvaient-ils pas souligner que, compte tenu de la mésaventure de Jemima, les dames devaient prendre garde de ne pas se promener le soir sur le pont sans escorte ?

— Nous l'avons déjà dit, répondit Alleyn. Mais imaginez un instant que l'une d'elles tombe sur le mauvais compagnon.

— C'est extraordinaire, vous savez, remarqua le père Jourdain après un silence, mais je n'arrive pas à me faire à l'idée qu'il s'agit de l'un d'entre nous. Je commençais presque à croire au mythe du matelot interlope.

— Ne serait-ce pas une bonne idée si vous proposiez une partie de bridge ou de canasta ? Mme Dillington-Blick joue aux deux, n'est-ce pas ? Invitez Mme Cuddy et Miss Abbott à se joindre à vous. Et si Dale et les autres hommes veulent jouer, faites deux tables. Quant à Makepiece, il veillera sur Miss Carmichael.

— Et vous, qu'allez-vous faire ? demanda Tim.

— Moi ? Regarder. Evidemment, il se peut qu'ils refusent de jouer. Dans ce cas, il faudra recourir à notre ingéniosité et improviser, par la grâce de Dieu. En attendant, j'imagine que vous désirez aller vous coucher.

— Vous aussi, certainement, fit le père Jourdain.

— Oh, moi, je suis un hibou de nature, répondit Alleyn. Allez, à demain matin. Bonne nuit.

Son entraînement l'avait en effet habitué à passer des nuits blanches, et il envisageait celle qui l'attendait à présent avec sérénité. Il alla se changer et, vêtu d'un pantalon de toile, d'une chemise sombre et d'une paire d'espadrilles, entreprit de faire le tour des lieux. Le salon désert, tout d'abord. Le premier pont ensuite et la petite terrasse avec ses deux chaises longues vides. Il contourna l'écoutille et se dirigea vers les cabines, séparées par deux couloirs couverts.

Les hublots étaient tous ouverts. Il s'arrêta devant chacun d'entre eux, l'oreille aux aguets. Le premier, à tribord et face à la poupe, était celui de M. Merryman. Sa cabine semblait être plongée dans l'obscurité, mais au bout de quelques minutes, Alleyn distingua un minuscule point bleu qui scintillait à l'intérieur. C'était la petite veilleuse, juste au-dessus du lit. Alleyn put même entrevoir la tête ébouriffée de M. Merryman sur l'oreiller. Ensuite, il y avait la porte qui donnait sur le couloir, et plus loin, toujours à tribord, la cabine de M. McAngus, qu'on entendait siffler dans son sommeil. Dans la cabine attenante, les époux Cuddy ronflaient à contretemps. Alleyn tourna à gauche et parcourut l'autre côté du bloc, passant devant la cabine noire et silencieuse de Miss Abbott, puis devant celle du père Jourdain. Il y avait de la lumière chez ce dernier et, comme les rideaux n'étaient pas tirés, Alleyn décida d'aller lui dire deux mots.

Il regarda à l'intérieur. A genoux devant un crucifix, le père Jourdain pressait ses mains jointes contre sa bouche. Alleyn se détourna et prit la direction de la « suite ». Le salon de Dale était toujours éclairé. Alleyn se posta en biais devant l'un des hublots. Le rideau se souleva, et il aperçut brièvement Dale dans un pyjama moiré, un verre à la main. Il retourna à gauche après le hublot de Jemima avec ses rideaux soigneusement fermés, et arriva devant la cabine de Mme Dillington-Blick. Là aussi, il y avait encore de la lumière. Alleyn s'immobilisa, le dos à la cloison. Puis il perçut un bruit de tapotement rythmique et une légère senteur parfumée. « Elle est en train de se masser le cou », pensa-t-il.

Il reprit son chemin, passa devant le salon obscur et revint vers la cabine de M. Merryman. Il avait terminé sa ronde.

Après cela, il se dirigea vers un escalier métallique qui menait sur le faux-pont. Alleyn descendit et, une fois en bas, attendit quelques instants à l'abri de la dunette. Sur sa gauche, il y avait la porte que la robe espagnole avait empruntée le vendredi soir. Elle donnait sur un couloir étroit et les quartiers du premier steward. Alleyn savait que s'il quittait son refuge, le maître d'équipage, qui était de quart là-haut, sur la passerelle, allait l'apercevoir. Il s'avança. Son ombre d'un noir d'encre tomba sur le pont et sur le panneau de l'écoutille.

Deux coups sonnèrent sur la dunette. Alleyn regarda descendre le matelot qui venait de piquer la cloche et traversa le pont dans sa direction.

— Bonsoir.

— Bonsoir, monsieur, répondit l'homme, l'air surpris.

— J'avais envie d'aller prendre l'air du côté de la proue, dit Alleyn.

— Pour sûr, monsieur, il fait plus frais ici.

L'homme passa devant lui et disparut dans l'ombre. Alleyn grimpa sur la dunette et regarda devant lui. L'espace de quelques instants, il se trouva seul face à la nuit. Au-dessous de lui, les eaux phosphorescentes s'écartaient devant le nez du navire. « Il n'y a rien de plus solitaire, songea-t-il, qu'un bateau en pleine mer. » Se retournant, il le regarda, vibrant, animé de son existence propre. En haut, sur la passerelle, il vit le maître d'équipage. Il le salua d'un grand geste, et, quelques secondes plus tard, l'officier lui rendit son salut, légèrement, un brin ironiquement peut-être.

Alleyn redescendit sur le pont. Tandis qu'il était encore sur l'échelle, la porte du dessous, qui menait chez les matelots logés sous la dunette, s'ouvrit. Un homme en sortit, pieds nus et vêtu seulement d'un pantalon de pyjama. Puis il sentit qu'on l'observait et s'arrêta net.

C'était Dennis. A la vue d'Alleyn, il voulut faire demi-tour.

— Vous êtes un couche-tard, steward, dit Alleyn.

— Oh, c'est *vous*, monsieur Broderick. Vous m'avez fait peur. C'est vrai, j'ai joué au poker avec les autres gars, expliqua Dennis. C'est drôle de vous voir là, monsieur, au milieu de la nuit.

Alleyn posa le pied sur le pont.

— Je n'arrive pas à dormir, fit-il. Ce doit être la chaleur.

— Je sais, gloussa Dennis. C'est une catastrophe !

Il s'écarta légèrement.

— Comment c'est, chez vous ? demanda Alleyn. Où logez-vous ?

— Dans la cambuse, monsieur. Là, en bas. C'est l'horreur.

— Tout de même, j'ai l'impression qu'on est mieux à l'intérieur.

Dennis ne dit rien.

— Il faut faire attention à ce qu'on porte sous les tropiques. Surtout la nuit.

Dennis contempla son torse dodu avec un petit sourire satisfait.

Alleyn attendit un peu avant de déclarer :

— Bon, eh bien, je vais suivre mon propre conseil et retourner me coucher. Bonne nuit à vous.

— Bonne fin de matinée, monsieur, répliqua Dennis effrontément.

Alleyn remonta sur le premier pont. Une fois en haut, il regarda en arrière. Dennis n'avait pas bougé. L'instant d'après, il fit demi-tour et rentra sous la dunette.

A plusieurs reprises. Alleyn refit sa ronde, mais il ne rencontra personne. A l'aube, il alla se coucher et dormit jusqu'à ce que Dennis, pâle, luisant et silencieux, lui apportât son thé.

II

Le jour suivant fut le plus chaud de la traversée. Pour commencer, Alleyn avait reçu un rapport codé de la part de l'inspecteur Fox, toujours absorbé dans la laborieuse besogne de la vérification des alibis. Mais à part les confirmations de routine de l'aventure appendiculaire de M. McAngus et du séjour en Amérique d'Aubyn Dale, il n'y avait rien de nouveau. Le Yard, précisait Fox, attendait les instructions. Autrement dit, pensa Alleyn avec une aigreur injustifiée, si jamais il arrêtait son homme avant Le Cap, on allait lui envoyer quelqu'un avec une paire de menottes disponible. Sur ce, il s'en fut, maussade, surveiller les autres passagers.

Tout le monde était réuni sur le pont. Jemima, qui était toujours assez pâle, avait refusé tout net de rester au lit et passait sa journée au bord de la piscine, où l'on avait dressé un auvent et installé des transats. De temps en temps, Tim et deux ou trois de leurs compagnons la rejoignaient dans l'eau. Seuls Miss Abbott, M. McAngus et Mme Cuddy s'abstinrent de la baignade ; mais ils étaient là aussi et regardaient les autres, assis sous la toile de tente.

A midi, Mme Dillington-Blick fit son apparition, plus spectaculaire que jamais. Elle portait une sorte de déshabillé qu'Aubyn Dale, qui l'escortait, avait qualifié d'un « frisson de frivolité ». Sous cet amas de falbalas et de rubans noirs, Mme Dillington-Blick était encastrée dans son maillot de bain Jolyon, que la publicité conseillait aux femmes « à l'allure de reine ». Aux pieds, elle avait des sandales à hauts talons ; et Aubyn Dale, qui portait sa serviette et son ombrelle, dut l'aider à descendre l'échelle. A ce moment précis, il n'y avait dans l'eau que Tim, Jemima, Alleyn et M. Cuddy. Les autres passagers, rassemblés sous l'auvent, purent donc servir de public à Mme Dillington-Blick. Celle-ci rit beaucoup, tout en esquissant des petites moues sceptiques.

— Non, mais regardez-moi ! disait-elle.

— Vous savez, glissa Jemima à Tim, je l'admire *vraiment*. Je trouve cela remarquable, d'arriver à tirer ainsi parti de son gabarit.

— C'est fascinant, opina Tim. Regardez ! Elle reste là comme une statue en attendant qu'on la dénude.

Ce fut Dale qui accomplit cette cérémonie. Perché sur le bord de la piscine, près des marches qui y menaient, Alleyn guettait la réaction de ses compagnons. Il serait inexact de dire qu'il y eut des cris d'admiration quand Mme Dillington-Blick fut débarrassée de son peignoir. En réalité, les passagers semblèrent tomber en transe. M. Cuddy, qui était en train de barboter dans l'eau, agrippa le bord de la piscine, ricanant abominablement à travers sa frange mouillée. M. Merryman, affublé d'un maillot et d'une sortie de bain aussi démodés l'un que l'autre, et dont les cheveux humides frisottaient comme ceux d'un bébé, contempla la vision par-dessus ses lunettes, aussi éberlué que M. Pickwick dans le lit à baldaquin de la Vieille Demoiselle. M. McAngus, qui s'était assoupi, ouvrit simultanément les yeux et la bouche, virant au rouge pivoine. En haut, le capitaine resta cloué à sa passerelle. Deux matelots, qui s'affairaient autour d'un bidon de minium, s'immobilisèrent quelques instants, puis se remirent gauchement au travail en rapprochant leurs têtes.

Mme Cuddy chercha vainement à croiser le regard de quelqu'un, et, ayant échoué, dévisagea avec ahurissement son époux enamouré.

Miss Abbott leva les yeux de la lettre qu'elle était en train d'écrire, cligna deux fois des paupières et revint à son occupation.

Le père Jourdain, plongé dans la lecture, esquissa un geste de sa main droite. Quelle absurdité, se dit Alleyn, de supposer que le père Jourdain avait failli céder à l'impulsion de faire un signe de croix.

Jemima rompit le silence en s'écriant :

— Superbe ! Venez : l'eau est divinement bonne.

Mme Dillington-Blick mit un bonnet de bain, ôta ses sandales et escalada avec précaution l'échelle qui conduisait au bord de la piscine. Evitant de regarder M. Cuddy, elle tendit les bras à Alleyn.

— Entraînez-moi, l'invita-t-elle d'un air enjôleur.

L'instant d'après, elle perdit l'équilibre et tomba comme une masse dans la piscine. Celle-ci déborda. Alleyn, M. Cuddy, Tim et Jemima furent ballottés en tous sens. Aubyn Dale se retrouva trempé de la tête aux pieds. Mme Dillington-Blick émergea, étourdie et haletante, cherchant à tâtons la prise la plus proche.

— Ruby ! cria anxieusement Aubyn Dale, épongeant l'eau salée de son visage. Mais que vous est-il arrivé ?

Pour la première fois depuis le début du voyage, M. Merryman rit à gorge déployée.

Ensuite, les événements prirent une tournure tragicomique. Tandis que Mme Dillington-Blick se laissait flotter dans un coin, cramponnée au rebord, M. Cuddy s'approcha subrepticement à la nage et, d'un geste brusque, l'attira sous l'eau. Après quelques instants de lutte, Mme Dillington-Blick refit surface, furieuse et à demi suffoquée. Son visage était maculé de mascara, son nez coulait et son bonnet était de travers. Elle offrait un spectacle lamentable. Alleyn l'aida à gravir les marches submergées. Aubyn Dale la récupéra de l'autre côté et la fit descendre sur le pont.

— Horrible individu ! pantela-t-elle. Horrible individu !

M. McAngus s'était également précipité vers elle, tandis que M. Cuddy ricanait, accroché au bord de la piscine.

Il y eut alors une scène ridicule et plutôt inquiétante.

— Vous êtes un goujat, monsieur, glapit M. McAngus d'une voix suraiguë, secouant son poing sous le nez de M. Cuddy.

— Franchement, Cuddy ! fit Dale, plein de dignité et de juste indignation. Vous avez une conception très particulière de l'humour.

M. Cuddy cligna des yeux, un rictus figé aux lèvres.

— Chéri ! Tu t'oublies, dit Mme Cuddy, anxieuse, de sa chaise longue.

— Un macaque, voilà ce que vous êtes, monsieur ! ajouta M. McAngus.

D'un même mouvement, lui et Dale passèrent un bras autour de Mme Dillington-Blick.

— Je m'occuperai d'elle, fit Dale sèchement.

— Permettez-moi de vous aider, dit M. McAngus. Venez vous asseoir.

— Laissez-la tranquille. Ruby, chérie...

— Fichez-moi la paix, tous les deux, lança Mme Dillington-Blick.

Elle s'empara de son peignoir et s'en fut, parangon de féminité outragée.

M. Merryman riait toujours. Les autres gentlemen se séparèrent, et M. Cuddy continua à nager seul dans la piscine.

Ce fut le seul incident notable au cours de cette journée de torpeur. Après le déjeuner, tous les passagers se retirèrent dans leurs cabines respectives, et Alleyn en profita pour s'accorder deux heures de sommeil. Il se réveilla, ainsi qu'il l'avait programmé, à 4 heures et alla prendre le thé. Tout le monde était hébété et peu loquace. Dale, M. McAngus et M. Cuddy avaient, de toute évidence, enterré la hache de guerre, le séjour de M. Merryman au bord de la piscine semblait avoir aggravé les effets de son coup de soleil. Il paraissait fébrile, anxieux et dépourvu d'énergie, même pour se disputer avec quelqu'un. S'approchant de lui, Jemima s'agenouilla de manière charmante près de son siège et le supplia de lui permettre d'aller chercher Tim pour qu'il lui prescrivît quelque chose.

— Prenez au moins de l'aspirine, fit-elle. Je vais vous en chercher. Vous voulez bien ?

Elle posa sa main sur la sienne, mais M. Merryman s'empressa de se dégager.

— J'ai dû attraper une légère infection, dit-il en guise d'explication. Mais merci tout de même, mon petit.

— Vous êtes tout chaud.

Elle partit et revint avec de l'aspirine et de l'eau. Il consentit à prendre trois cachets et déclara qu'il allait s'étendre quelques instants. Quand il sortit, tout le monde remarqua qu'il grelottait.

— En tout cas, j'espère que ce n'est pas contagieux, fit M. Cuddy.

— Si ça l'est, répondit Mme Cuddy, ce n'est pas très correct de rester là, avec les autres. Comment te sens-tu, chéri ?

— Bien, merci, chérie. Mes petits ennuis se sont bien résolus, annonça M. Cuddy à la cantonade. Je me sens frais comme un gardon. En fait, j'aime bien la chaleur : je trouve ça assez fascinant, les tropiques.

On ne pouvait guère en dire autant de sa propre personne. Sa chemise était maculée de vilaines auréoles, il avait de l'urticaire à l'intérieur des genoux, et ses énormes mains laissaient des traces humides sur tout ce qu'il touchait.

— Je transpire très facilement, déclara-t-il avec fierté. C'est un signe de bonne santé, paraît-il.

Un silence atterré accueillit cet aveu, M. McAngus le rompit le premier.

— Vous avez vu ? demanda-t-il, tournant le dos à M. Cuddy. Il y aura un film ce soir. Ils viennent de l'afficher. Sur le pont des embarcations.

Cette annonce suscita une vague d'intérêt alangui.

— Autant pour notre partie de canasta, marmonna le père Jourdain à l'intention d'Alleyn.

— Formidable ! dit Mme Dillington-Blick. Où va-t-on nous installer ?

— A *mon* avis, répondit M. McAngus d'une voix flûtée, sautillant aussitôt vers elle, sur le pont, dans des chaises longues. C'est une excellente idée. Vous serez merveilleuse, étendue dans votre transat, ajouta-t-il avec son petit rire timide. Comme Cléopâtre sur son radeau, avec tous ses esclaves autour d'elle. Ce sera complètement païen.

— Mon cher !

— Et de quel film s'agit-il ? s'enquit Dale.

— *Othello*. Avec cet énorme acteur américain.

— Oh, mon Dieu !

— C'est M. Merryman qui va être content, dit Jemima. Sa pièce préférée. Si le film lui plaît, bien sûr.

— Moi, je trouve qu'il ne devrait pas venir, objecta sur-le-champ Mme Cuddy. Il faut qu'il pense un peu aux autres.

— Ce sera en plein air, rétorqua Miss Abbott, et vous n'êtes certainement pas obligée de vous asseoir à côté de M. Merryman.

Mme Cuddy adressa un sourire significatif à son mari.

— Ça va être passionnant ! déclara Jemima. Orson Welles et tout ! Je suis ravie.

— Nous, nous aurions préféré une bonne comédie musicale, dit Mme Cuddy. C'est vrai que nous ne sommes pas très intellectuels, n'est-ce pas, chéri ?

M. Cuddy ne répondit pas. Il était occupé à contempler Mme Dillington-Blick.

III

La remarquable version cinématographique d'*Othello* battait son plein. De temps à autre, on entendait M. Merryman appeler doucement le châtiment divin sur la tête de M. Orson Welles.

Au premier rang, le capitaine Bannerman soupirait mélancoliquement. Le menton de Mme Dillington-Blick tremblait ; quant à Dale, il marmonnait périodiquement :

— Oh, non !

Alleyn, sidéré par le film, ne pouvait lui accorder qu'une parcelle de son attention.

Derrière le capitaine et ses compagnons se trouvaient les autres passagers. Un groupe d'officiers se tenait sur un côté, tandis que Dennis et ses collègues stewards étaient massés à l'arrière.

La mer était parfaitement calme ; les étoiles brillaient d'un éclat irréel. Suspension incongrue animée d'une vie propre, l'écran projetait lumière et mouvement dans l'obscurité environnante.

— *Eteignons d'abord cette lumière... et puis éteignons celle-ci. Si je souffle sur toi, ministre de flamme, je puis ressusciter ta clarté première, pour peu que je me ravise...*

Jemima retint sa respiration, et Tim s'empara de sa main. Une seule pensée, une impulsion commune les animaient : c'était bien ainsi, ensemble, qu'ils devaient écouter cette musique.

— ... *Je ne sais pas où est le feu prométhéen qui pourra la rallumer.*

— « Feu prométhéen », murmura le père Jourdain, appréciateur.

Le finale résonna : le traitement qu'on lui avait fait subir n'avait pas réussi à le noyer. Un visage énorme envahit l'écran.

— *Tuez-moi demain ! Laissez-moi vivre cette nuit...*

... Rien qu'une demi-heure !

A l'exécution, pas de sursis !

Rien que le temps de dire une prière !

Il est trop tard.

Un chiffon blanc se referma sur le visage de Desdémone comme un linceul et se tendit horriblement.

L'écran disparut. Au point culminant, Othello et Desdémone s'évanouirent, et le public demeura dans l'obscurité. Les pulsations des machines se firent entendre à nouveau, et la voix de l'ingénieur en chef déclara qu'un fusible avait sauté quelque part. On craqua des allumettes. Un groupe d'hommes se forma autour du projecteur. Alleyn sortit sa lampe de poche, quitta son siège en bout de rangée et fit lentement le tour de la salle de spectacle improvisée. Aucun des passagers n'avait bougé, mais il y eut beaucoup de va-et-vient parmi les stewards dont certains, y compris Dennis, étaient déjà partis.

— Il n'y a plus de courant, dit une voix près du projecteur.

Et une autre ajouta :

— Voilà toute l'affaire. Tenez-moi ça.

Une silhouette se détacha du groupe et s'éloigna à la hâte.

— *Eteignons cette lumière, et puis éteignons celle-ci*, cita un jeune officier moqueusement.

Il y eut quelques rires. Assise au milieu du troisième rang, Mme Cuddy gloussa :

— Il l'étouffe, hein, chéri ? Toujours la même chose ! Décidément, ça nous poursuit.

— Oh, pour l'amour du ciel ! fit Miss Abbott furieusement.

Alleyn avait fini de faire le tour. Debout au dernier rang, il observait les dossiers des transats des passagers, qu'on distinguait clairement, à présent. Juste devant lui, il y avait Tim et Jemima, main dans la main, penchés légèrement l'un vers l'autre.

— Je ne veux pas le démolir tout de suite, disait Jemima. Il reste quand même le texte.

Une silhouette se leva au milieu du rang. C'était M. Merryman.

— Je m'en vais, annonça-t-il.

— Ça va, monsieur Merryman ? demanda Jemima.

— J'ai mal au cœur, rétorqua ce dernier, mais pas pour la raison que vous croyez. J'en ai eu plus qu'assez. Je vous prie de m'excuser.

Il passa précautionneusement devant eux, puis devant le père Jourdain, contourna la rangée et se retrouva ainsi à côté d'Alleyn.

— Vous avez eu votre dose ? demanda Alleyn.

— Amplement, je vous remercie.

Il se percha sur un rebord, le dos ostensiblement tourné à l'écran invisible. Il respirait avec difficulté, et sa main, qui avait frôlé celle d'Alleyn, était sèche et chaude.

— Vous ne devez pas être entièrement remis de votre mésaventure, observa Alleyn. Pourquoi ne rentrez-vous pas ?

Mais M. Merryman se montra inflexible.

— Je n'ai pas l'habitude de me soumettre à la tyrannie d'une indisposition. Contrairement à notre ami écossais, je ne me laisse pas aller aux spéculations hypocondriaques. Je les combats. En outre, ajouta-t-il, où fuir dans ces ténèbres ? Non, *j'y suis, j'y reste*[1].

Et il resta, en effet. Le fusible fut réparé ; le film tirait à sa fin. Un chœur anonyme rugit ses lamentations, clôturant la pièce. La lumière se ralluma, et les passagers se levèrent pour passer au salon. Seul M. Merryman demeura dehors, assis sur un transat près des portes ouvertes et refusant d'aller souper.

Cette petite réunion devait rester gravée avec clarté dans la mémoire d'Alleyn et de tous ses compagnons. Mme Dillington-Blick avait retrouvé sa forme et était étourdissante, comme toujours. Vêtue de dentelle noire, bien que ce ne fût pas sa robe espagnole, et auréolée d'un halo de parfum coûteux, qui avait acquis force de

1. En français dans le texte. (*N.d.T.*)

signature, elle était entourée de sa cour habituelle. Elle parlait du film : celui-ci, déclara-t-elle, l'avait *vraiment* bouleversée.

— Cet homme redoutable, mon cher ! C'est terrifiant ! Mais quand même... il y a quelque chose. On comprend très bien pourquoi elle l'a épousé.

— J'ai trouvé cela dégoûtant, dit Mme Cuddy. Un Noir ! Tout ce qui lui est arrivé, elle l'a mérité.

Mme Dillington-Blick éclata de rire. Son regard, remarqua Alleyn, croisait sans cesse celui d'Aubyn Dale, puis tous deux s'empressaient de détourner les yeux. Ni M. Cuddy ni M. McAngus ne pouvaient s'arracher à sa contemplation. Le capitaine ne la lâchait pas d'une semelle ; même Miss Abbott l'observait avec une sorte d'appréciation bourrue. Mme Cuddy, elle, dardait fixement sur elle son œil torve. Seuls Tim et Jemima, absorbés par leur exploration commune de la carte du Tendre, ne prêtaient guère attention à Mme Dillington-Blick.

Finalement, elle bâilla : et même cela, elle réussit à le faire de manière tout à fait charmante.

— Je vais aller retrouver mon petit lit, annonça-t-elle.

— Vous ne voulez pas faire un tour sur le pont ? demanda le capitaine.

— Honnêtement, non.

— Ou aller fumer une cigarette sur la terrasse ? suggéra Dale d'une voix forte.

— Peut-être.

Elle rit et se dirigea vers les portes ouvertes. M. Merryman s'extirpa de sa chaise longue. Elle lui souhaita une bonne nuit et, regardant en arrière, gratifia M. McAngus d'un sourire intime et éblouissant.

— Bonne nuit, répéta-t-elle doucement, sortant sur le pont désert.

Le père Jourdain retint son souffle.

— Bien, marmonna Alleyn. Je vous laisse vous occuper du reste.

Tim jeta un coup d'œil à Alleyn et hocha la tête. Le capitaine, qui avait été accaparé par M. McAngus, avait du mal à tenir en place. Jemima était en train de parler avec M. Merryman qui se souleva, s'inclina devant elle dans un salut suranné, et retomba avec difficulté sur son transat. Aubyn Dale était en train de boire, et M. Cuddy s'était retrouvé entre les griffes de son épouse, qui s'empressa de l'emmener.

— Bonne nuit, tout le monde, dit Alleyn.

Il suivit les Cuddy dans le couloir, tourna à gauche et sortit sur le pont par la porte à bâbord. Il eut tout juste le temps de voir Mme Dillington-Blick disparaître à l'angle de la salle des machines. Avant qu'il ne la rattrapât, elle revint sur ses pas, fit une halte en l'apercevant, puis s'avança gaiement vers lui.

— Rien qu'une bouffée d'air frais, fit-elle, hors d'haleine.

Elle glissa son bras sous le sien et s'appuya délibérément contre lui.

— Aidez-moi à descendre cette horrible échelle, voulez-vous ? J'aimerais aller en bas.

Il jeta un coup d'œil en arrière. Tout le monde était là, dans le salon éclairé, comme sur une scène éloignée.

— Pourquoi en bas ?

— Je ne sais pas. Un caprice.

Elle pouffa de rire.

— Pour commencer, personne ne m'y trouvera.

L'échelle en question était tout près d'eux. Elle l'y entraîna, se tourna et lui tendit les mains.

— Je vais descendre à l'envers. Vous n'avez qu'à me suivre.

Il dut obtempérer. Une fois en bas, elle lui prit à nouveau le bras.

— Allons voir s'il y a des feux Saint-Elme cette nuit.

Elle regarda par-dessus le bastingage, sans lâcher son compagnon.

— Savez-vous que vous êtes beaucoup trop dangereuse pour moi ? dit Alleyn.

— Vous le pensez vraiment ?

— Bien sûr. Vous et moi, c'est le jour et la nuit. Je suis un type ennuyeux, vous savez.

— Moi, je ne le trouve pas.

— C'est adorable de votre part, répliqua Alleyn. Il faudra que je le dise à ma femme. Ça va l'édifier.

— Est-elle très jolie ?

Tout à coup, à la place des charmes veloutés, plantureux et bichonnés qui s'épanouissaient devant lui, Alleyn vit clairement la tête de sa femme avec ses contours nets, son ossature délicate et ses cheveux courts en désordre.

— Il va falloir que je vous laisse, malheureusement, fit-il. J'ai du travail.

— Du travail ? Mais quel genre de travail, bonté gracieuse ?

— Du courrier d'affaires. Des rapports.

— Je ne vous crois pas. En pleine mer !

— C'est pourtant vrai.

— Regardez ! Les feux Saint-Elme !

— Et je ne vous conseille pas de rester là toute seule. Venez, je vous raccompagne à votre cabine.

Il posa sa main sur la sienne.

— Venez, répéta-t-il.

Elle le dévisagea, les lèvres entrouvertes.

— Très bien, acquiesça-t-elle subitement. Allons-y.

Ils revinrent par l'escalier intérieur, et il l'escorta jusqu'à sa porte.

— Vous êtes gentil, souffla-t-elle.

— N'oubliez pas de fermer votre porte à clé.

— Oh, pour l'amour de Dieu !

Mme Dillington-Blick pénétra dans sa cabine. Alleyn l'entendit pousser le verrou. Puis il retourna précipitamment au salon.

Seuls le père Jourdain, Tim et le capitaine Bannerman s'y trouvaient. Miss Abbott entra par les portes vitrées en même temps qu'Alleyn. Furtivement, Tim fit signe que tout allait bien, et le père Jourdain observa :

— Tout le monde s'est couché de bonne heure, ce soir.

— Pas de si bonne heure que cela, grommela le capitaine, jetant un regard hostile sur Miss Abbott.

Elle s'immobilisa au milieu de la pièce, les yeux baissés, semblant se demander à quel point sa présence était indésirable.

— Bonne nuit, grogna-t-elle en faisant demi-tour.

Le père Jourdain la suivit dehors.

— A propos, l'entendit dire Alleyn, j'ai trouvé le mot qui manquait dans la grille Ximenes. C'est « holocauste ».

— Remarquable ! répondit-elle. Voilà qui va nous être utile.

— Certainement. Bonne nuit.

— Bonne nuit.

Le père Jourdain retourna au salon.

— Bien à l'abri, fit-il, souriant à Alleyn.

— Où sont les autres ? demanda celui-ci sur un ton incisif.

— Tout va bien, répliqua Tim. Les femmes sont toutes dans leurs cabines : si tant est que vous puissiez répondre de la D.-B.

— Et les hommes ?

— Est-ce important ? Cuddy est parti avec sa femme, et McAngus, tout seul, en tout bien tout honneur. Merryman s'est éclipsé quelque temps après.

— Et Dale ?

— Il est parti après les Cuddy, répondit Tim.

— Il me semble, remarqua le père Jourdain, que quelqu'un a dû sortir sur le pont.

— Pourquoi ?

— Parce que j'ai eu l'impression d'entendre quelqu'un chanter.

Sa voix mourut, et la couleur déserta son visage.

— Mais cela ne signifie rien ! s'exclama-t-il. Nous n'allons pas paniquer chaque fois que quelqu'un se met à chanter.

— Moi, si, rétorqua Alleyn sombrement.

— Alors que les femmes sont dans leurs cabines ? Pourquoi ?

— On se le demande ! railla le capitaine. Parce que M. Ah-leen a une idée fixe. Voilà pourquoi !

— Que vous a raconté McAngus ? s'enquit Alleyn.

Le capitaine lui lança un regard noir.

— Il s'imagine qu'on a touché à ses jacinthes.

— Touché ?

— Qu'on lui en a chapardé.

— Nom d'un chien !

Alleyn fut sur le point de sortir, quand un bruit de course l'arrêta.

Cela venait de l'extérieur, en même temps que le son d'une respiration haletante. Pendant quelques instants, le carré lumineux projeté par l'éclairage du salon resta vide. Puis une étrange silhouette y surgit, à moitié nue, mouillée, pantelante, monstrueuse.

C'était Cuddy. En apercevant Alleyn, il s'immobilisa. Un horrible rictus lui barrait le visage. L'eau coulait de ses cheveux dans sa bouche ouverte.

— Eh bien ? questionna Alleyn. Que se passe-t-il ?

Cuddy gesticula absurdement. Son bras tremblait comme une feuille.

— Qu'y a-t-il ? Allez, parlez ! Vite !

Cuddy bascula en avant. Ses mains humides se refermèrent comme des moules sur les bras d'Alleyn.

— Mme Dillington-Blick, bégaya-t-il, les mots s'échappant en même temps que l'eau de sa bouche.

Il hocha la tête à plusieurs reprises, se rapprocha d'Alleyn, puis, se renversant en arrière, éclata d'un rire hystérique.

— La terrasse ?

— De quoi diable parlez-vous ? hurla le capitaine.

Pour toute réponse, Cuddy hocha inlassablement la tête.

— Voulez-vous venir avec moi, capitaine ? dit Alleyn. Et vous aussi, docteur Makepiece.

Il repoussa les bras mouillés de Cuddy et sortit sur le pont, les deux hommes sur ses talons.

Mais à peine avaient-ils parcouru quelques mètres qu'un nouveau vacarme éclata derrière eux. Au rire de Cuddy succédèrent des cris aigus.

— Docteur Makepiece ! cria le père Jourdain. Revenez !

Il y eut un bruit de choc mou, puis le silence.

— Attendez, fit le capitaine. Il s'est évanoui.

— Qu'il s'évanouisse.

— Mais...

— Ça va. *Ça va.*

Il longea le pont à grandes enjambées. Il y avait un interrupteur à côté de la petite terrasse. Alleyn appuya dessus.

La robe espagnole tombait en cascades mousseuses de chaque côté de la chaise longue, dans laquelle gisait langoureusement une silhouette. Ses mains gantées frôlaient le plancher. Sa tête était tordue d'une manière invraisemblable par-dessus son épaule gauche. Le visage était partiellement recouvert par la mantille, qu'on avait abaissée à la façon d'un rideau. La partie exposée était livide et parsemée de taches de la couleur du grain de beauté au coin de la bouche. La langue pendait, la gorge replète était déjà décolorée. Les perles provenant d'un collier cassé étaient éparpillées sur le décolleté dans lequel on avait planté une jacinthe blanche.

— Bien, fit Alleyn sans se retourner. Il est trop tard, bien sûr, mais vous devriez quand même voir si vous ne pouvez pas faire quelque chose.

Tim s'avança, suivi du capitaine Bannerman. Alleyn s'écarta.

— Seulement le Dr Makepiece, s'il vous plaît. Je veux le moins de circulation possible.

Tim se pencha sur le corps.

Quelques instants plus tard, il se redressa.

— Mais dites donc ! fit-il. Ce n'est pas... c'est... c'est...

— Absolument. Mais notre souci du moment est de savoir s'il y a la moindre chance de survie.

— Non. Aucune.

— En êtes-vous sûr ?

— Aucune.

— Très bien. Voilà ce que nous allons faire...

IV

Le capitaine Bannerman et Tim Makepiece se tenaient côte à côte à l'endroit précis où Alleyn les avait placés. Un faisceau de lumière tombait sur la zone qui entourait la chaise longue. Là, le plancher était recouvert de traces irrégulières et humides, dont la plupart avaient été laissées par de grands pieds nus. Par-dessus, Alleyn trouva ses propres traces, celles de Tim et d'autres encore, qu'il examina avec minutie.

— Des espadrilles, dit-il. Pointure quarante-deux.

Leur propriétaire s'était approché de la chaise longue, et, ayant fait demi-tour, s'était éloigné par tribord.

— En courant, fit Alleyn, suivant les empreintes mouillées. Il a couru sur le pont, s'est arrêté sous l'éclairage, puis a tourné avant l'écoutille, et, contournant la dunette, s'est dirigé à bâbord. Celui-là, on n'aura pas à s'interroger à son sujet.

Il revint vers la terrasse et fit une halte devant un casier, à tribord. Puis il alluma sa lampe de poche.

— De la cendre et un mégot de cigarette.

Il ramassa le mégot : celui-ci portait un monogramme turc.

— Jusqu'où peut-on pousser la trivialité ? marmonna-t-il, montrant le mégot à Tim.

Après quoi, il retourna sur la terrasse, d'où il suivit la trace des pieds nus. L'individu en question était arrivé par une échelle à bâbord, venant du pont inférieur, et, plus exactement, de la piscine. Sur la cinquième marche en partant du haut, il y avait une grosse marque humide.

Alleyn rejoignit le capitaine Bannerman.

— Dans un contexte pareil, je ne peux pas me permettre d'attendre. Je vais prendre des photos. Ensuite, il faudra sceller la terrasse. Je compte sur vous, monsieur, pour donner des ordres en conséquence.

Le capitaine Bannerman le considéra d'un œil torve.

— Ça, dit-il enfin, jamais on n'aurait pu le prévoir. Ça va à l'encontre du bon sens.

— Au contraire, rétorqua Alleyn, c'est précisément ce à quoi il fallait s'attendre.

10

Le contrecoup

I

Les passagers étaient groupés au fond du salon, derrière les portes fermées et les stores baissés. Par la force de l'habitude, chacun s'était assis à sa place coutumière ; et la scène offrait ainsi un faux-semblant de normalité. Seul M. Merryman était absent. Et, bien sûr, Mme Dillington-Blick.

Alleyn s'était rendu lui-même dans les cabines des hommes. M. Merryman dormait d'un sommeil profond et paisible, le visage rose et placide, la bouche entrouverte, ses cheveux ébouriffés formant une crête au sommet de son crâne. Alleyn décida de ne pas le déranger pour le moment. Il referma doucement la porte et traversa le couloir. Vêtu d'un pyjama chatoyant, M. McAngus était en train de passer une sorte de petite brosse dans ses cheveux qui, séparés au milieu, pendaient en bouclettes brunes au-dessus de ses oreilles. Il baissa à la hâte le couvercle d'une boîte posée sur sa table de toilette et lui tourna le dos. Quant à Aubyn Dale, Alleyn le trouva dans le salon de sa « suite », habillé de pied en cap. Il avait un verre à la main, et, de toute évidence, il s'était tenu tout près de sa porte entrebâillée. Son attitude fut un curieux mélange de défi, de terreur et d'attente. De plus, il était visiblement ivre. Alleyn le contempla quelques instants, puis lui demanda :

— Qu'avez-vous encore manigancé ?

— Moi ? Vous prendrez bien un verre, mon petit vieux ? Non ? Comment cela, manigancé ?

Il vida son verre et le remplit aussitôt.

— Où êtes-vous allé après avoir quitté le salon ?

— En quoi diable cela vous regarde-t-il ?

Il tituba et se pencha en avant pour dévisager Alleyn.

— Pour qui vous prenez-vous, hein ? s'enquit-il indistinctement.

Alleyn l'agrippa dans une poigne réglementaire.

— Venez, et vous le saurez.

Il escorta Dale au salon et le déposa sur le fauteuil le plus proche.

Tim Makepiece était allé chercher Jemima et Mme Cuddy. M. Cuddy, remis de son évanouissement, avait reçu l'autorisation d'enfiler un pyjama et une robe de chambre. Il avait une mine épouvantable.

Le capitaine Bannerman, l'air renfrogné et sur la défensive, se posta à côté d'Alleyn.

— Ce soir, déclara-t-il, il s'est passé quelque chose que je n'aurais jamais cru voir arriver sur mon bateau, et des mesures doivent être prises en conséquence.

Il désigna Alleyn d'un mouvement de la tête.

— Ce gentleman vous donnera les détails. Il est de Scotland Yard ; son nom est A'leen et non Broderick, et il a tout mon assentiment pour agir.

Cette déclaration ne déclencha ni questions, ni exclamations. Les passagers prirent seulement un air de consternation inquiète. Le capitaine, morose, hocha la tête à l'adresse d'Alleyn, s'assit et croisa les bras.

— Merci, monsieur, dit Alleyn.

Il était envahi de colère à l'égard du capitaine Bannerman, une colère mêlée de compassion, qui n'en était pas pour autant plus supportable. La moitié des passagers au moins étaient tout aussi exaspérants. Ils étaient irresponsables, désemparés, deux d'entre eux étaient foncièrement stupides, et l'un d'eux était un assassin. Alleyn se rappela violemment à l'ordre et prit la parole.

— Je ne vais pas, pour l'instant, expliquer ou développer la déclaration que vous venez d'entendre. Vous aurez l'obligeance de vous en contenter. Je suis officier de police. Un meurtre a été commis sur ce bateau, et l'un des passagers en est presque certainement responsable.

Le sourire incroyable de M. Cuddy était collé sur sa figure comme un timbre-poste. Il remua les lèvres, puis lâcha avec un enjouement à la fois terrifié et incrédule :

— Oh, allez-y, continuez !

Ses compagnons eurent l'air atterrés, mais sa femme rejeta la tête en arrière dans un mouvement inattendu et hideux, déclarant :

— C'est Mme Blick, hein ? Je ne devrais peut-être pas dire ça, mais quand on se conduit de cette manière...

— Non ! s'interposa le père Jourdain avec force. Arrêtez-vous. Silence, madame Cuddy !

— Non, mais ! suffoqua-t-elle, se tournant vers son mari. C'est bien Mme Blick, Fred ?

— Oui, chérie.

— Vous allez savoir très bientôt qui c'est, fit Alleyn. La victime a été découverte il y a quelques minutes par M. Cuddy. Je vais recueillir les dépositions de la majorité d'entre vous. Je regrette de ne pas pouvoir limiter toute la procédure aux hommes, mais j'espère y parvenir avant longtemps. Il serait sans doute moins pénible pour les dames, qui ne figurent évidemment pas sur la liste des suspects, de connaître les grandes lignes de l'affaire, plutôt que de rester dans l'ignorance.

Il jeta un coup d'œil sur Jemima, assise, pâle et silencieuse, à côté de Tim. Son peignoir de coton et ses cheveux attachés en arrière lui conféraient presque l'air d'une adolescente. Tim était allé la chercher dans sa cabine.

— Jem, avait-il dit, il est arrivé un malheur à quelqu'un sur le bateau. Ça va vous causer un choc.

— Vous avez pris une voix de docteur, avait-elle répondu, ce qui signifie que quelqu'un est mort.

Et, après l'avoir dévisagé quelques instants :

— Tim... ? Tim, serait-ce la chose que je redoutais ? Est-ce bien cela ?

Il avait acquiescé, ajoutant que, pour le moment, il ne pouvait en dire davantage.

— Je l'ai promis. Mais n'ayez pas peur. C'est moins grave que vous ne le croirez au début. Vous allez tout savoir dans deux minutes, et... je suis là, Jem.

Il l'accompagna donc au salon, et elle s'assit à côté de lui pour écouter Alleyn.

C'est vers elle que ce dernier se tourna à présent.

— Peut-être Miss Carmichael me dira-t-elle tout de suite à quel moment elle est allée dans sa cabine.

— Oui, bien sûr, répondit Jemima. C'était juste après que vous êtes parti. Je suis allée me coucher directement.

— Je l'ai raccompagnée jusqu'à sa porte, fit Tim, et je l'ai entendue pousser le verrou. Il était toujours mis quand j'y suis retourné tout à l'heure.

— Avez-vous vu ou entendu quelque chose qui aurait pu vous paraître bizarre ? demanda Alleyn.

— J'ai... j'ai entendu des voix, puis... quelqu'un s'est mis à rire et à hurler, et il y en a qui ont crié aussi. C'est tout.

— Préféreriez-vous regagner maintenant votre cabine ? Vous le pouvez, si vous le désirez.

Elle regarda Tim.

— Je crois que je préfère rester ici.

— Alors restez. Miss Abbott, je me souviens que vous êtes passée par ici, en allant à votre cabine. Où avez-vous été ?

— J'ai fait un tour sur le pont, répliqua-t-elle, puis je me suis accoudée au bastingage, à tribord, je crois. Ensuite, je suis entrée quelques instants.

— Avez-vous rencontré, vu ou entendu quelqu'un ?

— Non, personne.

— Auriez-vous remarqué quoi que ce soit ?

— Je ne le pense pas. Sauf...

— Oui ?

— En passant devant la terrasse, j'ai cru sentir de la fumée de cigarette. Cigarette turque. Mais il n'y avait personne aux alentours.

— Je vous remercie. Quand vous êtes partie d'ici, le père Jourdain vous a escortée jusqu'à votre porte, me semble-t-il ?

— Oui. Il m'a vue entrer, j'imagine. N'est-ce pas, mon père ?

— Oui, acquiesça le père Jourdain. Et je vous ai entendue pousser le verrou. La même histoire, je suppose.

— Oui, et moi aussi, je préfère rester, dit Miss Abbott.

— En êtes-vous sûre ? demanda le père Jourdain. Ce ne sera pas une partie de plaisir, vous savez. Je ne puis m'empêcher de penser, Alleyn, que les dames...

— Il serait bien moins agréable pour les dames, déclara sombrement Miss Abbott, de se terrer dans leurs cabines dans un état d'ignorance terrifiée.

Alleyn lui adressa un regard approbateur.

— Très bien, fit-il. A vous, madame Cuddy. Votre cabine est située de face à tribord, à côté de celle de M. McAngus. Vous vous y êtes rendus ensemble, vous et votre mari. Est-ce exact ?

Mme Cuddy qui, contrairement à son époux, ne souriait jamais, posa son regard fixe sur Alleyn.

— Je ne vois pas ce que cela vient faire là-dedans, rétorqua-t-elle, mais c'est vrai, oui. Nous sommes rentrés ensemble, M. Cuddy et moi. N'est-ce pas, chéri ?

— Absolument, chérie.

— Et vous êtes allés vous coucher ?

— Moi, oui, répondit-elle d'un air outragé.

— Mais pas votre mari, visiblement ?

Après une pause, Mme Cuddy déclara sur un ton contraint :

— Il a eu envie d'aller faire trempette.

— Juste. Mon urticaire, ça me démangeait.

— Je te l'ai dit, fit Mme Cuddy sans le regarder, ce n'est pas très sain, la nuit, et voilà le résultat. Tu t'es évanoui. Je ne serais pas surprise si tu attrapais un refroidissement, et avec les ennuis que tu as eus récemment...

— Vous avez donc mis votre maillot ? dit Alleyn.

— Je ne me baigne jamais tout habillé, répliqua M. Cuddy.

Sa femme eut un rire bref, et tous deux prirent un air triomphant.

— Quel chemin avez-vous emprunté pour vous rendre à la piscine ?

— Je suis descendu, puis j'ai longé le pont.

— A tribord ?

— Je ne sais pas comment ça s'appelle, fit M. Cuddy avec dédain. C'était du même côté que notre cabine.

— Avez-vous croisé Miss Abbott ?

— Eh non, répondit M. Cuddy, laissant entendre qu'il y avait quelque chose de louche là-dessous.

Miss Abbott leva le doigt.

— Oui, Miss Abbott ?

— Excusez-moi, je viens de me souvenir que j'avais aperçu quelqu'un dans la piscine. C'était quand je me promenais sur le pont. J'étais bien plus haut et je n'ai pas pu voir qui c'était. J'avais oublié cela.

— Ce n'est pas grave. Monsieur Cuddy, êtes-vous allé directement dans la piscine ?

— J'étais venu pour ça, non ?

— Vous avez dû ressortir presque aussitôt.

Il y eut une longue pause.

— Ben oui, dit M. Cuddy. Je voulais juste me rafraîchir.

— Décrivez-moi, s'il vous plaît, ce qui s'est passé ensuite.

M. Cuddy s'humecta les lèvres.

— J'aime bien savoir où je mets les pieds, moi. J'ai eu un choc. Et je ne tiens pas à m'attirer des histoires.

— M. Cuddy est quelqu'un de très sensible.

— Il y a des choses qu'on a dites ici et qui ne me plaisent pas beaucoup. Je la connais, la police. Si vous croyez que je vais parler à tort et à travers ! Non, mais, se faire passer pour un cousin de la compagnie !

— Est-ce vous qui avez commis ce crime ? lui demanda Alleyn.

— Vous voyez ! Me poser une question pareille !

— Quelle idée ! renchérit Mme Cuddy.

— Car si ce n'est pas vous, vous feriez bien de me répondre directement et en toute franchise.

— Je n'ai rien à cacher, moi.

— Alors, répliqua Alleyn patiemment, ne vous conduisez pas comme si c'était le cas. C'est vous qui avez trouvé le corps. Vous êtes venu nous informer de votre découverte, si je puis dire. A présent, je veux les détails. Vous avez sûrement entendu parler de l'avertissement d'usage. Si j'avais l'intention de vous inculper, je devrais vous le donner d'abord.

— Ne faites pas l'idiot, mon vieux, rugit le capitaine tout à coup. Allez, parlez, quoi.

— Je suis malade. J'ai eu un choc.

— Mon cher Cuddy, dit le père Jourdain, nous avons tous conscience du choc que vous avez subi. Pourquoi ne pas raconter votre histoire et en finir une bonne fois pour toutes ?

— C'est vrai, chéri. Dis-leur, qu'on s'en débarrasse. C'est tout ce qu'ils méritent, fit Mme Cuddy, sibylline.

— Allons, reprit Alleyn. En sortant de la piscine, vous êtes revenu sur vos pas. Vous avez dû non pas suivre le pont inférieur, mais remonter par l'une des échelles sur celui-ci. Laquelle avez-vous prise ?

— La gauche.

— Par bâbord, marmonna le capitaine avec irritation.

— Ce qui a dû vous amener juste à côté de la terrasse. Allons, monsieur Cuddy, soyez raisonnable et racontez-moi la suite.

Mais M. Cuddy demeurait toujours aussi récalcitrant et évasif. Il répéta qu'il avait eu un choc, qu'il n'était pas sûr de pouvoir se rappeler les événements dans l'ordre et qu'il n'avait pas envie de se faire cuisiner. C'était une attitude à laquelle un détective se heurtait couramment dans son métier, mais Alleyn était certain qu'en l'occurrence, elle tenait à une cause bien spécifique. M. Cuddy tergiversait non pas parce qu'il se méfiait de la police en général, mais parce qu'il voulait à tout prix dissimuler quelque chose. Manifestement, le doute commençait à envahir également son épouse.

— Bien, dit Alleyn. Vous vous trouvez sur l'échelle. Vous l'escaladez, et votre tête est maintenant au niveau du pont supérieur. Tout près de vous, sur votre droite, il y a la terrasse. Pouvez-vous voir ce qui s'y passe ?

M. Cuddy secoua la tête.

— Pas du tout ?

A nouveau, un mouvement de dénégation.

— Il faisait noir, peut-être ? En tout cas, vous restez là pendant un certain temps. Suffisamment longtemps pour laisser une grosse trace humide sur les barreaux. Elle était encore là il y a quelques minutes. A mon avis, vous avez dû vous percher sur la marche du haut et rester là, avec la tête juste au-dessous du pont. Je me trompe ?

Une expression étrange et peu sympathique se peignit sur la figure de M. Cuddy, expression à la fois furtive et — ce mot traversa l'esprit d'Alleyn en un éclair — lubrique.

— J'espère, poursuivit Alleyn, que vous allez me confirmer dans mes suppositions. Je ne vois pas pourquoi vous le refuseriez, d'ailleurs.

— Allez, Fred, le pressa Mme Cuddy. Ou ils vont finir par s'imaginer des choses.

— Absolument, opina Alleyn.

Mme Cuddy eut l'air furieuse.

— Bon, très bien, déclara M. Cuddy, en colère. Je l'ai fait, na ! Et puis ?

— Pourquoi ? Quelque chose que vous auriez vu ? Non ? Ou alors entendu ?

— Plutôt entendu, répondit-il, retrouvant un semblant de sourire.

— Des voix ?

— En quelque sorte.

— Que diable voulez-vous dire : en quelque sorte ! explosa le capitaine Bannerman. Vous avez entendu quelqu'un parler, ou alors vous n'avez rien entendu.

— Pas vraiment parler.

— Eh bien, que faisait-il donc ? Il chantait ou quoi ?

Le capitaine s'interrompit, horrifié.

— Ça, dit M. Cuddy, c'est venu plus tard.

Il y eut un silence de mort.

— La première fois, demanda Alleyn, y avait-il une voix ? Ou bien deux ?

— Une, j'ai l'impression. J'ai cru...

Il jeta un regard oblique à sa femme.

— J'ai cru que c'était elle. Vous savez, Mme Blick.

Et, pressant ses mains l'une contre l'autre, il ajouta :

— Sur le coup, j'ai pensé que c'était... que c'était juste pour s'amuser.

— Dégoûtant, déclara Mme Cuddy. C'est tout à fait dégoûtant.

— Du calme, Ethel.

Le père Jourdain poussa une petite exclamation de détresse. « Le pire est encore à venir », pensa Jemima, incapable de regarder les Cuddy. Miss Abbott les contemplait avec haine ; et M. McAngus, qui jusque-là n'avait pas pipé mot, murmura :

— Est-ce nécessaire ? Mon Dieu, est-ce vraiment nécessaire !

— Entièrement d'accord, énonça Aubyn Dale dans une parodie éthylique de ses grands airs de noblesse. Est-ce indispensable, tout cela ?

Alleyn leva la main.

— Malheureusement, la réponse est oui. C'est absolument indispensable. Et sans plus d'interruptions, si possible.

Il attendit quelques instants, puis se tourna à nouveau vers Cuddy.

— Vous êtes donc resté sur les marches à écouter. Pendant combien de temps ?

— Je n'en sais rien. Jusqu'à ce que j'aie entendu la suite.

— Le chant ?

Il hocha la tête.

— Ça s'est éloigné peu à peu. Alors j'ai su qu'il était parti.

— Sauriez-vous, demanda Alleyn, me dire qui c'était ?

Jusque-là, tout le monde s'était tenu relativement tranquille. Mais en cet instant, comme obéissant à un ordre impérieux, chacun se figea, retenant son souffle.

— Ben oui, déclara M. Cuddy à voix haute.

— Alors ?

— C'est surtout ce qu'il chantait. L'air, vous savez, fit M. Cuddy.

— Quel était cet air ?

Il tourna la tête et regarda Aubyn Dale. Les autres l'imitèrent comme des automates. Dale se leva lentement.

— On ne pouvait pas se tromper. C'était un vieux refrain. *Vos petits problèmes de tous les jours.* Après tout, dit Cuddy, souriant sans gaieté à Aubyn Dale, c'est bien le thème musical de votre émission, hein, monsieur Dale ?

II

Personne ne se récria, pas même Aubyn Dale. Il se contenta seulement de dévisager Cuddy comme si c'était quelque monstre venu d'ailleurs. Puis il se retourna lentement, regarda Alleyn et s'humecta les lèvres.

— Vous n'allez tout de même pas croire ça, fit-il avec difficulté, les mots se bousculant sur ses lèvres. C'est de la pure invention. Je suis allé dans ma cabine... pas ressorti sur le pont.

Il se passa une main sur les yeux.

— Je ne sais pas si je peux le prouver. Je... j'ai la tête vide. Mais c'est la vérité, je vous assure. Il doit bien y avoir un moyen de le prouver. Parce que c'est vrai.

— On verra cela plus tard, d'accord ? répliqua Alleyn. M. Cuddy n'a pas terminé sa déposition. J'aimerais savoir, monsieur Cuddy, ce que vous avez fait ensuite. Rapidement, et sans tergiverser, s'il vous plaît. Qu'avez-vous fait ?

Cuddy coula à sa femme un autre regard oblique, puis reporta son attention sur Alleyn.

— Je n'ai rien à cacher, déclara-t-il. Je suis monté en me disant... enfin, tout semblait tranquille. J'ai... tu ne vas pas te faire des idées, hein, Eth — j'ai voulu voir si tout allait bien. Alors, je... je suis monté là-haut, mais elle n'a pas bougé. J'ai tâtonné dans le noir ; comme elle ne bougeait toujours pas, je lui ai touché la main. Elle portait des gants. Quand je l'ai touchée, sa main est retombée sur le plancher, comme un truc qui n'appartient à personne. J'ai cru qu'elle s'était évanouie. J'ai donc cherché, dans le noir ; j'ai touché son visage et... et alors j'ai compris... et, mon Dieu, Eth, ça a été affreux.

— Ce n'est pas grave, Fred.

— Je ne sais plus ce que j'ai fait. Je suis parti en courant. Je n'étais plus moi-même. Ensuite, je me suis retrouvé à l'entrée d'ici et puis... ben, je suis tombé dans les pommes. Voilà tout. Je n'ai rien fait d'autre, je le jure. Dieu m'est témoin, je n'ai rien fait.

Alleyn le considéra quelques instants d'un air songeur.

— Voici donc, dit-il, la version de celui qui a découvert le corps. Pour l'instant, il est évidemment impossible de la vérifier : nous allons donc l'adopter comme hypothèse de travail. A vous maintenant, monsieur McAngus.

M. McAngus était assis dans un coin. Les pans de son épaisse robe de chambre étaient rabattus sur ses jambes et serrés entre ses genoux. Il avait croisé les bras et enfoui ses mains sous ses aisselles. On eût dit qu'il cherchait à se protéger de quiconque lui adressant la parole. Son regard douloureux était posé sur Alleyn, comme sur le plus vraisemblable des agresseurs potentiels.

— Monsieur McAngus, commença celui-ci, quand avez-vous quitté cette pièce ?

— Je ne m'en souviens plus.

— Vous étiez toujours là quand je suis parti. Mme Dillington-Blick était déjà sortie, elle. Etes-vous parti avant ou après M. et Mme Cuddy ? J'aimerais qu'on ne souffle pas à M. McAngus, ajouta-t-il.

Plusieurs passagers, qui avaient déjà ouvert la bouche, n'eurent plus qu'à la refermer.

Mais M. McAngus ne se lança pas dans sa ronde habituelle de périphrases.

— Je suis trop bouleversé pour m'en souvenir, répondit-il en clignant des yeux. Je ne ferais que m'embrouiller. Un drame terrible a eu lieu : je suis incapable de songer à quoi que ce soit d'autre.

— Tout compte fait, nous aurons peut-être besoin d'aide, observa Alleyn avec une pointe d'ironie, les mains dans les poches. Revenons à la plainte dont vous avez fait part au capitaine Bannerman avant d'aller vous coucher. Vous avez dit, il me semble, que quelqu'un vous avait pris les jacinthes offertes par Mme Dillington-Blick.

— Oh, oui ! Deux. La première a disparu ce matin. J'ai été extrêmement peiné. Et je le suis encore plus... maintenant.

— Ces jacinthes poussent dans une corbeille qui se trouve immédiatement au-dessous du hublot, je crois ?

— Je les ai mises là pour qu'elles aient plus d'air.

— D'après vous, qui pourrait être responsable de ce larcin ?

M. McAngus avança la lèvre inférieure.

— Il n'est guère dans mes habitudes de lancer des accusations non fondées, mais j'avoue cependant avoir pensé au steward. Il les a toujours admirées. Ou alors, il a pu en arracher une par accident. Seulement, il le nie, vous comprenez. Il le nie.

— De quelle couleur était-elle ?

— Blanche, une très jolie forme. Cette variété s'appelle Virgin Queen, je crois.

Sortant sa main de sa poche, Alleyn l'ouvrit. Son mouchoir était noué autour d'un objet indéfinissable. Il le déplia et le posa sur la table. Une jacinthe blanche, à peine flétrie, apparut aux yeux de l'assistance.

Un cri étouffé échappa à M. McAngus. Jemima sentit la main de Tim se resserrer sur la sienne. En un éclair, elle revit la poupée mutilée, les extraits d'articles dans les journaux et la corbeille de jacinthes que Dennis avait apportée le premier matin de la traversée. Elle entendit la voix de Miss Abbott :

— Je vous en *supplie*, ne dites rien, madame Cuddy.

Et l'exclamation inévitable de Mme Cuddy :

— Une jacinthe ! Fred !

Puis elle vit M. McAngus se lever, se tenant la lèvre inférieure entre le pouce et l'index.

— Est-ce bien celle-ci ? demanda Alleyn.

M. McAngus s'approcha lentement de la table.

— Ne la touchez pas, s'il vous plaît.

— Cela... celui lui ressemble.

— Mais où l'avez-vous trouvée ? s'écria Mme Cuddy d'une voix perçante.

— T'occupe, Eth, fit M. Cuddy.

Mais l'esprit de déduction de son épouse venait d'être mis à rude épreuve. Galvanisée, elle contemplait la jacinthe. Tout le monde savait ce qui allait suivre, mais personne ne put le prévenir.

— Dieu du ciel ! articula Mme Cuddy. L'auriez-vous des fois trouvée sur le cadavre ? Bon sang, Fred, c'est l'Assassin aux Fleurs qui l'a trucidée. Il est sur ce bateau, Fred, et nous ne pouvons pas descendre !

Miss Abbott leva ses grandes mains et les abattit pesamment sur ses genoux.

— On nous a demandé de rester tranquilles ! cria-t-elle. Pour l'amour du ciel, ne pouvez-vous pas tenir votre langue ?

— Doucement, mon enfant, murmura le père Jourdain.

— Je ne me sens pas de penchant pour la douceur.

— Vous allez tous comprendre avant longtemps, déclara Alleyn, que ce crime a été commis par le soi-disant Assassin aux Fleurs. Toutefois, ce n'est pas la question qui nous préoccupe pour le moment. Voyons, monsieur McAngus. Vous avez donc quitté cette pièce immédiatement après M. et Mme Cuddy. Vous êtes-vous rendu directement dans votre cabine ?

Après une enquête longue et laborieuse, il s'avéra finalement que M. McAngus était sorti sur le pont par les portes vitrées et, ayant contourné le bloc des passagers, s'était dirigé à bâbord. Là, il avait contemplé les cieux pendant quelques vagues minutes, après quoi, il avait regagné sa cabine par le couloir intérieur.

— Mes pensées étaient axées sur le film, dit-il. Ce film m'a beaucoup touché. Peut-être pas de la manière à laquelle on aurait pu s'attendre, mais tout de même, je l'ai trouvé extrêmement émouvant.

Et, comme personne d'autre ne l'avait vu depuis qu'il avait quitté le salon, sa déposition demeura en suspens.

Alleyn se tourna ensuite vers Aubyn Dale.

Affalé sur son fauteuil, ce dernier ressemblait à une caricature du superbe personnage qu'ils s'étaient accoutumés à voir. Son smoking blanc était déboutonné. Sa cravate était de guingois ; ses espadrilles lui pendaient des pieds ; ses cheveux étaient en désordre ; et il avait un certain mal à regarder droit devant lui. Son visage était d'une pâleur mortelle.

— Alors, monsieur Dale, dit Alleyn, pouvez-vous me communiquer la suite de vos faits et gestes ?

Dale croisa les jambes et joignit, non sans peine, les bouts de ses doigts. C'était une ébauche de sa pose habituelle devant les caméras.

— Capitaine Bannerman, déclara-t-il, vous n'êtes pas sans savoir que j'suis un ami trrrès proche du directeur général de votre compagnie. Il entendra parler de la façon dont on m'a trrraité sur ce bateau, et je vous promets qu'il ne va pas être content.

— Ce genre d'attitude ne vous mènera à rien, monsieur Dale, répliqua le capitaine. Ni avec moi, ni avec personne d'autre.

Dale leva les bras au ciel d'un geste qui manquait singulièrement de coordination.

— Bon, bon, d'accord. Tant pis pour vous.

Alleyn traversa la pièce et vint se poster en face de lui.

— Vous êtes saoul, lança-t-il, et j'aurais préféré de beaucoup que vous ne le soyez pas. Je vais vous poser une question qui risque d'avoir une incidence directe sur une inculpation pour meurtre. Ce n'est pas une menace, mais une constatation. Dans votre propre intérêt, vous devriez tâcher de reprendre vos esprits et de me répondre. Pouvez-vous faire cela ?

— Je sais que je suis beurré, répondit Dale. Ce n'est pas juste. Hein, doc, que je suis beurré ?

Alleyn regarda Tim.

— Pouvez-vous faire quelque chose ?

— Je peux lui donner des cachets, oui. Mais cela prendra un certain temps.

— Je ne veux rien, fit Dale.

Il pressa les paumes de ses mains sur ses yeux, les garda ainsi quelques instants puis secoua la tête avec brusquerie.

— Ça va aller, marmonna-t-il.

En effet, il semblait s'être soudain quelque peu maîtrisé.

— Continuez, ajouta-t-il avec un air de résignation héroïque. J'y arriverai.

— Parfait. Après avoir quitté le salon, ce soir, vous êtes sorti sur le pont. Vous êtes allé sur la terrasse et vous vous êtes approché de la chaise longue où le corps a été découvert. Que faisiez-vous là-bas ?

Le visage de Dale s'affaissa comme s'il avait reçu un coup.

— Vous racontez n'importe quoi, rétorqua-t-il.

— Niez-vous que vous êtes allé là-bas ?

— Je refuse de répondre.

Alleyn jeta un coup d'œil à Tim, qui sortit.

— Si vous êtes en état de réfléchir, fit Alleyn, vous devriez savoir à quoi ce genre d'attitude va vous faire aboutir. Je vous donne une minute.

— Je vous dis que je refuse.

Le regard de Dale alla d'un passager à l'autre : des Cuddy à Jemima, de Miss Abbott au père Jourdain et à M. McAngus ; mais nulle part il ne trouva de réconfort.

— Vous allez dire bientôt, déclara-t-il avec un semblant de rire, que j'ai quelque chose à voir là-dedans.

— Je dis pour l'instant que j'ai découvert une preuve irréfutable de votre présence aux côtés du corps. Ne croyez-vous pas que vous auriez intérêt à m'expliquer pourquoi vous n'êtes pas venu aussitôt nous informer de ce que vous avez vu ?

— Et si je le niais ?

— A votre place, répliqua Alleyn, caustique, je serais plutôt dans mes petits souliers.

Et il désigna les espadrilles de Dale.

— Elles sont encore humides.

Dale recula ses pieds comme s'il se les était brûlés.

— Eh bien, monsieur Dale ?

— Je... j'ignorais... j'ignorais qu'il s'était passé quelque chose. Je ne savais pas qu'il... enfin, qu'elle était morte.

— Ah bon ? Et vous n'avez rien dit ? Vous êtes resté là tranquillement, puis vous êtes reparti ?

Il ne répondit pas.

— Je pense que vous êtes arrivé sur la terrasse par tribord, du côté opposé à celui de M. Cuddy. Je pense aussi que vous vous êtes caché derrière le casier d'angle.

A la surprise générale, Dale réagit d'une manière si incongrûment théâtrale, que cela en fut gênant. Croisant ses mains, les paumes ouvertes, devant son visage, il fit un violent geste de dénégation.

— Non ! protesta-t-il. Vous ne comprenez pas. Vous me faites peur. Non !

La porte s'ouvrit. Tim Makepiece la retint et regarda Alleyn.

Celui-ci hocha la tête, et Tim, se retournant vers le couloir, répéta son geste.

Un parfum familier flotta dans l'air confiné. Il y eut un cliquètement de talons aiguilles, et Mme Dillington-Blick, vêtue d'un négligé vaporeux, apparut sur le seuil.

Mme Cuddy poussa un cri étranglé. Son mari et M. McAngus bondirent sur leurs pieds, l'un comme s'il avait vu un fantôme, et l'autre, comme s'il allait s'évanouir à nouveau. Mais tout le monde fut devancé par Jemima. Avec un cri dans lequel se mêlaient la stupeur, le soulagement et la gratitude, elle se précipita vers la porte, saisit les mains de Mme Dillington-Blick dans les siennes et l'embrassa. Elle riait et pleurait à la fois.

— Ce n'est pas vous ! bredouilla-t-elle. Vous allez bien. Que je suis contente ! Je suis tellement contente !

Mme Dillington-Blick la considéra d'un air éberlué.

— Vous ne savez même pas ce qui est arrivé, n'est-ce pas ? continua Jemima. Quelque chose d'affreux, mais...

Elle s'arrêta net. Tim s'était approché d'elle et avait passé un bras autour de ses épaules.

— Un instant, ma chérie, fit-il.

Elle se tourna vers lui.

— Un instant, répéta-t-il, l'entraînant avec lui.

Mme Dillington-Blick dévisagea Aubyn Dale avec stupéfaction.

— Pourquoi tout ce remue-ménage ? demanda-t-elle. Est-ce qu'ils savent ?

Il bondit sur elle et l'agrippa par les bras, la secouant de manière menaçante.

— Taisez-vous, Ruby ! Ne dites rien. Surtout, ne leur dites rien !

— Etes-vous tous devenus fous ? s'enquit Mme Dillington-Blick en se dégageant. Assez !

Elle repoussa la main que Dale tentait de plaquer contre sa bouche.

— Que s'est-il passé ? Ont-ils tout découvert ?

Puis, d'une voix altérée :

— Où est Dennis ?

— Dennis a été assassiné, répondit Alleyn.

III

Ce fut, apparemment, M. Cuddy, qui fut le plus choqué par la nouvelle de la mort de Dennis, mais son désarroi ne se traduisit d'aucune manière cohérente. Simplement, il cessa de sourire, ouvrit la bouche, et, les mains tremblantes, continua à fixer Mme Dillington-Blick d'un air incrédule. Son épouse, dont les réactions étaient faciles à prévoir, avait posé sa main sur la sienne, et on l'entendait déclarer qu'il y avait des petits plaisantins dans l'assistance. M. McAngus répétait d'une voix peu naturelle :

— Dieu soit loué ! Dieu soit loué !

— Pourquoi nous a-t-on fait marcher ? fit Miss Abbott à voix haute. Quelle manœuvre exécrable !

Quant à Aubyn Dale, il s'effondra sur son fauteuil et se cacha le visage entre les mains.

Mme Dillington-Blick, pensa Alleyn, paraissait elle-même effrayée et consternée à la fois. Elle lança un regard à Aubyn Dale et se détourna aussitôt. Puis, d'un air éperdu, elle se tourna vers le capitaine, qui s'approcha d'elle et lui tapota l'épaule.

— Ne vous en faites pas, dit-il, jetant un coup d'œil morose et gêné à Alleyn. Il aurait fallu lui annoncer ça correctement, avec ménagements, pas de but en blanc. Ce n'est pas grave. Il ne faut pas vous inquiéter.

Elle se retourna vers Alleyn et lui tendit les mains.

— Vous m'intimidez. Ce n'est pas vrai, dites ? Pourquoi vous comportez-vous ainsi ? Vous êtes fâché, n'est-ce pas ? Pourquoi m'avoir fait venir ici ?

— Si vous voulez bien vous asseoir, répondit Alleyn, je vous le dirai.

Elle essaya de lui prendre les mains.

— Non, asseyez-vous simplement et écoutez.

Le père Jourdain s'avança vers elle.

— Venez.

Et il la conduisit vers un fauteuil.

— C'est un détective en civil, madame Blick, annonça Mme Cuddy avec une sorte de triomphe courroucé. On nous a tous espionnés, on s'est moqué de nous, on a mis nos vies en danger ; et maintenant, voilà qu'il y a un assassin sur ce bateau, et il dit que c'est l'un de nous.

— Madame Cuddy, fit Alleyn, je vous demanderai pour le moment de garder le silence.

Machinalement, et pour la dernière fois au cours de la traversée, M. Cuddy enchaîna :

— Du calme, Ethel.

— En fait, poursuivit Alleyn, je vais prier tout le monde de se taire et d'écouter attentivement. Vous comprendrez aisément que la situation est grave, et que je suis habilité à prendre les mesures qui s'imposent. Le steward, Dennis, a été assassiné de la manière dont vous avez si souvent discuté. Il portait la robe espagnole que Mme Dillington-Blick avait achetée à Las Palmas, et on peut supposer qu'il a été tué à la place de cette dernière. Il était étendu dans la chaise longue sur la terrasse mal éclairée. La partie supérieure de son visage était voilée, et il faisait trop sombre pour reconnaître le grain de beauté au coin de sa bouche. Mme Dillington-Blick avait annoncé devant tous les hommes réunis dans cette pièce qu'elle allait sur la terrasse. C'est ce qu'elle a fait. Je l'ai retrouvée là-bas, puis nous sommes descendus sur le pont inférieur, et de là, je l'ai raccompagnée à sa cabine. Elle portait une robe de dentelle noire, semblable à sa robe espagnole. Je suis revenu ici, et M. Cuddy est arrivé presque aussitôt, déclarant qu'il l'avait trouvée morte. Apparemment, c'est la robe qui l'avait trompé. Le Dr Makepiece a examiné le corps : selon lui, la mort était survenue quelques minutes plus tôt. Pour les raisons que je vous exposerai en temps utile, il est hors de question qu'il ait pu être assassiné par un membre de l'équipage. Sa mort est la quatrième de la série dont vous avez si souvent parlé ; personnellement, je considère l'un des passagers responsable de celle-ci comme de toutes les autres. Pour le moment, il faudra vous contenter de cette explication.

Il fit une pause. Aubyn Dale releva la tête et demanda brusquement :

— Où est Merryman ?

Les Cuddy poussèrent des exclamations excitées.

— C'est vrai, où est-il ? fit M. Cuddy. Toujours là à nous rebattre les oreilles : allusions par-ci, questions par-là ! Et en plus, je suppose qu'on ne doit pas déranger ce M. Je-sais-tout, hein !

— Moi, il ne m'inspire guère confiance, renchérit Mme Cuddy. J'ai toujours dit qu'il y avait quelque chose de pas net chez lui. Pas vrai, chéri ?

— M. Merryman dort, répondit Alleyn. Comme il était souffrant, j'ai décidé de le laisser tranquille jusqu'au moment où nous aurons besoin de lui. Je ne l'ai pas oublié.

— Il était suffisamment en forme pour aller voir le film, remarqua Mme Cuddy. Moi, je trouve ça drôle. Vraiment drôle, si vous voulez tout savoir.

Tout à coup, Jemima s'entendit s'écrier avec indignation :

— Pourquoi « drôle » ? M. Merryman a déjà expliqué à quel point il est incorrect de dire cela ; il *est* malade et il est venu voir le film simplement parce qu'il est coquin et obstiné, et puis d'ailleurs il est adorable et sûrement pas un assassin. Je suis désolée de vous interrompre, mais c'est comme ça.

— C'est bon, mon enfant. C'est bon, répliqua Alleyn, presque comme le père Jourdain l'aurait fait.

Tim passa un bras autour de Jemima.

— Il est évident, poursuivit Alleyn comme s'il n'y avait pas eu d'interruption, que je dois établir pourquoi le steward se trouvait là et pourquoi il était vêtu de cette façon. C'est là, madame Dillington-Blick, que vous pouvez nous aider.

— Ruby ! chuchota Aubyn Dale.

Mais elle ne le regardait pas.

— C'était pour plaisanter, dit-elle. Nous avons voulu faire une plaisanterie. Comment aurions-nous su... ?

— Nous ? Autrement dit, vous et M. Dale ?

— Et Dennis. Oui. Tant pis, Aubyn. Je ne peux pas me taire.

— Avez-vous donné votre robe à Dennis ?

— Oui.

— Après Las Palmas ?

— Oui. Il était terriblement serviable et — vous savez bien quelle curieuse petite créature c'était — ma robe lui plaisait énormément. Moi, comme je vous l'ai dit, je n'avais plus trop envie de la mettre après l'histoire avec la poupée. Alors je la lui ai donnée. Il a dit qu'il voulait se déguiser pour un anniversaire ou je ne sais plus quoi, que les stewards allaient fêter.

— Le vendredi soir ?

— Oui. Il m'a demandé de ne pas en parler. C'est pourquoi, quand vous m'avez posé des questions sur ma robe, je ne vous ai rien dit. Vous étiez au courant ?

Alleyn évita avec soin de regarder le capitaine Bannerman.

— Cela n'a aucune importance.

Le capitaine émit un grognement indéfinissable qui résonna crescendo.

— Oh que si ! rugit-il. Appelons les choses par leur nom, et même si cette idée ne me sourit guère, je ne suis pas homme à esquiver mes responsabilités.

Il pointa le menton en direction d'Alleyn.

— Le superintendant est venu me trouver pour me dire qu'on avait vu quelqu'un faire l'imbécile sur le pont dans cette maudite robe. Celui qui l'a vu a cru que c'était Mme Dillington-Blick. Et pourquoi pas, me suis-je dit. C'est sa robe : pourquoi ne la mettrait-elle pas ? Il m'a demandé de me renseigner et d'empêcher que cela recommence. Mais je ne voulais pas intervenir et je ne l'ai pas autorisé à le faire de son côté. En tant que commandant, j'ai toujours observé une certaine attitude vis-à-vis de mes passagers. Je n'ai pas jugé bon de la modifier. J'ai eu tort. Je ne croyais pas qu'il y avait un assassin à bord. Là encore, j'ai eu tort. Je me suis fichu dedans. Et je ne veux pas qu'on minimise cela ou qu'on le passe sous silence. Je me suis trompé.

— C'est très généreux de votre part, dit Alleyn.

Et, jugeant préférable d'enchaîner tout de suite :

— Je n'ai pas vu personnellement la silhouette en robe espagnole. On m'a dit que c'était Mme Dillington-Blick, et il n'y avait aucune raison au monde pour croire autre chose. Il m'a simplement semblé, sans la moindre preuve à l'appui, que le comportement qu'on m'a décrit ne lui correspondait guère.

— C'est moi qui en ai parlé, déclara Jemima. M. Alleyn m'a demandé si j'étais sûre que c'était Mme Dillington-Blick, et j'ai dit que oui.

— Dennis me l'a raconté, fit Mme Dillington-Blick. Il a dit qu'il avait toujours rêvé d'être danseur.

Elle posa son regard sur Alleyn.

— Quand vous m'avez demandé si j'allais mettre ma robe pour danser au clair de lune, j'ai cru que vous aviez vu Dennis et que vous l'aviez pris pour moi. Alors j'ai fait comme si c'était moi, parce que...

Son visage se plissa, et elle se mit à pleurer.

— ... parce que nous pensions faire cette farce.

— Très bien, acquiesça Alleyn. Et maintenant, je vais vous dire ce qui a dû se passer. Avec votre goût pour les farces, monsieur Dale, vous avez dû trouver amusant de travestir le steward et de l'installer sur la terrasse, après que Mme Dillington-Blick a laissé entendre que c'est elle qui y allait. Est-ce exact ?

Aubyn Dale avait considérablement dessaoulé. Il avait même recouvré en partie ses airs d'honnête homme et offrait à présent le spectacle du brave type torturé par le remords.

— Bien sûr, déclara-t-il, je ne me le pardonnerai jamais. Cela me hantera jusqu'à la fin de mes jours. Mais comment aurais-je pu savoir ? *Comment ?* Nous... enfin, je... j'en prends l'entière responsabilité, ajouta-t-il, lançant un regard légèrement chargé de reproche à Mme Dillington-Blick, je trouvais l'idée assez amusante. Ce pauvre diable devait...

Il hésita, puis jeta un coup d'œil furtif sur M. McAngus et M. Cuddy.

— ... enfin, il devait aller sur la terrasse, comme vous l'avez dit, et si quelqu'un arrivait, il devait le faire marcher un peu. Dit comme ça, à froid, après ce qui s'est passé, cela peut paraître lamentable, mais...

Il s'arrêta et gesticula brièvement.

Tout à coup, Miss Abbott rompit le silence qu'elle s'était imposé.

— Cela paraît minable, vulgaire et répugnant, dit-elle.

— Je proteste, Miss Abbott.

— Protestez tant que vous voudrez, cela ne change rien aux faits. Comploter avec le steward ! Transformer en farce de mauvais goût ce qui devait être le drame de cette misérable créature, sa faiblesse cachée et incurable... son démon !

— Mon enfant ! dit le père Jourdain. Il faut vous arrêter là.

Mais elle pointa le doigt, gauchement et fébrilement, sur Cuddy.

— Duper cet homme ! Se jouer de son attachement grotesque et éperdu ! Et l'autre...

— Non, non. S'il vous plaît ! s'écria M. McAngus. Cela n'a pas d'importance. S'il vous plaît !

Miss Abbott le contempla avec quelque chose comme de la compassion et se tourna vers Mme Dillington-Blick.

— Et vous, qui possédez le charme et la beauté, et tout ce dont rêvent les femmes malheureuses : vous abaisser à une chose pareille ! Lui donner votre robe ravissante, lui permettre seulement d'y toucher ! Mais à quoi pensiez-vous donc ?

Elle serra ses mains épaisses l'une contre l'autre.

— La beauté est sacrée ! Elle est sacrée en tant que telle : et vous, vous avez commis un sacrilège.

— Katherine, il faut partir d'ici. En tant que votre prêtre, j'insiste là-dessus. Vous allez vous causer un tort irréparable. Venez avec moi.

Pour la première fois, elle sembla l'avoir entendu. Elle reprit son expression butée et renfermée et se mit debout.

— Alleyn ? demanda le père Jourdain.

— Oui, bien sûr.

— Venez avec moi, fit-il.

Et Miss Abbott se laissa emmener.

IV

— Cette femme m'a heurtée, déclara Mme Dillington-Blick en sanglotant rageusement. Je ne me sens pas bien. Je me sens atrocement mal.

— Ruby, ma chérie !

— Non ! Non, Aubyn, ôtez vos mains de moi. Nous n'aurions pas dû faire cela. Vous n'auriez pas dû commencer. Je me sens abominable.

Le capitaine Bannerman se rengorgea et s'approcha d'elle.

— Vous non plus ! fit-elle.

Et, sans doute pour la première fois de sa vie d'adulte, elle fit appel à quelqu'un de son propre sexe.

— Jemima ! Dites-moi que je n'ai pas à me sentir ainsi. Ce n'est pas juste. Je déteste ça.

Jemima alla vers elle.

— Je ne peux pas vous dire cela, répliqua-t-elle, mais nous savons tous ce que vous ressentez, et c'est bien mieux que de ne rien éprouver du tout. Au moins...

Elle se tourna vers Alleyn.

— N'est-ce pas ?

— Absolument.

M. McAngus, tout noué de compassion, intervint à son tour :

— N'y pensez plus. Vous n'avez rien à vous reprocher. Vous êtes la bonté même. Oh, je vous en prie !

Mme Cuddy émit un reniflement sonore.

— C'est cette chaleur épouvantable, gémit Mme Dillington-Blick. On ne peut même pas réfléchir.

De fait, elle était devenue blanche comme un linge.

— Je... je me sens tout étourdie.

Alleyn ouvrit les portes vitrées.

— J'allais justement suggérer d'aérer un peu.

Jemima soutint Mme Dillington-Blick, et Tim les rejoignit.

— Ça va aller ? demanda-t-il. Venez dehors.

Ils l'aidèrent à franchir le seuil. Alleyn avait placé le transat de M. Merryman de façon qu'il tournât le dos au salon, et Mme Dillington-Blick s'y affaissa, disparaissant de leur vue.

— Vous voulez bien rester là ? fit Alleyn. Quand vous vous serez un peu remise, j'aurai deux mots à vous dire. Je demanderai au Dr Makepiece de venir prendre de vos nouvelles. Peut-être, Miss Carmichael, pourriez-vous tenir compagnie à Mme Dillington-Blick ?

— Oui, bien sûr.

— Ça va ? lui demanda Tim.

— A merveille.

Alleyn échangea quelques mots avec Tim, puis les deux hommes retournèrent au salon.

— Malheureusement, il nous faut continuer, annonça Alleyn. J'aurai besoin de tous les hommes, mais si vous, madame Cuddy, vous préférez regagner votre cabine, vous pouvez le faire.

— J'aime mieux rester avec M. Cuddy, merci.

Son époux s'humecta les lèvres.

— Ecoute, Eth, tu ferais bien de te sauver. Ce n'est pas un endroit pour les dames.

— Je n'ai guère envie d'être là-bas toute seule.

— Tu seras O.K., chérie.

— Et toi ?

— Je serai O.K., répondit-il sans la regarder.

Elle le dévisageait comme toujours, sans aucune expression, et ce fut une impression étrange que de voir ses yeux se voiler de larmes.

— Oh, Fred, dit Mme Cuddy, pourquoi as-tu fait ça ?

11

L'arrestation

I

Les quatre hommes restés au salon réagirent exactement comme si Mme Cuddy venait de franchir les limites de la décence. Chacun prit soin de regarder ailleurs sans rien dire, puis tous les regards convergèrent subrepticement vers Alleyn, comme s'ils s'attendaient à le voir sévir.

Sa voix s'éleva au milieu du silence général :

— Pourquoi a-t-il fait quoi, madame Cuddy ?

— Eth, dit M. Cuddy, pour l'amour du ciel, pense à ce que tu dis. Ils vont s'imaginer des choses, Eth. Fais attention.

Elle ne le quittait pas des yeux, et, bien qu'elle semblât ignorer complètement ses paroles, Alleyn eut l'impression qu'elle avait oublié la présence de tous les autres. M. Cuddy lui jeta un coup d'œil terrifié.

— Tu connais mon sentiment là-dessus, reprit-elle, et pourtant tu continues. Cette façon de te donner en spectacle ! Je lui en veux, remarque, plus qu'à toi : c'est une méchante femme, Fred. Elle te fait tourner en bourrique. Je l'ai vue rigoler derrière ton dos avec les autres. Et peu m'importe si elle m'entend, ajouta Mme Cuddy en haussant la voix et en désignant la forme indistincte du transat de Mme Dillington-Blick. Tout ce qui est arrivé, c'est sa faute : c'est elle, la responsable. Et toi, tu ne trouves rien de mieux que de lui courir après et de t'impliquer dans une histoire de cadavre. J'espère que ça te servira de leçon.

Sa bouche se tordit convulsivement, et des larmes coulèrent sur ses joues. Elle acheva comme elle avait commencé :

— Oh, Fred, pourquoi as-tu fait ça ?

— Je regrette, chérie. C'était juste pour s'amuser.

— S'amuser !

Sa voix se brisa. Elle s'approcha de lui et, comme dans un accès d'humeur espiègle, le menaça du poing.

— Espèce de vieux crétin !

Et, sans ajouter un mot, elle se rua hors de la pièce.

M. Cuddy fit mine de la suivre et se retrouva face à Alleyn. Planté au milieu de la pièce, un demi-sourire aux lèvres, il scruta les visages de ses compagnons.

— Il ne faudrait pas que vous compreniez de travers ce qu'a dit Mme Cuddy, hasarda-t-il. Je ne suis pas un homme violent, moi. Je suis quelqu'un de calme.

Le capitaine Bannerman se racla la gorge.

— J'ai l'impression, rétorqua-t-il, que cela reste à prouver.

Il jeta un coup d'œil au-dehors, sur le dos du transat de Mme Dillington-Blick et sur Jemima, perchée sur un rebord, le menton dans ses mains.

— C'est une affaire d'hommes, dit-il à Alleyn. Pour l'amour de Dieu, laissons les femmes en dehors de tout ça.

Et, d'un geste emphatique, il referma les portes.

Alleyn, plongé dans une conversation avec Tim, répondit :

— Très bien. Faisons-le, pour le moment.

Le capitaine approcha les fauteuils de la plus grande table du salon, faisant signe à Alleyn de s'asseoir à un bout et lui-même prenant place à l'autre bout.

— J'aime bien que les choses se fassent selon les règles, marmonna-t-il.

De toute évidence, il avait un faible pour les salles de conseil. Aubyn Dale et M. McAngus s'assirent aussitôt. Après quelques instants d'hésitation, Tim suivit leur exemple. M. Cuddy traînait, entortillant le cordon de sa robe de chambre autour de ses doigts aplatis. Les mains tremblantes, M. McAngus alluma une cigarette médicinale.

Le père Jourdain reparut et, sur un geste du capitaine, prit également place à la table.

— Voilà qui est mieux, soupira le capitaine.

Puis il gratifia Alleyn d'une petite courbette maladroite.

— A vous, monsieur A'leen.

Mais Aubyn Dale, qui depuis quelque temps jetait des regards impatients en direction du bar, s'interposa :

— Dites, j'ai besoin d'un verre. Voyez-vous un inconvénient quelconque à ce que je sonne le steward ?

— Quel steward ? s'enquit le capitaine.

— Mon Dieu, j'avais oublié.

— On boira plus tard, décréta le capitaine. Monsieur Cuddy, vous serez gentil de vous asseoir.

— Ça va, ça va, capitaine, répliqua M. Cuddy. Ne nous brusquez pas. J'aimerais quand même bien savoir pourquoi on n'est pas allé chercher M. Merryman.

Il repoussa son fauteuil, s'y installa en feignant la nonchalance et dévisagea Alleyn avec un air d'impertinence craintive.

— Vu que cela ressemble de plus en plus à une réunion du conseil, renchérit Aubyn Dale, je me demande bien pourquoi Merryman serait dispensé d'y assister. A moins que...

Il fit une pause, et les autres remuèrent, soudain avides et vigilants.

Alleyn se posta en tête de table et observa ses occupants.

— Dans le cadre d'une enquête normale, déclara-t-il, je vous aurais interrogés séparément, pendant que les autres seraient gardés à vue. Dans le contexte présent, je ne puis le faire : vous me donnerez donc vos dépositions devant tout le monde. Après cela, j'enverrai chercher M. Merryman.

— Pourquoi diable lui accorder un statut d'exception ? questionna Dale.

Puis, se jetant à l'eau :

— A moins que ce ne soit lui, le coupable.

— M. Merryman, répliqua Alleyn, était assis dans le transat occupé en ce moment par Mme Dillington-Blick. Il était toujours là quand les hommes ont quitté cette pièce. De sa place, il dominait le pont ; il pouvait donc voir la terrasse des deux côtés. Par conséquent, il est notre témoin principal. Comme il n'a pas un caractère commode, s'il était ici, il chercherait à diriger lui-même les opérations. Personnellement, je préfère recueillir vos dépositions d'abord, et le faire venir ensuite.

— Tout cela est très joli, dit M. Cuddy. Mais admettons que ce soit lui, l'Assassin aux Fleurs. Y avez-vous pensé, à ça ?

— Dans ce cas, n'étant pas au courant de ce que vous m'avez dit, il pourrait faire une déclaration, que l'un de vous serait en mesure d'infirmer.

— Ce sera donc notre parole contre la sienne ? fit Dale.

— A ceci près : sa position lui permettait de voir tout le monde, alors qu'aucun d'entre vous ne pouvait le voir, lui ou les autres. Il pourra parler de vous tous, j'espère. Mais chacun de vous ne pourra parler que de lui-même.

— Je ne sais pas pourquoi vous insistez tous tant sur sa présence, dit M. McAngus. Avec lui, moi je me sens bête et mal à l'aise.

— Oh, pour l'amour du ciel ! s'écria Dale. Finissons-en !

Alleyn, toujours debout, posa les mains sur le dossier de son fauteuil.

— Mais certainement. Voici la situation telle qu'elle nous apparaît actuellement. Je me propose de vous la soumettre.

Aussitôt, un silence attentif et tendu s'instaura dans la pièce.

— Trois d'entre vous, poursuivit Alleyn, m'ont décrit leurs mouvements dans le laps de temps crucial — huit minutes peut-être — entre le moment où Mme Dillington-Blick a quitté le salon et celui où M. Cuddy est revenu pour nous informer de sa découverte. Durant ces huit minutes, le steward, Dennis, a été étranglé, parce qu'on l'a pris, je pense, pour Mme Dillington-Blick. Aucune de ces trois dépositions ne corrobore les deux autres. Nous avons là trois individus, évoluant dans une semi-obscurité sans se croiser. Pour ma part, j'ai été le premier à partir. J'ai rencontré Mme Dillington-Blick non loin de la terrasse, où elle s'était rendue (désolé de le formuler ainsi, mais nous n'avons guère le temps pour les euphémismes de politesse) en guise d'appeau. Elle a dû s'assurer que Dennis était là et elle allait se mettre à l'abri, quand elle m'a aperçu. Pour se débarrasser de moi, elle m'a demandé de l'aider à descendre l'échelle à bâbord qui mène sur le pont inférieur. Après cela, je l'ai raccompagnée à sa cabine et je suis revenu ici. M. Cuddy s'était entre-temps changé et était descendu à la piscine par tribord. Miss Abbott, partie après lui, a fait un tour sur le pont et s'est arrêtée quelques instants à tribord. Elle se souvient avoir effectivement vu quelqu'un dans la piscine.

« M. McAngus dit qu'il est sorti par les portes vitrées, qu'il est resté quelque temps dans la zone des passagers à bâbord et qu'ensuite il est allé se coucher. Personne ne l'a apparemment rencontré.

« M. Dale admettra à présent, j'imagine, que sa première déclaration, comme quoi il est allé directement dans sa cabine, était fausse. Bien au contraire, il se trouvait sur le pont. Il s'est caché derrière un casier à tribord, à l'angle de la terrasse, dans l'espoir de surprendre quelque scène cruellement ridicule due à la substitution. Après quoi, il est monté sur la terrasse, a sans doute découvert le corps, est retourné dans sa cabine et là s'est saoulé à un degré dont il s'est remis au moins en partie.

— Je n'aime pas beaucoup ce ton... commença Dale.

— Malheureusement, il va falloir le digérer. Je voudrais savoir ce que vous avez entendu de votre cachette, si tant est que vous avez entendu quelque chose, et ce que vous avez vu et fait exactement quand vous êtes monté sur la terrasse. Avez-vous l'intention de me le dire ?

— Capitaine Bannerman...

— Ce n'est pas la peine de vous adresser à moi, fit le capitaine. Vous êtes dans de beaux draps, monsieur Dale, et vous feriez bien de vous en tenir à la vérité.

Dale abattit sa main sur la table.

— *Bon*, d'accord ! Cuisinez-moi. Tous autant que vous êtes. Pour ce que cela va vous apporter ! Vous menacez, vous harcelez, jusqu'à ce qu'on ne sache plus où donner de la tête. Comme tout le monde, j'ai hâte qu'on retrouve ce maudit assassin. Si je pouvais vous permettre de le coffrer, croyez-moi, je le ferais. Soit. Vous avez vu juste. Je suis resté assis derrière le casier. J'ai entendu passer Miss Abbott. Boum. Boum. Elle marche comme un homme. Je ne l'ai pas vue, mais j'ai su que c'était elle parce qu'elle fredonnait un air religieux. Je l'ai déjà entendue faire cela avant. Puis tout est redevenu calme. Ensuite, quelqu'un d'autre est arrivé. Se dirigeant vers la terrasse. A pas de loup. Je l'ai entendu tourner et j'ai entendu quelqu'un — Dennis, je suppose — pousser une petite exclamation aiguë. Ensuite...

Il s'essuya la bouche.

— Il y a eu d'autres bruits. Les pieds de la chaise longue ont raclé le plancher. Quelqu'un a crié. Cela a été très bref : il s'est interrompu aussitôt. Il y a eu à nouveau des bruits sourds et des frottements. Puis plus rien. Je ne sais pas pendant combien de temps. Quelqu'un est repassé sur la pointe des pieds. Plus vite, mais sans courir. Et, comme l'a dit Cuddy, quelqu'un a chanté. *Vos petits problèmes de tous les jours.* D'une voix de tête. Genre fausset. Une seule phrase, c'est tout.

— Juste ? s'enquit Alleyn.

— Je vous demande pardon ?

— Est-ce qu'il chantait juste ?

— Franchement ! fit Dale. Oui, parfaitement juste.

Et il laissa échapper un rire bref.

— Merci. Continuez. Qu'avez-vous fait ensuite ?

— J'allais sortir, quand j'ai entendu une autre voix.

Dale pivota dans son fauteuil et désigna Cuddy d'un hochement de tête.

— Vous, dit-il. C'était votre voix. Impossible de s'y tromper. Vous avez dit : « On est toute seule ? » fit Dale, singeant un ton mielleusement badin. Je vous ai entendu monter. Pieds nus et mouillés sur le plancher. Puis, après une pause, vous avez eu une sorte de haut-le-cœur, et vous vous êtes sauvé à toutes jambes.

— J'ai déjà tout expliqué, déclara M. Cuddy. Je leur ai tout dit, sans rien cacher.

— Très bien, répondit Alleyn. Silence, s'il vous plaît. Et puis, monsieur Dale ?

— J'ai attendu. Ensuite, j'ai voulu aller demander ce qui se passait. J'ai dû avoir comme un pressentiment, je m'en rends compte maintenant. C'était... beaucoup trop silencieux.

— Oui ?

— Alors je suis monté. J'ai dit quelque chose... je ne sais plus quoi, mais je n'ai pas obtenu de réponse. Je... j'ai donc allumé mon briquet et... oh, mon Dieu, mon Dieu !

— Eh bien ?

— Tout d'abord, je n'ai pas vu grand-chose. C'était bizarre qu'il ne réponde pas. J'ai rapproché la flamme du briquet, et alors, j'ai vu. C'était atroce. Comme la poupée cassée. Et les fleurs. Le plancher était glissant et humide. J'ai pensé : « C'est moi qui ai fait cela : c'est ma faute. Elle dira que c'est moi qui ai tout organisé. Il faut que ce soit quelqu'un d'autre qui le découvre ! » Quelque chose comme ça. J'avais bu un ou deux verres sur le coup de 20 heures : ce doit être pour cela que j'ai paniqué. J'ai traversé le pont en courant. Puis j'ai entendu la voix de Cuddy et je l'ai vu ici, devant la porte. Je me suis baissé et je l'ai écouté tout vous raconter. Ensuite, je vous ai entendu passer, et j'ai compris que vous alliez voir sur place. « C'est trop tard pour les prévenir, me suis-je dit. Je suis là. Je serai impliqué. » Alors j'ai poursuivi mon chemin.

— Père Jourdain, dit Alleyn, à ce moment-là, vous deviez être à l'entrée du salon, en train de vous occuper de M. Cuddy qui s'était évanoui. Avez-vous vu M. Dale ?

— Non. Mais, comme vous l'avez dit, j'étais penché sur M. Cuddy. Je devais tourner le dos au pont.

— Oui, c'est vrai, acquiesça Dale. Je vous ai observé. Je ne me rappelle plus grand-chose, sauf... mon Dieu, oui !

— De quoi vous êtes-vous souvenu ?

Dale était perdu dans la contemplation de ses mains jointes qui reposaient sur la table. Finalement, il leva les yeux. M. McAngus était assis en face de lui : les deux hommes semblaient être animés d'un ressentiment réciproque.

— Continuez, fit Alleyn.

— C'était quand j'ai fait le tour de la zone réservée aux passagers par bâbord. J'avais désespérément besoin d'un verre et je voulais être seul. A l'entrée du couloir, je me suis arrêté pour m'assurer qu'il n'y avait personne. Ruby... Mme Dillington-Blick, était dans sa cabine. Je l'entendais se tapoter le visage. Je me suis demandé si j'allais lui dire... et c'est là que je l'ai senti.

— Senti quoi ?

Dale pointa un doigt sur M. McAngus.

— Ça. Cette saloperie qu'il a l'habitude de fumer. C'était tout près.

— J'ai déjà expliqué, déclara M. McAngus, que j'avais attendu un peu sur le pont avant de regagner ma cabine. Je l'ai déjà dit.

— Oui, mais *où* ? *Où* étiez-vous ? Je ne vous voyais pas, et pourtant, vous deviez être tout près. J'ai même réussi à distinguer la fumée.

— Alors, monsieur McAngus ? s'enquit Alleyn.

— Je... je ne me souviens plus très bien où j'étais. Pourquoi m'en souviendrais-je ?

Il écrasa sa cigarette, et une petite spirale malodorante monta du mégot.

— Mais le pont est en plein air, observa Dale, excité, et il y avait de la lumière venant du hublot. Pourquoi n'ai-je pas pu le voir ?

— La porte du couloir donne sur la cloison extérieure, répondit Alleyn. A côté du hublot de Mme Dillington-Blick. Étiez-vous derrière cette porte, monsieur McAngus ?

— Il s'y cachait, plus exactement, s'exclama avec empressement M. Cuddy.

— Eh bien, monsieur McAngus ?

Sous sa tignasse de cheveux teints, le visage long et incertain de M. McAngus était couvert d'une pâleur inégale.

— Je n'admets rien, dit-il. Rien.

— En êtes-vous sûr ?

— Rien.

— Pensez-vous qu'il aurait pu se trouver là, monsieur Dale ?

— Oui, absolument. Voyez-vous, j'ai cru qu'il était dans le couloir. J'ai attendu, puis je me suis dit : « J'en ai assez ! » J'ai regardé à l'intérieur et je n'ai vu personne. Alors je suis entré. Ma porte est juste sur la gauche. J'ai pris un whisky sec, et j'avoue que cela a été du tonnerre. Du coup, j'en ai repris un. J'étais dans le trente-sixième dessous, de toute façon. Mes nerfs sont dans un état ! J'ai eu une dépression nerveuse. Je suis censé, ajouta Dale d'une voix tremblante, être en cure de repos. Toute cette histoire m'aura à nouveau fichu en l'air.

— Monsieur McAngus, avez-vous entendu M. Cuddy, quand il est venu nous annoncer sa découverte ? Il était hystérique et a fait beaucoup de bruit. L'avez-vous entendu ?

— J'ai entendu quelque chose, oui, répliqua M. McAngus. Mais cela n'avait pas d'importance.

— Pas d'importance ?

— Je savais où elle était.

— Mme Dillington-Blick ?

— Je ne puis vous répondre, monsieur.

— Vous nous avez dit vous-même que vous étiez sorti sur le pont par ces portes et, après avoir contourné le bloc central, vous êtes resté quelque temps à bâbord. Maintenez-vous cette déclaration ?

M. McAngus se cramponnait au bord de la table, les yeux rivés sur Alleyn. Ses lèvres étaient serrées si impitoyablement que des gouttelettes de salive perlaient aux coins de sa bouche. Il inclina légèrement la tête.

— Eh bien, dans ce cas...

— Non ! Non ! Non ! hurla tout à coup M. McAngus. Je refuse ! Ce que j'ai fait, je l'ai fait sous la contrainte. Je ne peux pas en discuter. Jamais !

— Alors, fit Alleyn, nous aboutissons à une impasse. Docteur Makepiece, voulez-vous avoir l'obligeance de demander à M. Merryman de se joindre à nous ?

II

L'arrivée de M. Merryman pouvait s'entendre déjà dans le couloir. Sa voix haut perchée résonnait, selon son habitude, avec indignation.

— On aurait dû m'avertir sur-le-champ. Immédiatement. J'exige des explications. *Qui* est cet homme, m'avez-vous dit ?

Tim murmura une réponse inintelligible.

— Vraiment ? *Vraiment !* Alors il a dû bénéficier de l'expérience salutaire généralement réservée à ceux qui écoutent aux portes. Voilà une occasion...

La voix se rapprocha.

— ... une occasion que j'attendais depuis longtemps. Si on m'avait consulté d'emblée, on aurait peut-être... que dis-je, sûrement, évité cette nouvelle et éclatante démonstration de l'incapacité publique. Mais, naturellement, c'était trop demander. Je...

La porte s'ouvrit. Tim entra et, avec une grimace éloquente à l'intention d'Alleyn, s'écarta du passage.

M. Merryman, lui, fit une entrée remarquée. Drapé dans sa robe de chambre, sa houppe toute droite sur sa tête, une lueur belliqueuse dans le regard, il contempla la petite coterie autour de la table d'un œil napoléonien.

Le capitaine Bannerman se souleva de son siège :

— Entrez, monsieur Merryman. J'espère que vous vous sentez suffisamment en forme pour vous joindre à nous. Prenez place.

Il désigna le seul fauteuil libre qui faisait face aux portes vitrées. M. Merryman répondit d'un signe imperceptible mais ne bougea pas. Son regard était dardé sur Alleyn.

— Vu les circonstances, continua le capitaine, je suppose qu'il m'incombe de faire les présentations. Voici le gentleman qui préside cette réunion. Le superintendant A'leen.

— Son nom est Alleyn, rétorqua M. Merryman aussitôt. *Alleyn*, mon bon monsieur. Al-*lane* est toléré. Mais surtout pas *A'leen*. Il ne faut sans doute pas espérer que vous ayez entendu parler du fondateur du collège de Dulwich, un acteur élisabéthain inégalé en son temps : Edward Alleyn. Ou, ce qui, à mon humble avis, est moins acceptable, Al-*lain*. Bonsoir, monsieur, conclut M. Merryman, saluant Alleyn avec exaspération.

— A vous, marmonna le capitaine pesamment, monsieur Allan.

— *Non !* objecta M. Merryman, haussant le ton.

— Cela n'a pas la moindre espèce d'importance, intervint Alleyn. Voulez-vous vous asseoir, monsieur Merryman ?

— Pourquoi pas ? répondit M. Merryman, joignant le geste à la parole.

— Je suppose, poursuivit Alleyn, que le Dr Makepiece vous a mis au courant de ce qui s'est passé.

— On m'a informé avec une outrecuidance indicible qu'un forfait aurait été commis. Je présume donc que je suis sur le point d'aborder les méandres interminables d'une enquête policière.

— J'en ai bien peur, opina Alleyn joyeusement.

— Dans ce cas, vous aurez peut-être l'amabilité de m'éclairer sur la nature du crime et les circonstances dans lesquelles il a été commis et découvert. A moins, ajouta M. Merryman, renversant la tête et foudroyant Alleyn du regard par-dessus ses lunettes, à moins que vous ne me considériez comme un suspect, auquel cas vous allez certainement tenter de recourir à quelque ruse éléphantesque. A ce propos, me considérez-vous comme un suspect ?

— Oui, répondit Alleyn sèchement. Vous et bien d'autres. Et pourquoi pas ?

— Ma parole ! fit M. Merryman après une pause. Cela ne me surprend guère. Et que suis-je censé avoir fait, je vous prie ? A qui ? Où ? Je vous supplie d'éclairer ma lanterne.

— Pour le moment, vous êtes censé répondre aux questions et non en poser. Vous serez gentil de ne pas tergiverser, monsieur Merryman. Non, dit Alleyn, alors que M. Merryman ouvrait la bouche, je n'ai vraiment pas de temps à perdre en caprices. Cette affaire est entre les mains de la police. Je suis policier. Quoi que vous pensiez de nos méthodes, vous n'avez pas d'autre choix que de vous y plier. Et nous avancerons tous beaucoup plus vite, si vous acceptez de le faire de bonne grâce. Surveillez votre conduite, monsieur Merryman.

Une vague stupéfaction se peignit sur les traits de M. Merryman. Il parut réfléchir. Les bras croisés, il se carra dans son fauteuil et contempla le plafond.

— Très bien, fit-il. Allons-y, sondons les abysses.

Alleyn ne se le fit pas répéter. Sans mentionner la nature ou le lieu du crime, omission qui sembla contrarier énormément M. Merryman, il lui demanda simplement de décrire en détail tout ce qu'il avait pu voir de sa place stratégique.

— Puis-je savoir, dit M. Merryman, regardant toujours le plafond d'un air dédaigneux, *pourquoi* vous adoptez une attitude aussi intolérable ? *Pourquoi* avez-vous choisi de passer sous silence le contenu de votre petit problème ? Décèlerais-je là une pointe de jalousie professionnelle ?

— Admettons que oui, acquiesça Alleyn avec une parfaite bonhomie.

— Ah ! Vous avez peur...

— J'ai peur que si l'on vous disait tout, vous ne cherchiez à prendre la tête des opérations ; et moi, je préfère vous en empêcher. Qu'avez-vous vu de votre transat, monsieur Merryman ?

Un sourire léger et infiniment complaisant jouait sur les lèvres de M. Merryman. Il ferma les yeux.

— Voyons, qu'ai-je donc vu ?

Comme s'ils avaient joint les bouts de leurs doigts tout autour de la table, ses compagnons perçurent un courant de tension accrue. Alleyn vit Aubyn Dale s'humecter les lèvres. Cuddy bâilla nerveusement, et M. McAngus cacha à nouveau ses mains sous ses aisselles. Le regard du capitaine Bannerman était devenu vitreux. Le père Jourdain avait incliné la tête, comme pour entendre une confession. Seul Tim Makepiece gardait les yeux sur Alleyn plutôt que sur M. Merryman.

— Qu'ai-je donc vu ? répéta ce dernier.

Il fredonna pensivement un petit air, jeta un regard matois autour de lui et déclara à voix haute :

— Rien. Rien du tout.

— Rien ?

— Pour une très bonne raison. Je dormais à poings fermés.

Et il se mit à glousser, triomphant. Alleyn fit signe à Tim, qui sortit à nouveau.

Ce fut un choc que d'entendre M. McAngus se joindre au rire de M. Merryman.

— Le témoin principal ! suffoqua-t-il, serrant ses bras autour de son corps. Celui qui devait prouver si nous avions menti ou dit la vérité. Endormi ! Elle est bien bonne, celle-là !

— Vous n'êtes pas concerné, vous, observa Dale. De toute façon, il n'aurait pas pu vous voir. Il vous reste encore quelques explications à donner.

— Juste. Très juste, s'écria M. Cuddy.

— Monsieur Merryman, demanda Alleyn, quand vous êtes-vous réveillé et quand êtes-vous allé dans votre cabine ?

— Aucune idée.

— Par où êtes-vous passé ?

— Par le chemin le plus direct. Par l'entrée à tribord.

— Qui se trouvait au salon à ce moment-là ?

— Je n'ai pas regardé.

— Avez-vous rencontré quelqu'un ?

— Non.

— Puis-je simplement vous rappeler votre position sur le pont ?

Alleyn s'approcha des portes vitrées et tira sur le cordonnet des stores, qui remontèrent avec un bruit sec.

Dehors, tout était éteint. Les portes vitrées reflétèrent seulement la pièce et ses occupants : leurs visages leur apparurent creux et cadavériques comme ceux des revenants.

Une autre image surgit des profondeurs de l'obscurité. Elle avança vers les portes, de plus en plus nette. C'était Mme Dillington-Blick. Pressant les mains sur la vitre, elle regarda à l'intérieur.

M. Merryman poussa le cri strident du furet pris au piège.

Son fauteuil tomba à la renverse. Lui-même fut à l'autre bout de la table avant que quelqu'un ne pût l'arrêter. Ses mains s'accrochèrent au battant vitré.

— Non. Non ! Va-t'en ! Ne dis rien. Si tu parles, je recommencerai. Je te tuerai encore une fois, si tu parles.

Alleyn le retint. Il était absolument évident que les mains de M. Merryman, qui grattaient la vitre comme un poisson dans un aquarium, cherchaient avidement la gorge de Mme Dillington-Blick.

12

Le Cap

I

Le *Cape Farewell* entra dans la baie de la Table aux premières lueurs du jour et se mit en panne en attendant l'arrivée du pilote et de la vedette de la police. Comme tous les bateaux à l'approche du port, il commençait à se replier sur lui-même, afin de se protéger de toutes les agressions qu'il allait devoir subir. Il était prêt. Ses mâts de charge étaient découverts ; ses ponts faisaient montre d'un fouillis organisé. Ses serviteurs, chacun à son poste attitré, s'apprêtaient à lui venir en aide.

Contemplant l'extrémité du continent par-dessus une eau crêpelée, Alleyn se disait qu'il avait peu de chances d'entreprendre à nouveau un voyage pareil. Le capitaine Bannerman l'avait invité à monter sur la passerelle. En bas, sur le pont-promenade disloqué, se pressaient huit des neuf passagers. Ils portaient leurs vêtements de ville car le *Cape Farewell* allait rester à l'ancre pendant deux jours. Leurs chaises longues avaient été pliées et rangées, et ils n'avaient plus de sièges pour s'asseoir. Les mouettes, comme toujours plus vraies que nature, plongeaient en miaulant, se querellaient et fonçaient en piqué sur l'eau de cale dont le *Cape Farewell* était en train de se débarrasser en toute tranquillité.

Deux points noirs apparurent au loin dans la baie.

— Les voici, fit le capitaine Bannerman, tendant ses jumelles à Alleyn.

— Si cela ne vous ennuie pas, déclara celui-ci, je vais demander aux passagers de regagner le salon.

— Vous croyez qu'il y aura du grabuge ?

— Non.

— Il ne va pas...

Le capitaine hésita.

— Vous ne pensez pas qu'il va se rebiffer ?

— Il a hâte qu'on vienne le chercher.

— Maudit monstre, marmonna le capitaine, mal à l'aise.

Il fit le tour de la passerelle, puis revint vers Alleyn.

— J'ai quelque chose à vous dire, commença-t-il. Ce n'est pas facile : c'est pourquoi, sans doute, je n'ai pas réussi à le sortir avant. Mais il faut que ce soit dit. C'est moi qui suis responsable de la mort de ce garçon. Je le sais. J'aurais dû vous laisser les mains libres.

— Je pouvais très bien me tromper.

— Oui, mais vous ne vous êtes pas trompé. C'est bien ça, le problème.

Le capitaine fixa du regard les points noirs qui se rapprochaient.

— Le whisky, déclara-t-il, affecte les gens différemment. Il y en a qu'il rend aimables, d'autres, il les rend sinistres. Moi, il me rend tête de mule. Quand je bois, il n'est pas question que j'accepte les idées d'un autre que moi. Comment, d'après vous, vaudrait-il mieux expédier cette affaire ?

— Pourrions-nous tout liquider avant que le pilote ne monte à bord ? Mon collègue du Yard est arrivé par avion et s'est joint à la police du Cap. Pour le moment, ce sont eux qui vont prendre la relève.

— Je vous ferai signe.

— Merci, monsieur.

Alleyn redescendit. Un matelot montait la garde devant la petite infirmerie. En voyant Alleyn, il déverrouilla la porte et le laissa entrer.

M. Merryman était assis sur le lit défait, au matelas anguleux et aux couvertures adroitement pliées, dans une pose que ses compagnons de voyage ne lui connaissaient guère. L'échine courbée, la tête pendante, on eût dit que son squelette tout entier s'était affaissé. Seules les mains fermes et musclées, serrées entre les genoux, avaient conservé leur éloquence. Quand Alleyn entra, M. Merryman le considéra par-dessus ses lunettes mais ne dit rien.

— La vedette de la police est en vue, fit Alleyn. Je viens vous dire que j'ai fait vos valises et qu'on enverra avec vous les affaires dont vous aurez besoin. Je ne vais pas vous accompagner, mais je vous verrai plus tard dans la journée. On vous laissera l'occasion de recourir aux services d'un conseiller juridique au Cap, ou bien de télégraphier des instructions à votre avocat. Vous rentrerez en Angleterre dès qu'un moyen de transport sera disponible : probablement par avion. Si jamais vous avez changé d'avis et que vous désiriez faire une déposition...

Alleyn s'interrompit. Les lèvres de M. Merryman remuèrent. Quelques instants plus tard, sa voix lui parvint, vaguement empreinte d'arrogance :

— ... pas dans mes habitudes de revenir sur mes décisions... combien de fois faut-il le répéter... Non.

— Comme vous voudrez.

Il allait partir, quand la voix l'arrêta :

— ... quelques remarques. Maintenant. Sans témoins et sans préjudice. Maintenant.

— Je dois vous avertir, répliqua Alleyn, l'absence de témoins ne signifie pas que ce que vous me direz ne pourra pas être utilisé comme preuve. Cela pourrait être utilisé comme preuve. Vous me comprenez, ajouta-t-il comme M. Merryman levait la tête et le dévisageait d'un air absent, n'est-ce pas ?

Il sortit son carnet et l'ouvrit.

— Vous voyez, je vais noter tout ce que vous allez me dire.

Avec une vigueur qui, un instant plus tôt, eût semblé inconcevable, M. Merryman énonça :

— Esmeralda. Ruby. Beryl. Bijou. Coralie. Marguerite.

Il répétait toujours fiévreusement ces prénoms quand l'inspecteur Fox de Scotland Yard vint le chercher, accompagné des policiers du Cap.

II

Pendant quelques instants, Alleyn suivit du regard la vedette de la police qui bondissait sur les vagues de la baie. Bientôt, les silhouettes qui se trouvaient à bord se fondirent en une masse indistincte, et l'embarcation elle-même ne fut plus qu'un point qui s'éloignait rapidement. Le canot du pilote avait déjà abordé le *Cape Farewell.* Alleyn fit demi-tour et, pour la dernière fois, franchit les portes familières qui menaient au salon.

Tout le monde était là ; et il fut étrange de les voir en tenue de ville.

— Nous accosterons dans une dizaine de minutes, annonça-t-il. Je vous demanderai, malheureusement, de venir faire vos dépositions au commissariat le plus proche. Plus tard, on vous convoquera sans doute comme témoins, et si jamais vous devez avancer pour cela votre retour, des dispositions seront prises en matière de transport. Je regrette, mais c'est ainsi. En attendant, je pense vous devoir une explication et peut-être, dans un certain sens, des excuses.

Il fit une brève pause.

— Moi, dit Jemima, il me semble que la balle est plutôt dans l'autre camp.

— A moi aussi, opina Tim.

— Je n'en suis pas si sûre, observa Mme Cuddy. On nous a tout de même traités d'une manière très curieuse.

— Quand je me suis embarqué sur ce bateau à Portsmouth, je ne disposais que d'une bribe d'information, une raison plus que légère pour qu'un officier de police prenne ainsi la mer. Il s'agissait d'un fragment d'une carte d'embarquement pour ce bateau, qu'on a trouvé serré dans la main de la jeune fille assassinée sur le quai le soir de votre départ. On pouvait pour le moins supposer que ce bout de papier avait été emporté par le vent, ou bien qu'il était tombé par terre, atterrissant par quelque moyen incongru dans la main de la jeune fille. Ce n'était pas mon avis ; cela ne ressortait pas davantage de vos déclarations, mais ce n'était pas exclu. Mes supérieurs m'ont ordonné de dissimuler mon identité, de mener des investigations entièrement sous cape, de n'entreprendre aucune action sans l'accord préalable du capitaine et de prévenir tout désastre ultérieur. Sur ce dernier point, j'ai évidemment échoué. Si vous tenez compte de toutes ces conditions, elles vous aideront peut-être à comprendre les événements qui ont suivi. Si l'Assassin aux Fleurs était à bord, la première chose à faire était de vérifier si vous aviez des alibis valables pour l'un ou l'autre de ses crimes. J'ai pris l'exemple du 15 janvier, le jour de l'assassinat de Beryl Cohen. Avec le concours du capitaine Bannerman, j'ai orchestré la discussion sur les alibis.

— Seigneur Dieu ! laissa échapper Miss Abbott.

Et, virant au rouge pivoine, elle ajouta :

— Excusez-moi. Continuez.

— Les résultats ont été expédiés par radio à Londres, et mes collègues ont pu confirmer les alibis du père Jourdain et du Dr Makepiece. Ceux de M. McAngus et de M. Cuddy sont restés en suspens, mais au cours de la conversation, il s'est avéré que M. McAngus avait été opéré de l'appendicite le 19 janvier : il n'avait donc pas pu commettre le meurtre du 25, celui de Marguerite Slatters. A condition, bien sûr, qu'il ait dit la vérité. Quant à M. Cuddy, à moins de tricher, il semblait incapable de chanter juste ; or notre homme, lui, savait chanter.

Mme Cuddy, qui tenait son mari par la main, déclara :

— Franchement, M. Cuddy serait le dernier à prétendre à des dons artistiques, pas vrai, chéri ?

— Absolument, chérie.

— M. Dale, poursuivit Alleyn, n'avait pas d'alibi pour le 15, mais il s'est trouvé que le 25 il était à New York. Ce qui l'éliminait de la liste des suspects.

— Alors, questionna Dale, pourquoi diable ne m'avez-vous pas mis au courant de ce qui se tramait ?

— Parce que, malheureusement, je ne me sentais pas enclin à vous faire confiance. Vous buvez bien plus que de raison et vous êtes dépressif. Je n'ai pas jugé prudent de me fier à votre sens de la discrétion.

— Non, mais, dites donc ! commença Dale, outré.

Mais Alleyn continuait déjà :

— Pas un instant, on n'a soupçonné une femme d'être l'auteur de ces crimes. Cependant...

Et il sourit à Miss Abbott.

— ... l'une des dames, au moins, possédait un alibi. Elle était à Paris le 25 janvier, à la même conférence, incidemment, que le père Jourdain, qui s'est trouvé ainsi doublement blanchi. Avant d'avoir eu confirmation des autres alibis, je ne pouvais pas mettre les autres passagers, à l'exception du père Jourdain et du Dr Makepiece, dans la confidence. J'aimerais ajouter que leur aide m'a été précieuse et que je les en remercie du fond du cœur.

Le père Jourdain, pâle et taciturne, laissa retomber ses bras. Tim déclara que tous deux, ils avaient l'impression d'avoir échoué au moment critique.

— Nous étions sceptiques quant à l'interprétation que M. Alleyn avait donnée de la silhouette en robe espagnole, aperçue par Jem. Nous pensions que cela avait dû être Mme Dillington-Blick. Et puisque toutes les femmes étaient à l'abri, nous croyions qu'il n'y avait rien à redouter.

— C'est moi qui l'ai vue, dit Jemima, et j'ai affirmé à M. Alleyn que c'était bien Mme Dillington-Blick. C'était là mon erreur.

— J'ai même entendu chanter, fit le père Jourdain. Comment ai-je pu être aussi tragiquement stupide ?

— Moi, j'ai donné la robe à Dennis et j'ai prétendu le contraire, se lamenta Mme Dillington-Blick.

Aubyn Dale considéra M. Cuddy d'un air horrifié.

— Et vous et moi, Cuddy, déclara-t-il, nous avons assisté à un meurtre sans rien faire.

Pour une fois, M. Cuddy ne souriait pas. Il se tourna vers sa femme :

— Je regrette, Eth. Je suis guéri. Cela ne se reproduira plus.

Tout le monde fit mine de ne pas savoir de quoi il parlait, surtout Mme Dillington-Blick.

— O.K., chéri, répondit Mme Cuddy.

Et ce fut elle qui sourit.

Se penchant en avant, M. McAngus confessa avec ferveur :

— Moi, je vois bien que je n'ai pas été coopératif. Maintenant que j'y pense, je me demande si ce n'était pas une sorte de maladie.

Il jeta un regard mélancolique sur Mme Dillington-Blick.

— Un coup de soleil, peut-être, murmura-t-il, la gratifiant d'une petite révérence. C'est très inquiétant de constater, ajouta-t-il après réflexion, que, quoi qu'on fasse, cela aboutit toujours à des catastrophes. Par exemple, quand j'ai eu l'idée d'acheter cette poupée, jamais je n'aurais pensé...

Une sirène mugit ; la cheminée d'un paquebot apparut momentanément dans leur champ de vision, puis ce fut une confusion de docks et de bateaux de toutes sortes.

— Jamais je n'aurais pensé… répéta M. McAngus.

Mais il avait perdu l'attention de son auditoire et ne put achever sa phrase.

— Il ne sert à rien de gémir sur nos intentions, rétorqua Miss Abbott durement. Nous nous sommes tous comportés stupidement, chacun à sa manière. Je sais que cela a été mon cas. J'ai entrepris cette croisière dans un état d'esprit stupide. J'ai provoqué des scènes stupides. Faute de mieux, cela m'a prouvé quelle idiote j'ai été. La maîtrise de soi, proclama Miss Abbott, et le bon sens ! L'absence totale des deux conduit visiblement au meurtre.

— Et la charité, ajouta le père Jourdain avec lassitude.

— C'est vrai. Et la charité, aboya Miss Abbott. Et le sens des proportions, ainsi qu'une bonne centaine d'autres choses qui nous feraient à tous le plus grand bien.

— Vous avez entièrement raison, opina Jemima, si sombrement que Tim se sentit obligé de passer un bras autour de ses épaules.

Alleyn alla jeter un coup d'œil par les portes vitrées.

— Nous avons accosté. Je crois qu'il ne reste plus grand-chose à dire. J'espère qu'une fois à terre, vous réussirez à trouver quelque... comment dire ?... compensation à tout ce qui s'est passé.

Mme Dillington-Blick s'approcha de lui. Elle lui tendit la main et, quand il la prit, murmura en se penchant vers lui :

— Mon amour-propre en a pris un coup.

— Certainement pas.

— Toutes vos charmantes manières étaient-elles purement professionnelles ?

Réprimant une folle envie de rétorquer : « Tout comme les vôtres ne l'étaient pas », Alleyn se contenta de répondre :

— Hélas, mes manières ne sont nullement charmantes. C'est vous qui êtes beaucoup trop bonne.

Il lui serra énergiquement la main et, quand il la relâcha, il vit Tim et Jemima qui l'attendaient.

— Je voudrais simplement vous dire, déclara Jemima, que j'ai découvert que vous n'aviez pas le monopole.

— De quoi donc ?

— Des coups de foudre en pleine mer. Et qui durent.

— C'est vrai ?

— Absolument. Croix de bois, croix de fer.

— J'en suis très heureux, répliqua Alleyn en leur serrant la main.

Ensuite, ce fut au tour des Cuddy et de M. McAngus de venir faire leurs adieux. Il fallait de tout pour faire un monde, observa M. Cuddy, et son épouse ajouta qu'elle avait pressenti quelque chose depuis le début. M. McAngus, cramoisi et plongé dans la confusion la plus totale, fit plusieurs faux départs. Finalement, il rapprocha son long visage anxieux de celui d'Alleyn et dit rapidement à voix basse :

— Vous aviez parfaitement raison, bien sûr. Mais je n'ai pas regardé à l'intérieur. Non ! Je suis simplement resté le dos au mur devant sa porte. Juste pour être à côté d'elle. Ce n'était pas très malin, je le sais bien. Au revoir.

Quand M. McAngus se fut éloigné, Aubyn Dale rentra le ventre, prit son air le plus franc et s'avança vers Alleyn la main tendue.

— Sans rancune, j'espère, mon vieux ?

— Absolument.

— Bravo. Vous êtes un type bien.

Et il gratifia Alleyn d'une poignée de main virile.

— Je suis peut-être bouché, ajouta-t-il, mais je ne vois toujours pas pourquoi vous ne nous avez pas mis au courant, nous les hommes. Avant qu'on ne soit allé le chercher.

— Primo, parce que vous mentiez tous effrontément. Tant que vous le preniez pour un spectateur innocent qui aurait pu démentir vos propos, j'avais quelques chances de vous arracher la vérité. Et secundo, l'un de vous aurait forcément fichu en l'air toute la mise en scène, si vous aviez su qu'il était coupable. Car il est extrêmement observateur.

— J'avoue, je n'ai jamais prétendu être diplomate, répliqua Dale, comme s'il s'agissait d'une qualité noble.

Brusquement, il rougit.

— Vous aviez raison, à propos de la boisson. Je suis un imbécile. Je vais essayer de décrocher. Si j'y arrive. A bientôt.

Il sortit. Miss Abbott se dirigea alors au pas de charge vers Alleyn.

— Ce que j'ai à vous dire n'a sans doute pas la moindre importance, annonça-t-elle. Cependant, il faudra vous y faire. Avez-vous deviné ce qui n'allait pas chez moi, le soir où on a parlé d'alibis ?

— Je crois que oui.

— C'est bien ce que je pensais. Voilà, si cela peut vous consoler, sachez que je suis guérie. C'est une erreur pour une femme seule que de nouer une relation d'amitié exclusive. On devrait avoir le courage d'assumer sa solitude. Cette affaire sordide m'aura au moins appris cela.

— Alors, répondit Alleyn gentiment, vous devriez rendre grâce, n'est-ce pas ? Sous forme de chant grégorien ?

— Allez, au revoir.

Et elle sortit à son tour.

Tout le monde était parti. Tim et le père Jourdain, qui avaient attendu tous les deux à l'autre bout de la pièce, vinrent rejoindre Alleyn.

— Alleyn, pourrais-je aller le voir ? fit le père Jourdain. Me le permettez-vous ?

Alleyn répondit que oui, bien sûr. Seulement, ajouta-t-il avec toute la douceur dont il était capable, il craignait que M. Merryman ne réagît pas très aimablement à une pareille visite.

— Oui, oui. Mais il faut que j'y aille. Il a reçu la communion de mes mains alors qu'il se trouvait en état de péché mortel. Il faut que j'y aille.

— Il était en train de lutter...

Alleyn hésita.

— ... contre son démon. Il pensait que cela l'aiderait.

— Je dois lui parler. Il faut lui faire prendre conscience.

Le père Jourdain sortit sur le pont et contempla, sans la voir, la montagne de la Table. Alleyn le vit porter une main à sa poitrine.

— Aurez-vous besoin de moi ? s'enquit Tim.

— J'ai bien peur que oui. Il m'a parlé. Il est évident que la défense fera appel à la psychiatrie, et votre opinion pourrait s'avérer décisive. Je vous dirai ce qu'il m'a raconté, puis je vous demanderai d'aller le voir. Si vous parvenez à le faire parler, il se peut que cela joue en sa faveur.

— A vous entendre, observa Tim, on ne croirait pas que vous êtes policier.

III

« Le prêtre et le psychiatre vont donc tenter leur possible, écrivit Alleyn à sa femme. Bien entendu, Makepiece dit qu'il lui faudrait des semaines pour dresser un bilan complet. Il n'en revient pas, professionnellement, de la bonne volonté avec laquelle Merryman décrit l'incident qui sera sans doute invoqué comme la clé de voûte de son obsession et qui représente certainement un cas classique d'Œdipe et tout le bazar. Souviens-toi, il y avait un lien singulier entre tous ces crimes déplorables. C'étaient les prénoms des femmes. Que des bijoux[1]. Marguerite, bien sûr, signifie « perle », et la poupée s'appelait Esmeralda, « émeraude ». Malheureusement pour Jemima Carmichael, son chevalier servant l'avait surnommée Jem. La similitude phonétique a suffi. De plus, elle portait un collier de perles. Les colliers ont toujours été tordus et cassés. Et puis, bien sûr, il y avait les fleurs. Voici donc son histoire. Un jour, alors qu'il avait sept ans, sa mère, une femme insignifiante qu'il adorait, devait fêter son anniversaire. C'était au tout début du printemps, et il a dépensé le contenu de sa tirelire pour lui acheter un bouquet de jacinthes. Mais au moment où il les lui a offertes, son père est arrivé avec un collier : il l'a noué autour du cou de son épouse avec force mamours, que Merryman décrit entre ses dents. En voulant lui prendre les mains, celle-ci a laissé tomber les jacinthes, et au cours de l'étreinte qui a suivi, elle a marché dessus. D'après Makepiece, le schéma est parfait : bijoux, fleurs, cou, avances amoureuses et fureur. Pris d'une rage aveugle, le petit garçon s'est jeté sur sa mère comme un tigre et lui a arraché son collier. Son père l'a attrapé et lui a donné une bonne raclée. Cet incident a été suivi par une série de syncopes, survenues à dix jours d'intervalle. Makepiece soupçonne le petit mal. Là s'achève l'histoire de Merryman.

On dirait presque que son arrestation a lâché la bride aux mots contenus depuis toute une vie et que, ayant

1. *Ruby* signifie rubis, *coral* (Coralie), corail *margarita*, perle (*N.d.T.*)

parlé une fois, il ne peut plus s'arrêter mais revient toujours sur les mêmes événements avec une véhémence indescriptible. Cependant, il refuse d'aller plus loin et s'enferme dans le mutisme dès qu'on essaie d'aborder les affaires en cours. Makepiece pense que le fait d'avoir pris Dennis pour une femme l'a profondément affecté.

Pendant des années, il a dû livrer un combat solitaire et acharné contre son obsession, et dans un sens, il l'a gagné en se confinant au cadre d'une école de garçons. Peut-être a-t-il substitué des méfaits mineurs aux crimes majeurs. Qui sait, il aurait très bien pu acheter et massacrer des colliers et des fleurs. Mais une fois qu'il a atteint l'âge critique et qu'il a dû prendre sa retraite, son mal a dégénéré. A mon avis, il a entrepris ce voyage dans le but de lui échapper : il aurait peut-être réussi, s'il n'avait pas rencontré sur le quai une jeune fille avec des fleurs, et celles, justement, qui représentaient le plus grand danger pour lui. Le fait qu'elle s'appelait Coralie a dû lui porter le coup de grâce. Quant aux affaires antérieures, à mon avis, lorsque son démon de dix jours se réveillait, il mettait une fausse barbe et partait à la chasse : ayant acheté des fleurs, il abordait les femmes dans la rue et liait conversation avec elles. Il a dû en éliminer un certain nombre : toutes celles qui ne rentraient pas dans son schéma.

Il affiche, à un degré fort avancé, la vanité de l'assassin. Je doute qu'il ait fait une seule déclaration mensongère au cours de la traversée. Il parlait volontiers de ces crimes et d'autres du même genre. Makepiece dit qu'il est schizophrène : je n'ai jamais su exactement ce que cela signifie, mais ce sera sûrement invoqué au procès et j'espère de tout cœur que cela va marcher.

Bien sûr, c'est à lui que j'ai pensé presque depuis le début. Si toutefois mon homme se trouvait à bord. Si les alibis des autres s'avéraient valables, il ne restait que le sien. Mais il y avait des indices. Ses goûts en littérature, par exemple. Il préférait les pièces élisabéthaines où il était question du meurtre d'une femme à toutes les autres. *La Duchesse d'Amalfi* et *Othello* étaient les meilleures car leurs héroïnes meurent étranglées. Il regimbait dès qu'on laissait entendre qu'un « maniaque sexuel » pouvait être une créature hideuse. Il portait des bouts de papier et des pastilles de menthe dans les poches de son veston. Il a renversé du café sur lui au moment où j'ai dévoilé la poupée et a accusé Miss Abbott de sa propre maladresse. Il a fait partie d'une chorale : par conséquent, il savait chanter. Il est expert en matière de maquillage et devait s'affubler d'une barbe pour chacune des rencontres. Naturellement, la barbe est passée par-dessus bord, une fois que tout a été terminé.

Mais une chose est de découvrir tout cela, et autre chose, mission impossible presque, de le prouver. Quand je l'ai vu, dormant profondément comme s'il expiait un crime atroce au lieu d'en avoir commis un, j'ai compris qu'il n'y avait qu'un seul moyen de l'avoir. Il avait certainement mis au point la conduite qu'il allait adopter après la découverte du corps : il fallait lui infliger un choc qui pût le déboussoler. Je me suis donc arrangé avec Makepiece. Au moment propice, nous allions confronter Merryman avec Mme Dillington-Blick. Il savait qu'il avait commis son meurtre et, bien sûr, il pensait que la victime, c'était elle. Il était détendu ; sa fièvre l'avait quitté, et son geste le réjouissait immensément. Elle est apparue de l'autre côté de la vitre et... ça a marché.

Le fait que Mme D.-B. soit une femme fatale dans son genre a considérablement brouillé les choses, car elle avait résolu de prendre dans ses filets tous les individus de sexe mâle et a complètement tourné la tête à Cuddy et McAngus, les transformant en soupirants transis d'âge mûr. Dale, lui, ne songeait évidemment qu'à un traditionnel flirt de croisière. Il faut dire qu'elle a de la suite dans les idées, cette dame, et je parie que quand elle n'aura plus ses vapeurs, elle considérera toute l'affaire comme une sorte d'hommage ambigu.

Pour ma part, m'étant retrouvé pieds et poings liés sur l'ordre du capitaine, j'espère ne plus jamais avoir à faire un travail pareil. Je me permettrai même quelques brèves récriminations. Pourquoi diable a-t-il fallu que la D.-B. déguise cette tapette de steward et qu'elle l'installe sur la terrasse ? Et, inversement, pourquoi diable ne m'en a-t-elle pas parlé ? On aurait pu le tourner sans peine à notre avantage. Enfin, voilà : sa mort a apporté un dénouement absurdement dissonant par rapport à tout ce qu'a été sa vie.

Ma chérie, le courrier part à midi et il acheminera vers toi cette énorme lettre-fleuve... Je resterai sur le bateau jusqu'à ce qu'il appareille, puis je rentrerai avec les nôtres. En attendant... »

Il termina sa lettre et sortit sur la passerelle.

Le *Cape Farewell* était en train de décharger sa cargaison. A minuit, après avoir débarqué un bulldozer, quatre voitures, trois tonnes de calicot brut et un assassin, il allait poursuivre sa route vers Durban.

Alleyn se dit qu'il avait peu de chances de remettre un jour les pieds sur ce bateau.

Achevé d'imprimer par Elsnerdruck
à Berlin

N° d'édition : 2595
Dépôt légal : décembre 1995
Nouveau tirage : janvier 1998
Imprimé en Allemagne